大鱼文化传媒　大鱼文学

星光不及
你 倾城

岁惟 / 著

贵州出版集团
贵州人民出版社

图书在版编目（CIP）数据

星光不及你倾城/岁惟著. -- 贵阳：贵州人民出版社，
2016.5（2020.3重印）

ISBN 978-7-221-13230-7

Ⅰ.①星… Ⅱ.①岁… Ⅲ.①长篇小说－中国－当代

Ⅳ.①I247.5

中国版本图书馆CIP数据核字(2016)第116773号

星光不及你倾城

岁惟 著

出 版 人：苏 桦

出版统筹：陈继光

选题策划：大鱼文化

责任编辑：胡 洋 郑亚梅

流程编辑：胡 洋

特约编辑：代琳琳

装帧设计：林 丽

内文排版：米 籽

封面绘制：闫听听

出版发行：贵州人民出版社（贵阳市观山湖区会展东路SOHO办公区A座
　　　　　邮编：550081）

印　　刷：三河市华东印刷有限公司

开　　本：880×1230毫米 1/32

字　　数：230千字

印　　张：8

版　　次：2016年8月第1版

印　　次：2016年8月第1次印刷
　　　　　2020年3月第2次印刷

书　　号：ISBN 978-7-221-13230-7

定　　价：42.00元

目录
Contents

001 **Chapter 01**
夜雨眠风
她是不懂，原来对最爱的人也要稳妥精致。

020 **Chapter 02**
冷锋过境
我为了你，曾经很努力地想要活下去，想要长生不老，想要皓首永新，想要永生永世有爱你的力气。

042 **Chapter 03**
人间烟火
叶乔说："碳酸饮料是不喜欢喝，酒是不能喝。当然选不能喝的。"
周霆深在夜风里笑起来："行，听病人的。"

057 **Chapter 04**
白露为霜
"只不过是他乡遇故知而已，周先生起色心了吗？"
周霆深轻按几下触屏，嘴角带笑："隔壁没有住着叶小姐，有点睡不着。"

073 **Chapter 05**
千孤万独
周霆深漫不经心地提醒她："叶乔，这是一辈子的事。"
她颇随遇而安："一辈子的事太多了，本来就没几件由自己掌控。"

087 **Chapter 06**
风雪归客
她的心散落在星辰大海，却想息在他的胸膛。

108 **Chapter 07**
即鹿无虞
她像是预感到了陷阱的麋鹿，却在丛林里迷失了方向。

目 录
Contents

126　Chapter 08
若即若离
这城市里的人孤枕难眠的不止她一个，彼此相距不到十米，却已经在渐行渐远。

145　Chapter 09
霁月难逢
清秋的无数林叶从他身畔飞速倒退，像一轴青绿色的画卷。他迫不及待地想将这幅画卷一展到底，在终点处敲上某人的印鉴。

166　Chapter 10
此心安处
他的眼睛盛满星光，仿佛璀璨而静谧的银河，让她想要化作星辰，将自己永久安放。

188　Chapter 11
久睡难醒
以为是一场久陷不醒的噩梦，梦到尽头，竟有一份迟临的福祉。

205　Chapter 12
今生今世
如果可以，我希望长命百岁，希望万寿无疆。
希望生生世世轮回的时候，都能遇见你投来的目光。

223　Chapter 13
之死靡他
她像一轮如影随形，却永生寂寞的月亮。那种寂寞像旅途中一盏蛊惑人的寒灯，堕在罪恶与自我挣扎的沼泽内，和他有着相似的辉光。他想和她做伴。

245　尾声
你是我的骄傲
我庆幸此生赎不清的罪，是你的爱。

Chapter 01
夜雨眠风

她是不懂，原来对最爱的人也要稳妥精致。

首映式结束，下了一场暴雨。

将近晚上十点，会场门廊璀璨的灯光外，是漆黑阴潮的雨夜。门口人声鼎沸，媒体人员陆陆续续撤场，被来势汹汹的雨势困在檐下。

嘈杂的雨声里，还听得见会场里的背景音乐——电影《眠风》的主题曲，悠扬的苏格兰风笛与法国民谣的曲调。

影评人称它为，一场文艺片的告捷。

"赖致诚导演的新作、柏林国际电影节获奖归国的独立电影《眠风》，画面与叙事都可以打九分。主演方面由新人叶乔独挑大梁，出人意料地成功。这个女演员身上有一种属于东方的韵致与现代性的张力，将影片聋哑女主的孤寂清灵演绎得灵肉交融。

"而且，她有一具很迷人的身体。"

叶乔踩着高跟鞋，走在空无一人的地下车库。

空寂的回声里，前面一辆车的尾灯突然一亮。司机轻摁了一下喇叭。

车牌6379，赖导的车。叶乔向车里的人轻轻一挥手，循声走过去。后座的人颇有绅士风度地替她打开了保险锁，叶乔扶着车门，刚想拉开……小腿却突然一僵。

痉挛伴着剧痛一抽一抽地直达心尖。

叶乔微微俯身，消解抽筋的剧痛。

坐在前头的赖导见她迟迟没动作，疑惑道："哟，出什么事了？"

后座的人却已经从自己那边下车，绕过车尾抵达她身边，声音低沉温和："又抽筋了？"

叶乔咬紧牙关看他一眼，说："没事。"

顾晋不顾她明显的抗拒，蹲下来扶着她的腿："是哪只脚？"

"左脚……"

她今天穿的是裙子，短到膝盖。男人宽厚温热的手掌捏住她白嫩的小腿肚，力道不轻不重，娴熟地帮她揉按："还疼吗？"

叶乔蹙蹙眉，有点不情愿："好一点。"

顾晋轻笑："你多吃点。腿跟胳膊一样细。"

叶乔深呼吸一口，语调僵冷："不关你的事。"

不明情况的赖导打开前座的车门，往后一探，哎哟一声："怎么，抽筋啦？"

"嗯。"叶乔歉意地笑，"不知怎么的就抽着了。"

顾晋自然地应道："没事，她经常这样。"

叶乔的笑容一滞。

赖导摸不清他们俩这诡异的氛围，关上门坐了进去。

顾晋是赖导的得意门生，早年跟着赖导跑剧组，如今是新锐导演中的一匹黑马，由于抓得准年轻人的胃口，这两年的票房反响甚至比坚持严肃题材的赖导更胜一筹。

叶乔认识顾晋，还是赖导介绍的。

只是赖导人到中年不关心八卦，不知道这两个晚辈是什么时候看对眼的。当然也不清楚，他们在半个月前，刚刚分手。

分手的过程很和平，像学成毕业一样稀松平常。

但也不代表能愉快相处。

叶乔刚恢复了个大概，就抽回了腿，半瘸半拐地挪上了车。顾晋落落大方地站起来，坐回车里。两人紧挨着，顾晋看她的眼神写满了"何必"。

赖导爽朗地笑："听说小乔你拍这部戏瘦了好几斤，都是导演的错，待会儿席上多吃点！"

庆功宴当然是要多吃的。

叶乔不喜应酬，这种觥筹交错的场合奉行多吃饭少说话，偶尔与《眠风》剧组的主创闲聊。因为这个性子，她常被拍到埋头吃饭的酒席照。只是今天顾晋在场，多少有点影响食欲。

偏偏顾晋作为赖导的门生，特意来首映式捧场，自然被安排在主桌。叶乔跟他相邻而坐，整桌菜对她都失去了吸引力。

她只好一口一口，沉默地喝酒。

赖导在台上一番陈词完毕，满场齐齐拍手叫好，又是一轮敬酒。叶乔满上杯子跟着整桌人起身，被顾晋抬手拦下："你喝太多了。"

叶乔冷笑一声，本来只想抿一口，却一干到底，两指捏着空杯子向他晃两下，无声地挑衅。

顾晋无奈地笑，这回真的说出口："何必。"

叶乔漫不经心地落座："你管太多了。"

刚刚坐下，顾晋又给她布菜，都是清淡不油腻的解酒菜："我从杨城过来，顺道拜访过你爸。"他看着她，像看一个不懂事的小孩子，"你爸爸最近身体不好，一直是程阿姨在照顾。"

"够了。"叶乔搁下筷子，"顾晋，你现在在用什么身份说话？"

"这跟身份没关系。"刚认识顾晋的时候她就觉得，他太过于稳重老成，只要他皱起眉，她就觉得错的是她自己。他用她熟悉的神情教训她，"徐臧老师光风霁月的一个人，你到底有什么跟他过不去？"

叶乔难以置信地看着他，不气反笑："你这么喜欢我爸爸，拜访他的时候跟他聊了些什么？有没有跟他说你刚跟他女儿分手，有没有说你半个月不到就找了个新的？"

"叶乔。"

"不要叫我的名字。我犯恶心。"

叶乔甩手走人，刚站起来，小腿又是微微一抽。

"小心。"顾晋想来扶她，却被她迈前一步挡开。因为动作幅度太大，撞开的红木椅子在地上发出钝重拖曳的一声。

她烦透了这个拖泥带水的声音，忍着抽痛，大步迈出去。

高跟鞋的声音利落而有节奏，好像能远离一切。

她在陵城没有自己的车。一出门大雨滂沱，Uber上五倍小费都没有司机接单。她干脆躲去离饭店最近的公交车亭里。

全城交通瘫痪，车亭里挤满了等不到车的上班族，没有人注意到她。

背后的广告牌上滚动着《眠风》的大幅海报。有一幅光线暖昧，她演的少女全裸。画面上的纱窗透进一丝淡黄的光，少女光洁的背部上，只有蝴蝶骨明显地凸起。

剧照刚出来的时候，顾晋曾温柔地夸奖道："你的骨头都在演戏。"

雷声隆隆，雨势越来越大。

叶乔轻轻踩着隐隐作痛的左脚，觉得这画面讽刺极了。她倾尽演技演出来的孤独，哪里及得上现实的一根毫毛。

黑夜里，手机屏幕突然一亮，进来一条微信："啊啊啊，表姐你是不是在明宫？附近的人显示我们俩只有五百米哎。"

发件人是她的表妹千溪，性格跳脱，自带出场高潮BGM（背景音）。

叶乔给她回："嗯。"

千溪又是一阵啊啊啊表情包刷屏："有没有剩饭啊？我家这边外卖全都停送，我刚下夜班，饿成狗了［哭泣］。"

叶乔看着屏幕，笑出了声："……"

千溪："［哭泣］［哭泣］［哭泣］真的没有吗？"

"我可以帮你买饭。"叶乔探出身，看了眼一动不动的车流，"但是我现在打不到车，也没有伞。"

千溪："没——关——系——啊！我骑摩的来接你啊！"

二十分钟后，只见一个小姑娘骑着一辆荧光色小电摩，风驰电掣地冲了过来，停在叶乔面前，发出一阵刺耳的刹车声。

千溪一拍车座："来，上车！"

叶乔："……"拿起她车筐里的一次性雨衣，随手套在身上。

小电摩被千溪开成法拉利，五分钟就到了她家楼下。

但是叶乔还是被淋成了落汤鸡。

千溪边停车边歉意地嘿嘿笑："没办法，雨太大了嘛。"说完接过叶乔抱着的一次性餐盒，边插钥匙边叹气，"唉，我真是没见过比你还惨的女明星啦！雨夜给人送外卖，还只能坐摩的，哈哈哈哈！"

叶乔深呼吸一口忍她……可心里是笑着的。

千溪租在一个老式居民区，浴室连着隔壁的卧室。

叶乔借用她的浴室洗热水澡，墙那头不断传来嗯嗯啊啊的呻吟声。男人的声音被哗哗的水声冲得破碎，只有女孩子的娇笑声听得一清二楚。

很年轻的声音。

叶乔关掉水，擦着头发出去。千溪正盘腿坐在电脑前，鼓着嘴吃她给带的饭，一见她："啊啊啊，明宫的油爆虾实在是太好吃了！我好久没有吃到正常的菜了！你知道我实习的医院食堂有多难吃吗？真的好难吃啊啊啊啊。"

叶乔："那你当初为什么要考医学院？"

"表姐你不也考了个电影学院嘛……"千溪不服气地嘟哝。

千溪从小的梦想就是当个白衣天使，高考不顾家人反对考了北医护理系，用能上浙大的分数考了个三流专业，还振振有词："北医护理系虽然分数低，一出去总被人说是二本的，但是我们医学院挂钩在北大啊！走出去还能说自己是北大的！"

叶乔在她的卧室里找到一瓶矿泉水，坐在她对面，递给她："嗯，北大高才生，帮我拧一下。"

像是某种预兆。千溪咕哝着"你们女明星连瓶盖都拧不开",一边拧开盖子的时候,隔壁突然传来"砰"的一声巨响。

千溪叼着油爆虾,惊呆了:"什么情况,隔壁是床塌了吗?"

叶乔倒了两片药在手心,就水吞了:"你隔壁经常这样?"

千溪心领神会"这样"是哪样,脸一红:"隔壁住着一个女学生,真的,看上去就高中生。但是三天两头带男人回来……"

说着,又是"乒乓"两声,对面传来两个男人嘈杂的骂声。

千溪咂舌:"这得是被捉奸了吧?"

叶乔又往手心倒两粒药,刚想吞,被千溪抓住手腕一通摇:"好像有人在打架。表姐……你今晚陪我睡吧,隔壁这样,我一个人不敢睡。"

"你把我最后两粒药摇没了。"叶乔从地上捡起白色的药丸,"我今晚刚见过顾晋,不吃药可能会心脏病发。"

千溪几乎要哭了:"我病理学没好好学,你不要骗我。"

叶乔笑了声:"安定片而已。"她收拾挎包起身,"附近有药房吗?我出去买。"

"出小区左拐就是……伞在门口鞋柜上。"

叶乔推开门,想撑伞,却发现雨已经停了。

居民区里零星灯火,黑夜里浮动着潮气,天幕像被雨洇湿的布纺。门口的路灯下站着一个男人,被昏黄的灯光曳出狭长的影子。

一个面容俊漠的男人,额头擦破有淡淡的血迹,被雨淋得周身湿透,开了三粒扣子的衬衣软趴趴地贴在胸膛,露出紧实有力的肌肉。修长的手指上戴着金色的细戒,烟头在他指尖明明灭灭。

隔壁的房门虚掩着,一道细长的灯光恰好延伸到他脚下,无言地昭示着什么。

叶乔挑了挑眉,回想起洗澡时听到的墙脚,那些不堪入耳的呻吟声犹在耳。

难以想象,这个男人看上去从容得出尘,在床上竟然这么龌龊。

叶乔把伞搁在门廊上,双手插在口袋里向前走。

擦肩而过的时候，男人突然叫住她。

叶乔微微侧肩："嗯？"

他在垃圾筒上掐灭烟："附近有没有药房？"

原来他清醒的时候，声音也低沉得有种情人的欲调。这世上果真有某些人，天生迷人，无论躯壳还是灵魂。

叶乔视线上瞟，意味不明地笑："有。"她恰好要过去，"带你去？"

两人在湿凉的雨夜，一前一后地走着，积水泛出两人高瘦的影子。

叶乔低着头，悉心地回避每一个水洼。

头顶忽然传来一声："你很面熟。"

叶乔抬头，轻笑："我是个演员。"他们路过小区门口的公交车站，叶乔特意停下来，面朝着循环滚动的电子广告牌。

等了三下才滚到《眠风》，赫然是那张裸背海报。

叶乔之前没意识到是这张海报，对方双眸一暗，氛围一时有些微妙。她只好故作轻松，屈指敲了敲屏幕："就是这部。"

周霆深手指在冰冷光滑的电子屏上摩挲，沉眸看了几秒，说："不是因为这个。"转身有些痞气地牵了下嘴角，"不过很漂亮。"

他嗓音有些沙哑，淡淡的烟草味被夜风浸得又凉又性感。"漂亮"这个词被用在这张剧照上，突然横生出百转千回的暧昧勾引——或许是她刚刚听过一场精彩壁角的缘故。

叶乔张张口，没出声，继续往前走。

怎么忘了他是这么一个人呢？她居然还认真地解释，而对方也许只是在老套地搭讪。

二十四小时药房的绿色招牌在黑夜里很醒目。

两人并肩走进去，昏昏欲睡的店员都清醒了不少。

叶乔从售货员的眼神里读出了昭然若揭的暧昧含义——深更半夜，俊男美女，来药房，还能买什么？

周霆深显然也读出了这意味，却迟迟不开口。

叶乔突然就有些反感，凉声道："一瓶安定。"

"有处方吗？"

"嗯。"叶乔从口袋里掏。

周霆深买了医用酒精和消炎片，还有一包创可贴。

售货员一脸"裤子都脱了你就给我看这个"的表情，失望得很。直到看到叶乔处方上的姓名，比对着脸，眼底才重新燃起八卦之魂："叶乔？你是最近新上的那个片子，演《眠风》的那个叶乔？"

叶乔低低"嗯"一声，说："药好了吗？"

"好了！"售货员的笑容都热情了不少。

周霆深先一步付完了钱。叶乔拿着药去收银台，准备和他分道扬镳，谁知原本已经出门的男人突然折返，大步迈到柜台边，一把揪出售货员藏在下面的手。

叶乔被这变故一惊，微微侧目。

售货小姑娘一边挣扎一边大喊："你放开！你干吗？"

男人的眼底没有一丝动容，掰开她扣得严丝合缝的手指，把她手机上最近两张照片按了删除。

"你神经病啊，多管闲……"小姑娘叫骂了两声，一个"事"字还噎在喉咙口，就被他深寒彻骨的目光一扫，不吭声了。

叶乔静静旁观着，触上他的目光——他皱眉盯着人的模样令人胆寒，像是某种密林里的猛兽，凶恶得仿佛天生浴血而生。

小姑娘揉着红了一圈的手腕，疼得眼泪都快出来了。不就是偷拍一张女明星和男人光顾药店的照片发朋友圈吗？至于吗？她瞪着他，低低地骂了句"神经病"。

叶乔大概明白发生了什么，和他对视一眼，没有多说话。即便是为了帮她，她都觉得他残暴得有些过分。

她结完账出门，略微烦躁的心情被夜风一吹，平静了不少，还是转头对他说："谢谢。"

"不用。"周霆深自顾自地坐上路边的花坛，拆开一个个药盒，消炎药直接一口干吞，又面无表情地给自己蘸酒精。

叶乔双手插口袋，静静地看着。

他身上的伤口比表面上多，右肩靠近颈部擦了一道，上药格外艰难。但他还是很快涂完了，对自己同样粗鲁，像个亡命之徒。

只是在贴创可贴的时候，即便是亡命之徒也有些对不准。

叶乔上去接过创可贴："我帮你吧。"

她撕开塑料纸，俯身帮他贴好。

近距离的头颈相交，能清晰地嗅到彼此身上的味道——女人发丝里甜馨的、沐浴后的香味，和男人身上潮湿的医用酒精味，混杂着淡淡的烟气和血腥味。

明明不是什么令人愉快的味道，叶乔却并不讨厌。也许是因为他的躯壳是温热的，微微粗砺的皮肤没有女人那么细嫩，有种雄性动物天生的可信赖感。

可惜这往往是一种错觉。

"好了。"

她直起身，把他撕下来的包装盒都收集到塑料袋里："帮你扔了吧？"

他重新点起一根烟，眯起眼看她："行。"

叶乔很干脆地转身，走了一段，把那袋垃圾扔在小区回收箱。

在周霆深静沉的目光里，她的背影突然顿住，从口袋里摸出手机，纤弱的背部明显地僵了一下。

屏幕上有几个未接来电，还有一条短信。

叶乔看也没看，把那条短信拖进了垃圾箱，顺手拉黑了联系人。

结果一回屋子，千溪正坐在客厅，唯唯诺诺地接电话："啊，在我这儿呢，对，挺好的，出去买药了。啊，她情绪挺正常的呀，是正常的药，嗯，对……"

叶乔直接过去抢了手机："顾晋你准备阴魂不散到什么时候？"

没等对方说话，她就掐断了讯号。

千溪把她迎到沙发上："啊啊啊表姐你不要生气……我不是故意接他电话的。他说你中途从庆功宴出来，家里电话也没人接，怕你想不开……"

叶乔冷笑出声："一定要这么自以为是？我今年几岁，分个手就跳楼？"她竭力忍着，想吃安定片，但双手生理性地发抖，白色药片撒了一手心。

"唰"的一下，像往日岁月倾泻的声音。

"别别别！"千溪嗷嗷嗷地把药夺回来，"这药吃多了就正中渣男下怀了！我的亲表姐！"

这天闹到后半夜才入睡。

半梦半醒间，叶乔听到千溪接到一个电话，在阳台压低声音："阿姨，对，她在我这儿呢。挺好的，按时吃药，这会儿已经睡着了……没事，我一个人住，不麻烦！"

叶乔阖着眼，突然无比疲惫。

千溪打电话的声音断断续续地入耳："唉，表姐平时挺冷静的一个人，怎么遇上顾晋就不对劲了。哎，您放心，我一定会照顾好她的！

"表姐得过这个病，一个人在外面打拼不容易，您多谅解她……"

心脏在黑夜里有节奏地跳动，她清晰地听见自己身体里血液涌动的声音，一下一下，像重锤击打着耳膜。

好像在提醒她，这颗心不是她自己的。她得惜命。

命运这种事，她逃不开。

第二天清早，千溪的男朋友来接她上班，顺便把叶乔送回家。那个心外科医生跟叶乔一般大："听千溪说，叶小姐做过心脏移植手术？"

"嗯。"

"好几年了吧？"

"十年。"

傅医生怔了一下："那会儿心脏移植技术还不是非常成熟，像叶小姐恢复得这么好的很少见。"

他还要说下去，千溪推推他，他专心开车，没在意："演员这一行经常日夜颠倒，寒冬酷暑地拍摄，非常不利于病人康复。叶小姐如果有更好的选择，应该考虑转行。"

车开到叶乔家，千溪连忙追下来赔不是："表姐你别生气啊，我也是随口一提我有个姐姐做过心脏移植手术，没想到他就记住了。他这个人，一提到自己的研究方向话就多。"

叶乔笑容很淡："没事。看得出来他对你挺好的，大清早来接你。"

"就还可以吧。"千溪嘿嘿地笑，"你也老大不小了，以后红了就更没人敢娶你了，还不赶紧给我物色个新的表姐夫！"

叶乔没吭声。千溪立刻觉得自己说错话，刚要纠正，叶乔却说："会找的。只是一时没有遇到可以将就的人。"

曾几何时，她觉得顾晋也不过就是可以将就的人。

现在却没有那份傲气了。

也难怪他吵得最凶的几次，说她金玉其外败絮其中。外表看起来理智懂事，私底下却任性用事，不懂如何活得稳妥精致。

她是不懂，原来对最爱的人也要稳妥精致。

经雨水一夜洗刷，小区里的绿化多少有点枝叶狼藉。她住的单元楼下有一株西府海棠，被打得蔫蔫的，果实浆汁融了一地青草。

叶乔跨进大门，按了电梯楼层，低头看手机。

经纪人把她拖进了一个新的微信群，群名叫"守望者"，成员十几个，头一个就是顾晋。

昨晚删掉的联系人，又以这种方式回到了她的世界里。有什么办法呢？当初签的合同，因为导演是顾晋，即便是个女三，还要到晋南地区农村拍摄，她也欣然接受，开价很低。

现在想想，女人自降身价，真是全天下最愚蠢的事。

电梯抵达二十三层，两侧的门同时打开。她恍着神，下意识往前走，在密码锁上按下六位密码——"嘀"。

"咔嚓"一声，门开了。

叶乔一抬头，愣住了——门牌2302，这不是她的公寓。

她一时间有些反应不过来。这家的玄关尽头挂着一幅价格不菲的油画，确实不是她家的装饰。她走错了。

可是门为什么会开？

正当她愣神的片刻，屋里头传来一声凶狠的狗叫。一条德国黑背以迅雷不及掩耳之势窜出来，混浊的眼睛里满是对陌生侵入者的敌意。

叶乔脑海里警铃大响，顿觉不妙。

她的第一反应是去关门。

然而手伸出去刚刚碰到把手，黑背犬已经扑到了门上，一口咬住了她的手腕。她吃痛地收回手，虎口上已经印了血淋淋的犬牙印子，一阵钻心的剧痛袭来，带着整个手臂都发麻。

德国黑背是军用犬，立起来到她肩膀，迎面扑上来，几乎没有躲闪的余地。叶乔向后贴上门框，一步步往2302的玄关退，边退边喊："有人吗？"

黑背步步紧逼，混浊的眸子里闪着光，仿佛随时会再度扑咬。

叶乔整个背部都绷紧，撞上玄关尽头的柜子："有人在吗？"

"汪！"

黑背再度扑身向前。叶乔顾不得其他，把柜子上的东西扫在地上，耶稣像下的烛台应声而碎。叶乔慌乱中抓到一个打火机，狠狠往它头上摔去。黑背吃痛地落下来，跟跟跄跄退后两步，双目却血红发狂地盯着她。

她几乎想要放弃抵抗，任由它撕破她的皮肤，或者喉咙。那种被分解的血腥想象，竟然像是她身体里一直期盼的愿望，在她血液里蠢蠢欲动。

与此同时，身侧传来一声呵斥："德萨！"

黑背立刻停止了攻击，伏在地上，喉咙里发出轻轻的嗷鸣声。

叶乔警觉地回头，身形高大的男人单手套上衬衣，扣子还没来得及扣，在她发怔的眼神里快步靠近。正对着她的壁纸布满古老的宗教图案，织成一幅中世纪教廷风格的耶稣受难像。

他赤裸着半身，偾张的肌肉充斥着古希腊罗马崇尚的原始力量，像一座古典主义雕像，与身后的壁画有种奇异的和谐。

居然是昨晚那个男人。

这座雕像在她身边站定，松开她紧扣的手指，把她手里的东西搁回原处，看她的眼神充满探询："叶小姐？"

他竟然记住了她。

叶乔双目愣怔。她也认出了他，但是方才的变故让她心跳得破喉，张了张嘴却发现不知道他的名字，一时说不出话。

周霆深顺手带上门，余光里瞥见她流血的手，眉心微蹙："被咬了？"

叶乔这才回过神，手一动便是一阵刺麻的痛楚，顾不得解释自己的破门而入，点点头："有水吗？"

她的伤口很深，需要清水大量冲洗。

接触水流的同时就像被无数针扎到般刺痛，直到疼痛渐渐麻木。叶乔整理了思绪，说："不好意思，我住在你对门，出电梯的时候走错了方向。你家的锁好像有问题，不知道为什么能打开。"

周霆深打断她："你输了什么密码？"

"679352。"

"这就是我家密码。"

叶乔："……"

这过分奇异的缘分，让她接下来准备解释的话语都忘得一干二净。

周霆深帮她控制水流，扩大创口面积以清洗动物唾液和可能存在的病毒。他下手狠准，撕开伤口的眼神没有丝毫怜香惜玉。

叶乔痛到麻木几乎虚脱，小腿微微发软，深吸一口气逼自己体会这种痛。他搭一把她的手臂，身上的热力相贴，声音却没多少温度："你还挺能忍的。"

他敞露着胸腹，浓烈的雄性气息笼着她。叶乔不适应这样的亲密接触，更何况他对待受伤女性的方式粗暴得没有一点点怜悯之意，像在战场上解救中弹的伤员。

她转过头，想确认他没有故意捉弄她，却撞上那双熟悉的、淡得出尘的眼睛。

然而除此之外，这一切都跟昨晚见到的他不一样。

那个落拓的、深夜在老式居民区与女学生共处一室的男人，他对着偷拍她的售货员凶神恶煞的模样，还有她洗澡时听到的那些声响，仿佛都不是眼前这个住着高档公寓、敬奉神灵、连玄关悬挂的装饰画都是她父亲名作的男人。

叶乔哑然了一阵，忽然意识到了什么，蓦地回头："你设这个密码，是因为门口那幅画？"

周霆深关掉水龙头，拿来医用酒精给她初步消毒，闻言抬头："对。"他用棉球蘸了酒精，去握她的伤手。叶乔下意识收回来："我自己来。"

叶乔接过棉球，轻轻放上伤口，疼得刺到心底。她"嘶"地咬牙，紧紧闭起眼，一会儿又睁开，眼底有种不寻常的兴奋。

她动作太轻太慢，周霆深不由分说地托起她的手，替她擦拭。叶乔抗拒他冷血无情的伤口处理方式，却不说，只是紧紧盯着他的手："你昨晚为什么会在那地方？"

周霆深趁她说话，食指突然动了一下，她整个人都为之一颤。

他嘲笑："怕疼就转过头，别看。"

叶乔眼睛没有一刻离开他的手："我习惯看着。"未知比眼前的痛更让人恐惧，她习惯硬碰硬地熬。

"怕疼还看？"

"我不怕疼。"

周霆深故技重施，假装要碰，引她兔子一样瑟缩一下："撒谎没意思。"几次佯攻下来，叶乔有些恼火："你……"眼前突然覆上一只宽厚的手掌，冰凉的眼睑沾上男人天生高出女人的体温。

同时，伤口被浸上酒精。

他的力道不轻，把疼痛控制在可以忍受又能尽快结束的范围。叶乔微张了口，反而觉得没有预想中那么痛，大口喘息两下，便重获光明。

她皱着眉时神情有些冷："有没有人跟你说过，你自作主张的时候很讨厌。"

典型的大男子主义。

周霆深不以为意地挑挑眉，转头问："你也喜欢那幅画？"

玄关那一幅是画坛巨匠徐臧的油画封笔作《尘世之秘》，画幅用印象派的色彩和光感交织了六个隐藏的数字，构成了一幅日落时的河岸场景。因此也被收藏家命名为《679352》——画中的数字。

叶乔神色略动："没有。你喜欢？"

"我欣赏不来这些，说不上喜不喜欢。"他退后，靠着客厅实木与玻璃相间的陈列柜，俊厉的侧脸和颀长身形映在玻璃上，戴着细戒的手指一颗一颗扣上胸前的扣子。

气氛像是凝住了。

闯祸的黑背翘着尾巴一步一步踱过来，在周霆深面前坐下，号了一声。

周霆深蹲下来摸它油光水滑的皮毛，德萨仰着头闭眼享受。周霆深两指捏着它的下巴扭过去，正对着叶乔："来，跟她道个歉。"

叶乔给自己贴上止血带，一扭头就听见响亮的一声狗叫。这条黑背受过严格的训练，正襟危坐的模样严肃又认真，像一个行军礼的军人。

她对这条狗还是有些发憷，苍白的脸上想笑却没笑意。

"它好像受伤了。"叶乔侧头看了眼它的爪子。

周霆深举起狗的右爪，果然有一道猩红的口子，估计是被她砸下来的碎片划的。他从茶几上的急救箱里翻酒精给它消毒，缠上绷带，动作娴熟认真。威风八面的黑背对着他"嗷呜"两声，显得分外可怜。

叶乔看得出来，他对这条狗感情很深："抱歉。"

"德萨是军犬，受伤而已，不妨事。"

叶乔只好换个话题："还有那个烛台。我也不太清楚当时还砸了什么，你看一下，我都会依价赔偿。"说起烛台，所有的理性思维在这一刻都回归了。叶乔神情肃穆——伤害到对方的信仰，在她眼里是一件极其严肃而不知如何道歉的事。

"不用赔。"周霆深扬扬眉梢，显然看出了她的另一层意味，笑说，"我看着像基督徒吗？"

叶乔摇头。他看起来不像信奉天堂的教众，更像地狱里的恶鬼。

周霆深牵着丝意味不明的笑，甩了甩车钥匙："去打疫苗。走。"

微信群里渐渐有人发消息。

顾晋邀请了一个陌生的微信号加入群聊，叶乔几乎能透过文字想象出他温和的微笑："欢迎我们的女一号程姜入组。"

《守望者》的女主演迟迟没有向外界公布，只有叶乔知道，顾晋一直在找一个能演出角色本身复杂人性的女演员。

叶乔问过他："我不行吗？"

顾晋笑说："你太柔了，没有那种韧性。"

因此她没有接那个被拐卖到深山里的女一号，而是选择了演性格面较为单一的人贩子。她演惯了站在苏格兰风笛里的孤独少女，此次出演现实题材里的底层反派，也算一种戏路上的突破。

可是，程姜就行吗？

一个靠古装剧拿奖的偶像派女演员，即使因为走红多年而颇有资历，就能胜任这个突破传统的女一号吗？

叶乔牵起半边嘴角笑，不过是因为自己是旧爱，而程姜是新欢。无论是电影还是现实，说白了都是因为对方比她红。

周霆深开着车，后视镜里叶乔连连冷笑，一会儿是讽刺，一会儿是自嘲。

从见到她的第一面起，他就觉得，她像一个自己与自己争斗的矛盾体。

可是叶乔好像以为别人都看不出来，故作自然地指指他的左额："你这边的伤好了吗，会不会留疤？"

"嗯？"

"你这张脸，留疤挺可惜的。"

周霆深笑了笑，和多云天的阳光一个温度。

她似乎想要努力不去想些什么，不停地找话说："你是什么时候搬过来的？一个月前中介好像还在带人看房子。"

"半个月前。我搬来的时候没见到你。"

"那会儿我在拍戏。"

这是假话。

那会儿她早已结束《眠风》的拍摄，闲时就会去顾晋那里。如果不是那样，作茧自缚如她，怎么撞得破他跟程姜的好戏？

周霆深发现她又陷入了自我封闭的回忆里，踩下刹车："到了。"

疾控中心对叶乔这种情况轻车熟路。负责给她打针的护士四十多岁，看着她的眼神挺心疼："咬这么重啊。这么白嫩的手算是毁咯，以后要留一个疤。"

周霆深交费回来，听到这一句，想起她在车上说可惜。她怎么就不觉得自己挺可惜的？

叶乔却只关心："我做过心脏手术，要紧吗？"

"放心，狂犬疫苗男女老少都可以打，动过大手术也没关系的。"

叶乔眼睛暗下去，平淡无奇。周霆深移开视线。他确定，她刚刚发问的眼神，明明在期待一句"要紧"。

护士试完针，给伤口做浸润注射："小姑娘蛮可怜。要是疯狗的话得再加一针血清，以后定期再来加强。不然蛮好一个小姑娘，一辈子都毁上面了。"

叶乔表情很平静，眉头都没皱一下。她挺过一阵疼痛，竟然觉出快意。

倒是周霆深开口问："要打几次？"

"她这咬得蛮严重的，最好前六天每天都来。"

周霆深点点头。

注射很快结束。护士对不怕疼的病人很满意，笑着帮她包扎："你长得蛮像个女明星的，叫什么来着？想不起来了。"

周霆深倚在窗口抽烟，笑着看叶乔反应，却发现她正投过来一眼。

身后是白惨惨的医用床，淡淡的烟气里，她嘴唇都有点泛白。他为了抽烟而开的窗户吹进一缕风，把她的发丝拂到了额前，遮住她透明的眼神。

见鬼了。他持烟的手指轻轻颤了一下，无端想去帮她撩那缕碎发。

臂部肌肉注射比处理伤口的疼痛小得多，叶乔轻轻抿唇，连句"轻点"都没叮嘱。护士打完针和蔼地笑："现在小姑娘都怪娇气的，像你这样的不多咯。"回身对着周霆深"啧啧"两声，"小伙子好好珍惜啊。"

解释显得多余，不解释又怪异。叶乔从包里摸出手机，低头刷消息来掩饰尴尬。可惜右手被包得像个馒头，一个失稳，手机就"乒乒"两声掉在了地上。

周霆深迅速掐灭烟，过去帮她捡。

一条新消息恰好进来，他瞥了眼联系人名：顾晋。

他按下退出，调到通讯录界面输入自己的号码，递还给她："这是我的电话。明天来之前给我发个消息，直接过来敲门也行……我家密码你也知道。"

说着，他没来由地笑了声。

叶乔扫了眼那串数字，没接手机："还有名字。"

周霆深挑眼，收回来一个字一个字地输入。

周霆深。

叶乔拿回手机一看，快被这人的一本正经逗笑。他把姓和名填完，还把通讯录自带的"电子邮件""生日""社交账号"甚至"家庭住址"都填了一遍，甚至填上了"工作电话"，一个企业的分机。

也许是渐渐相熟，他的笑容比初见时多了，也更有温度，带点故意调戏她的戏谑："满意了？"

真是皮相误人吗？他长得太周正，无论是落拓还是轻浮的时候，都状似无意，坦荡得出奇。

"职业呢？"

洁白的窗帘缓缓飘起，他威风凛凛地扬眉，似乎在开玩笑："逃犯。"

Chapter 02

冷锋过境

我为了你，曾经很努力地想要活下去，想要长生不老，想要皓首永新，想要永生永世有爱你的力气。

冷锋过境，陵城近来阴雨绵绵。叶乔几乎每日都听着雨声醒来，再给周霆深发去医院的消息。有时候后半夜失眠，问他一句什么，他也会回复。

这个男人好像果真没有正当职业，二十四小时随时能找到人。叶乔联想起初遇的那一晚，对他的从业不禁有些不好的联想。甚至有一瞬间，她都质疑过"逃犯"两字的真实性。

信了他的邪。

她对这个人，好像什么都知道，其实根本一无所知。

因为手部受伤，叶乔推掉了需要飞往外地的通告，每天往返家和医院，了解外界信息的唯一方式就是网络。

豆瓣和格瓦拉上对《眠风》的评分都上了 8 分，这在文艺片口碑与票房俱差的时代十分不易。叶乔一直不温不火的微博粉丝暴涨，直破两百万，半个月前的微博下评论猛增几十倍，全在催她更博。

叶乔随手刷了刷好友圈，才发现今天是程姜的生日。＃程姜生日快乐＃占据了微博热搜词榜首，圈内众多一线巨星都发了庆生博，好不热闹。

她突然明白了，为什么《守望者》的开机发布会要选在今天。

叶乔坐在皮椅上，任凭造型师折腾她的头发。助理申婷在给她讲发布会流程，讲到中间生日会的环节，突然吞吞吐吐起来："片方要求所有剧组成员上台陪程姜姐一起切生日蛋糕，结束之后还有程姜姐的生日酒会，顾导做东，就在丽丝卡尔顿。"

申婷说完松了一口气，像从鬼门关走了一遭，连造型师都不停给她使眼色——程姜和叶乔的梁子是整个剧组的灰色地带，一个新来的小助理也敢踩。

叶乔却只是低头发微信，抬眸端详一眼镜子，对造型师说："后面不用烫了吧？"

造型师小 K 接上吹风筒："对，等会儿绾一下就行。"

"好。"叶乔把手机拨通递过去，精心修饰过的睫毛向上一扫，连申婷都看得呆了一下，"能帮我接一个人吗？"

申婷接过电话，几乎是小跑出化妆间。

叶乔是她进这一行跟的第一个艺人，原以为新人会比较好跟，听说脾气也不错——岂止是不错，语气太温和了，反而让人觉得怪疏离的。

外面小雨刚停，雾蒙蒙一片。她捏着叶乔没有任何装饰甚至连薄膜都没贴的手机，站在旋转门后："喂，您好……对，我是叶小姐的助理，您到了吗？是那辆深蓝色的车吗？嗯，我看见您了……"

申婷从自动旋转门出去，迎面见到一袭黑衣拾级而上的周霆深。那张脸……以她入圈以来的记忆储备，不属于任何一个男明星，却出奇地有明星的气质。

她放下电话，和他握手："您好，我是申婷。叶小姐派我来接您。"

周霆深摘下手套，却没有握，而是在她额前挡了一下。廊上的一滴雨水落在他的手背上，顺着金色细戒淌入指缝。

申婷错愕地眨了两下眼，脸上发热："谢谢……"

周霆深："叶乔在哪里？"

申婷胸前挂着蓝色工作证，一路和筹备发布会的同僚打招呼，带他过了两道门禁。周霆深在后面走，前面申婷踩着低跟凉鞋健步如飞，脸颊红扑扑的。周霆深有腿长优势，步子迈得气定神闲。

酒店走廊的壁灯即使是白天也亮着柔和光芒，周霆深摆弄着一个金色打火机，灯光一道道映在光泽剔透的金属表面上，璀璨迷人。

柔软的地毯收尽了脚步声，周遭安静，只有 VIP 休息间的争吵声清晰入耳——

"顾晋这回是资方没到位还是怎么着？连间独立休息室都没有吗？我从戛纳回来一下飞机就往这里赶，连个好好的座位都没有了？"

申婷先一步冲进去，原来是《守望者》的女二号许殷姗到了化妆间。本来是容纳两个人的地方，之前只有叶乔一个人，造型师就把一些工具堆在空位子上，没想到许殷姗一来就找碴。

申婷一进门，就瞧见小 K 在许殷姗身后不停收拾东西，许殷姗身后跟着助理安保化妆师若干，气势汹汹。叶乔背对着硝烟，仿若事不关己。这怎么行？许殷姗虽然一枪子骂导演，一枪子骂造型师，但是明摆着是冲着叶乔来的。

申婷赶紧上前道歉："不好意思许小姐，发布会在酒店举办，由于不是专业场地，化妆间吃紧。剧组有为每个演员准备专门的酒店房间作休息用，许小姐不急着做造型的话，可以上去休息。"

许殷姗抱着臂，化了烟熏妆的眼睛气势迫人，没正眼瞧她，单单噙着冷笑等正主发话。

叶乔却没看她一眼，兀自把手伸向申婷："我的手机用好了吗？"

"好了。"申婷交还给她。收拾完毕的小 K 也趁这个空当向叶乔道别："头发弄好了，下午正式上台前要再修补一下，'call'我。"他做着打电话的手势退后，出门前瞟了许殷姗一眼。

叶乔对申婷道："去送一下小 K 吧？"

许殷姗是电视剧圈子的人，近两年人气才有起色，一直觍着脸抱程姜的大腿。今天闹这么一出，显然是借题发挥落井下石来的。叶乔让申婷出去，是看她一个新来的，免她夹在中间当炮灰。

申婷知道叶乔这是在照顾自己，反而犹豫着不动了，直到叶乔给她使了个"去吧"的眼色，才咬咬唇出门。

等到两人都走了，化妆间里只剩下叶乔一个人坐着，面前站着对方威风凛凛的一干人等。

许殷姗瞧她竟然有胆子跟自己正面耗，饶有兴致地开腔："有些人就是爱占人家的地方。自以为抱上了个金大腿，等人家把你踹了，还死抱着不挪窝。呵，被人甩还眼巴巴地进组，以为怎么样，能把墙脚挖回来吗？"

她只顾着发泄，连带着把程姜骂进去也不自知。

叶乔呵地笑出声，却激得许殷姗柳眉横竖，预备再次添油加醋。

房门却在这时开了。

"咚！咚！"

高大的男人倚在门边，慢条斯理地敲了两下门，语气有种隐忍的不耐烦："叶乔，好了没？"

他身上有股子经常见血的人才有的戾气，眉间微微拧一下就像是致命的威胁。许殷姗甚少接触这样的人，竟然一时愣住了。

"快了。"叶乔看他的眼神颇冷淡。他是在外面看了多久的笑话？

周霆深款款走进来，坐上小 K 刚刚清理出来的凳子，把打火机往桌上一抛："干吗烫卷，直的挺好看。"他撩起叶乔鬓角垂下的一缕发丝，在鼻尖轻嗅，"味道不错。"

他优哉游哉的，一见她就没了方才的不耐。

叶乔挡开他的手，掩人耳目地瞪他一眼，拉上包的拉链："走不走？我一点前还得赶回来。"

他倒是一点都不肯放过占她便宜的机会，指尖在她小巧的耳垂上轻轻钩了一下："走啊。你说什么就是什么。"

两人旁若无人地调情，平白显得房间里站着那一拨人多余得像一个个发亮的灯泡。叶乔皱皱眉起身，避过戳在门前的安保，听到门外传来一阵脚步声，来了挺多人。

许殷姗见她真要走，喊出一声："叶乔！"

叶乔刚刚转身，外头申婷带来的浩浩荡荡一群人也到了。其中一个姓刘的是场地负责人，跟叶乔点头算打过招呼，见到许殷姗就堆笑："是我们策划这边失职，没有协调好化妆间。剧组在上面给演员开了 VIP 套间，也可以用作化妆室，许小姐您看？"

许殷姗不满地抿两下唇。她怎么会不知道剧组的安排？只是听说叶乔在这儿，特意过来看戏的。

"现在倒是周到，刚刚也不见人影。"许殷姗说完不屑地斜申婷一眼，讽刺她搬救兵。

负责人是老油条了，点头哈腰："是是，招待不周，许小姐海涵。"

许殷姗这才下了台阶。

这厢对付了，刘负责人才让开一条道，看向叶乔道："叶小姐也要上去吗？"

叶乔还没开口，周霆深虚揽了她的腰，赶时间似的带她往前走两步，语气颇不耐烦："带她去医院。"

负责人脸色大变，以为许殷姗把她怎么了："怎么，叶小姐受伤了吗？"

叶乔举起手背，把虎口无意地对着许殷姗，轻晃了一下："没事，被狗咬了一口，去打疫苗。"

叶乔走的时候，她的助理申婷还跟周霆深道了个别。只是让她接了一下人，就已经"周先生"地叫上了。

他还真是不放过每一个雌性动物。

叶乔坐上车，揶揄他："你是犯了什么事在逃的？勾引纯洁少女吗？"

周霆深探过身帮她扣安全带，眼睛近距离地眨了一下："你猜。"

叶乔蓦地就想起第一晚见他的场景，隔壁床都塌了，不是真让她猜中了吧？

车没开一段，又开始下雨。

叶乔平视前方，没头没尾地突然笑了声："你刚刚，演技不错嘛。"

周霆深知道她是又想起了在化妆间里的场面，回敬一句："你教得好。"不以为意的神情，仿佛刚才那个当着许殷姗的面刻意品评她今天打扮的人不是他。

可是放在平时，他从来不曾对谁的外貌表现过注意，好像女人穿礼服和睡衣都是同样的。

叶乔突然来了兴致，把脸对着他："卷的真的不好看？"

周霆深嗤笑一声，眼睛注视车流："还行。"答完又问，"怎么，那女的跟你有仇？"

叶乔真答不上来。

许殷姗跟她至多不过两面之缘，要交情没交情，要梁子没梁子。只不过是她上赶着讨好程姜，自导自演拉人入戏而已。

"没有。"叶乔笑着戳戳他心口，"你不懂女人的心。"又靠回座位，明明绑着安全带还动来动去，一脸乐和的模样，"我也不懂。"

周霆深觉得她说得对。他不懂女人心，不懂她在乐和个什么劲："我说，你刚失恋吧？"他好歹听到了几个关键词，"金大腿""挖墙脚"，大概就能串起一个司空见惯的都市狗血故事，"被谁挖墙脚了？"

叶乔不笑了："干吗？"

"想听听娱乐圈八卦，不成？"

叶乔安静了挺久。周霆深都以为她是不想回答了，她才开口，声音和沉默时一样静："是程姜，影后，特别漂亮那个。"

周霆深不看电视剧也不关注明星，但程姜的名字是听说过的，到处是她的广告。他想也没想，说："就一般吧，还没你漂亮。"

叶乔的心在细雨纷纷里，突然平顺了。

她觉得，她冤枉了他。这个人其实极懂女人心。

到了医院，叶乔轻快地走在前头，穿过门诊部满是病号的走廊。

周霆深隔着三步把弄他的打火机。

叶乔还没换上礼服，单做了个发型，栗色长发绾成一个希腊式的结，两边鬓角各留一绺发丝，烫成微卷，身穿一条棉质短裙，露出白玉一样的小腿。

她的眉目算得上清淡，因此适合化妆，淡妆之后精神气颇足。精致的眼妆在她轮廓漂亮的鹅蛋脸上没留下刻意修饰的痕迹，显得雅致合宜。

这个女人拾掇起自己来，堪称惊艳，走在人来人往的医院走廊里，病恹恹的男女老少都成了虚景，只有她在视线的中心，像一株落满清冷积雪的松树。

周霆深把抛起来的打火机接住，竟期待她好莱坞电影式地回头。

但她没有。

叶乔闷头赶时间，注射的时候，别的病人说"轻点"，她在一边皱着眉说"可以快些吗"。注射完刚刚压着棉球，她就对他说："午饭直接到酒店吃吧？我请你。"

周霆深抓过她刚刚换过药的右手，清苦的滋味盈鼻。叶乔连人向他左肩扑了一下，听到他放慢声音说："你在邀请我去酒店。"

性感又魅惑的声音。

下流坏子。

相处久了叶乔只当他是纸老虎，脑海里想的都是在外人看来这个姿势会不会像拥抱，平静地说："欲加之罪何患无辞。"

他响亮地笑一声，从烟盒里抽出一根："文绉绉的。"

叶乔立刻蹙着眉偏过脸，周霆深看她一眼，还是点上了烟，吐完第一口烟气才跟她说话："走吧，送你过去。我中午有事，想吃饭下回约。"

叶乔觉得，他身上真是有太多她讨厌的地方。

比如烟枪，比如粗暴，比如从来不懂得迁就女人，即使是漂亮女人也不行——再比如他一直不肯坦然示人的身份，和诡秘的行踪。

可是她居然对这个人，讨厌不起来。

如果她的生活里有比认识周霆深更神奇的事，那就只有"她要和程姜一起切生日蛋糕"这一件了。

《守望者》的发布会请遍了全国主流平面、电视、网络媒介，剧组多位国内一线巨星到场，星光熠熠。

顾晋师承赖致诚，用正统文艺片的画面和叙事阐释严肃题材，却能取得商业奇效，很大程度上仰仗于他选角时的大手笔。这是媒体对他的一贯评价。

可是叶乔一袭束身短裙坐在台下，看着台上夸夸其谈熠熠生辉的他，却想起自己的本心——顾晋是一个很有才华的人。

直到现在，在她心里，他依然是这个圈子里为数不多、她可以与之论

"才华"与"赤忱"的人。

然而现实有时候很残酷。

导演致辞环节很快结束，顾晋却没有下台。主持人用亢奋的声音宣布："下面有请《守望者》的女一号，程姜上台！"

满场闪光灯的声音在此时到了密集的巅峰。镜头里的女人一身曳地红裙，礼服挂脖式的设计简约又不失心机，将程姜本就傲人的上围衬得呼之欲出。顾晋早已候在台侧，牵她上台，眼底的笑意像他这个人一样清隽动人。

这一切似乎都在印证公关部早就放出去的八卦消息——顾导和影后程姜好事将成。

叶乔可以不费吹灰之力地猜到，明天这个画面就会成为各大娱乐版面当仁不让的头条。

余下的演员名单——念出，连出演男主角的影帝陆卿都成了这场恩爱戏码的配角。叶乔上台的时候更没有引起什么注意，只是默然与顾晋擦肩。

叶乔的目光没有一丝一毫偏移，余光里顾晋站在程姜旁边，却看了她一眼。那一眼不像他平素那般从容。有没有一点点愧疚呢？

可惜她看不清了。

主持人对每个演员——进行采访。总计十分钟，有三分之一的时间在采访顾晋及程姜——

"为什么转战大银幕？"

"为什么挑战被拐卖女性这样突破传统的角色？"

"为什么选择和顾导合作？"

为什么？因为他是顾晋吧。

叶乔站在台上，程姜的声音透过话筒过分良好的扩音效果，刺得她耳膜发聋："这一次能和顾导合作，非常荣幸……"这个女人连声音都是妩媚的，妩媚得大气凛然。

叶乔陷在程姜低柔婉转的嗓音里，连采访什么时候轮到了她一向欣赏的陆影帝，都没有留心。

直到主持人话锋一转，提到她的名字："您和程姜是多年的合作伙伴了，同时叶乔在刚刚上映的电影里与您的合作也有不错的口碑。那么这一次您是希望旧人擦出新的火花，还是更期待新CP的持续升温呢？"

叶乔几乎是第一时间剐了许殷姗一眼。

这个问题怪异又敏感，绝对不会是台本上写好的，显然是主持人现场发挥。而陆卿的回答也昭然若揭——没有人会为了她当众下程姜的面子。

这回请来的男主持和许殷姗私交颇密，谁想要故意膈应人，其间关系一清二楚。

许殷姗泰然自若地向着台下的镜头微笑。叶乔却从那微笑里嗅出一股阴毒。

这世上的人都是这个样子的吗？明明事不关己，却要步步相逼。

世上的人都这样，还是只有这个圈子里的人是这样？

"两位都是非常值得合作的女演员。"陆卿话毕递来一眼。叶乔确信，他知道所有的内情，因为他那双价值十几亿的眼睛里，写了安慰与同情。

身为前辈，他少年出道，从影将近二十年，早就看透了这圈子里的风风雨雨，从道义上给人不动声色的安抚，已然十分宽厚。

可是她最不需要的就是安慰和同情。

正因如此，当主持人问叶乔为什么没有选择和赖导继续合作，而是接拍了《守望者》的时候，她心底叫嚣着，无比渴望一种玉碎的快意。

她想要粉身碎骨，想要被人憎恨。

想要站在风口浪尖，被礁石击散。

想要说出众人期待的那一句——"因为顾晋。"

可是她是叶乔。

叶乔的笑容永远清淡合宜，眼神永远理想主义："我本人对《守望者》关注的现实题材非常感兴趣，人贩的角色对我而言也是打破常规的一次突破。顾导关注现实的理念很可贵，同样也是我从业的初心。"

关掉话筒。其实，这才是她的真心话。

甚至比她想象中更真。

她的眼睛里闪烁着一种叫作赤忱的光芒。台上的顾晋看着她，竟然想起了第一次留意到她时的模样。

那是一场打戏，叶乔演的那个角色被歹徒追杀，需要从高空一跃而下，从一堆水泥管道上滚地拔枪。

彼时她还只是个小角色，剧组没有为她配备专门的替身演员。赖导得知她做过心脏移植手术，不宜拍摄惊险镜头的时候，大发雷霆："剧本上写明了有这场戏，你不能拍。你瞒报身体状况，签了合同又有什么用？"

但是叶乔说，她能拍。

赖导当然不同意，这不是拿演员的生命开玩笑？但是叶乔一意孤行，当场签了一张保证书，若因此导致生命财产安全损失，一切概由她个人担责。连副导演都被这个豪气云秋的小姑娘打动了，加之危险指数不高，答应让她一试。

对，顾晋就是那个副导演。

那是一个寒冬，室外温度零下。整个过程他都站在人造雪里，盯着她完成整个镜头。

所有机位到位，叶乔吊着威亚像一只矫健的雪狐，从凛凛松枝上一跃而下。她对自己格外狠得下心，重重摔上那堆水泥管道，把最上头的都撞得滚落一地。

她却不知疼似的，打两下滚，一记利落地回头，黑洞洞的枪口正好对准他。

枪口和她的眼神一样冷淡，平静里压抑着正义的狠戾。

他就在那一瞬间被她击毙。

后来？是怎么一步步走到今天的呢？

因为不一样了。她还是那个漂亮又才华横溢的叶乔，能演准每一个细腻动人的眼神，但她眼底再也没有了那一瞬间令他动心的飒爽。

她把她的潇洒用在小事上，明知影响身体健康却放纵自己，明知会惹他不悦却任性用事，时常像个小孩子一样淘气。他们争吵，他说她活得不够精致稳妥。后来她甚至在慢慢改，变得很小心地照顾自己照顾他的心情，但又显得小家子气。

顾晋回忆两人分开前最后的记忆，让他动心的竟然只有她最后临走前的话语。

那时她对他的不满照单全收，甚至点头说"确实"。分手的过程一直很平静，仿佛是两个垂暮之人交代后事，一如她说话时的语气：

"顾晋你知道吗？我有在乎的东西的时候，才会惜命。

"我为了你，一直很惜命。"

我为了你，曾经很努力地想要活下去，想要长生不老，想要皓首永新，想要永生永世有爱你的力气。

然而我不能。

"五——四——"

"三——"

"二——"

"一！"

"程姜女神，生日快乐！"

因为你不爱我了。

"咔嚓咔嚓！"

摄影师挪开相机的一瞬间，叶乔触电般收回切蛋糕的手。

程姜有些丰腴，即使上了三十，手掌仍旧白皙莹润。不像她，手指瘦削得没有一丝肉，像一根根竹签子。两人握着同一把蛋糕刀，即使上头还有好几个人的手，却不及她们俩的对比那么鲜明。

程姜穿着曳尾长裙，叶乔和许殷姗却都是短裙加身，活像两个伴娘。女主角甚至侧目，向叶乔笑了一下。盛丽的，友善的，没有丝毫将她当作敌人的，无懈可击的笑。

其实她也没有。

她向程姜微笑一下："生日快乐，程姜姐。"

程姜的愕然只有一瞬，藏在她美得国色天香的明眸里，似乎诧异于这个女孩子的隐忍通透。但她掩饰得很好，弯弯眼睛说："谢谢。"倒是许殷姗在一旁吊起眼角，轻蔑地哼了一声。

叶乔看着她盈如秋水的笑眸，心里想的却是：即便是她这样悉心保养的美人，笑时眼角还是会有细纹。

叶乔心里忽而有种不知何来的怆惘，比第一次确认程姜和顾晋的关系还要令她难过。

女明星的年龄是一个秘密。可是她知道，程姜比对外宣称的还要老两岁，今年三十二，比顾晋还要大两岁。程姜在顾晋眼里，大约就是那个永远精致稳妥的美人。反之也差不多。

扪心自问，她其实并不恨程姜。她只是遗憾，年少时喜欢的人无法在现实里长久。

往后她也会像程姜一样，在某个敏感的年纪，濒临色衰之时，选择一个稳妥的人吗？

陵城的雨季仿佛不会结束了。

叶乔没有拒绝程姜的生日酒会邀请，在雨夜最清寒的时刻赴约。方才在发布会上和程姜一起切了蛋糕不算，下了台还要在晚宴上，跟她分享同一个四层蛋糕。

檐外霪雨霏霏，檐内声色犬马。叶乔吞下一口芝士蛋糕，腻得嗓子发疼。

生日会没有媒体打扰，宴会厅里大到布景，小到每张椅子的装饰都为程姜量身设计，显得别具匠心。全场星光熠熠，浸在小天王郑西朔低柔动人的歌声中，璀璨曼妙。

他说，一曲法语情歌，送给今日正逢诞辰的美人。

叶乔记得他刚出道时，仗着自己老爸撑腰，唱些没营养的心碎情歌也能被公司力捧，整天跟人打架滋事也没有媒体敢抹黑。当时她还在上大学，演他的MV女主角，两人都青涩没有经验，5分钟的MV拍了一整天。

如今他也成了独当一面的歌者，声音因为年龄的成熟而更加醇厚动听，演唱技巧信手拈来，凭借偶像派的外形和张扬的个性受尽年轻女孩追捧。

　　顾晋选他当《守望者》主题曲的演唱人，颇具慧眼。

　　郑西朔下台的时候，叶乔还在吃那块蛋糕。

　　"还吃啊？有这么好吃吗？"她那个苦大仇深的样子，看着就来气，还对他不理不睬。郑西朔一把抢过她的叉子，在她蛋糕上挖了一口，"也不怎么好吃嘛。"

　　叶乔晓得他是故意的，干脆侧过身去看表演，什么都不吃了。

　　郑西朔看着她空空如新的碗碟："你不是一晚上什么都没吃吧？"

　　叶乔只顾喝酒。

　　"别啊……"郑西朔啧啧啧了半晌，"乔乔，你有没有发现，自从跟了顾晋那个老头，你真是越来越没意思了。"

　　她静静抿一口酒："他到今年十二月才过三十岁生日，哪里老了？"

　　二十二岁的郑西朔少爷顿生一股朽木不可雕的悲戚："三十岁啊！那就是奔四的男人！不是老头是什么！是什么！"

　　叶乔不理睬。郑西朔更气愤了："你看看你！人都跟别人跑了，我开他个玩笑怎么啦？少你一块肉啊？"他一甩他的红毛，标准韩流小鲜肉的脸一会儿骄傲一会儿挫败，"喜欢他能当饭吃啊？你在我面前维护他有个球用，他又不知道……哎你还喝……东西都没吃一口就知道喝。"

　　郑西朔扬着手要抢她的杯子，叶乔不给，他不依不饶地抢，挂在手腕上的银色链子叮叮当当响，引得旁边桌的人都侧目看这边。

　　那些转过来的脸孔千人一面，叶乔却恍惚见到了一张熟悉的脸。周霆深？他衣冠楚楚的俊颜晕在衣香鬓影里，看不分明。叶乔想要看清，忽地一松手，郑西朔以为她会倔到底呢，突然对面没了力道，酒洒出来泼了两人一手腕。

　　红色的液体渗入叶乔手上的白色纱布，接触到伤口，疼得她微一仰头。

　　叶乔突然拿着包冲了出去。

　　她靠在走廊的墙壁上，干吞了两粒药。药末卡在喉咙口，让她想起遇到周霆深那夜，他吞咽起来面不改色。原来其实是这么苦的。

为什么刚刚，好像见到了他？

宴会厅的另一头，许殷姗场上敬了一圈酒，突然也撞见个熟悉的人。相貌出众的年轻男人，和投资方的几位中年实业家坐在一起，眉目间的冷漠尤为醒目。

她的笑容凝滞了一瞬，问身边相熟的投资方老总："秦总，这位是？"

这厢，郑西朔知道闯祸，给自己随手擦了擦，拿起一包桌上的湿巾，追到走廊。

左顾右盼，郑西朔总算看见靠在消防箱上的叶乔："你干吗突然放手，吓我一大跳。怎么样，没事吧？"

他把湿巾拆开，递给她擦手上的酒污。

许殷姗脸色惨白地出来透气，恰好撞见这一幕。她眼底闪过一丝短暂的恨色，嘲弄地笑一声，凉幽幽的声音回荡在空荡的走廊上："我当是谁。叶乔，上午那个呢？怎么晚上就换了，你胃口挺吃得下嘛。"

许殷姗今天穿了一条白色抹胸短裙，假睫毛比蜘蛛腿还长，像只长了过多触角的白蝴蝶，居高临下地看着两人。郑西朔刚抬头看她，她就装作刚认出来的样子"哟"一声："原来是郑少爷呀？不好意思，刚刚真没认出来。"她柔柔一眨眼睛，美人微醺极有风韵，又在恰到好处的地方示弱。她很有自信郑西朔不会拿她怎样，扭一下腰身就要走。

谁知郑西朔根本没打算放过她，侧迈一步，堪堪拦住了她的去路。

许殷姗猛地一惊，手里满满一杯红酒洒了小半，污了她高级定制的白裙子。她秀眉一蹙："你做什么呀？"

叶乔拉了拉郑西朔的西服边，示意他能忍则忍。许殷姗只知道郑西朔是华盛唱片的自家人，有背景有才华，被捧得如上云天，因此圈里管他叫郑少爷，她也就跟着叫。这样背景的人，大多少年老成，小小年纪就深谙进退之道。

但是叶乔知道，郑西朔不是这样的人。

二十二岁的郑西朔少爷，心智跟十二岁差不多，一脸欠揍地问许殷姗：

"我怎么了？"

许殷姗还没有回过味，娇嗔地扯了扯小腹上的一块污渍："你洒到我了——"

话音未落，她手里突然一空。那还剩半杯红酒的高脚杯已经到了郑西朔手里，冰冷的液体从她头顶一直淋到胸口，顺着身体的曲线酣畅淋漓地淌下去。

许殷姗胸部动过刀子，身材苗条却玲珑有致。酒红色的液体将她这具为她披荆斩棘的身体勾勒得轮廓分明，连内衣的颜色都若隐若现。

郑西朔把杯子随手往消防箱上一搁，擦了擦手："刚刚你说什么，我怎么你了？是不是这样？"

许殷姗的脸上一瞬间闪过震惊、错愕、难以置信，最终恼羞成怒，却不骂郑西朔，而是带着恨意蓦地转向叶乔，吐出一句："贱人。"

"贱你妈个 ×！"郑西朔把擦手的湿巾往上一扬，恰好盖了许殷姗半张脸，再飘飘然坠下来，"拿去擦干净了照照，自己长了张什么样的脸。"

许殷姗觉得今天这些人都是疯了，个个都要给叶乔出这个头，嘴里骂骂咧咧，被闻声赶来的助理披了件外套，强拖着走了。

身为半个主人的顾晋也听到风声，恰好赶到，和叶乔擦身而过，给了她一个责备的眼神，径直上去慰问许殷姗。

一直隐忍不言的叶乔突然站直，喊了声顾晋。

顾晋没答应，她就又喊一声。顾晋显然听见了，微微侧一下头，紧拧的眉心显然在责怪她给他添麻烦，却涵养很好地不曾言语，只是继续低头，在许殷姗耳边说抚慰的话。

叶乔扬手把杯子往他脚下一摔。

珠玉尽碎的声音，原来是那样清脆的一下。

数秒的死寂。

顾晋终于转身，对上她已凉透的、偏执的眸子。即便怒气云涌，他依然记得给她台阶下："喝醉了？"

叶乔像块铁板似的，顽固得出奇："我没醉。"

她眼底雾蒙蒙的，面颊泛红，说这话时越发像个醉鬼。

顾晋忍她最后一分钟，把许殷姗交给助理送走，终于抑制不住怒火，当着郑西朔的面质问她："叶乔，你就这么想搞砸程姜的生日会？"

叶乔觉得荒谬至极，扬起手想要用力地扇他一巴掌，最终却将手握成了拳。

郑西朔抢在前面想替她再出一次头，这次被叶乔拦住了。

她的声音寒得像一口深井，表情动了动，竟笑了："顾晋，我以后不欠你了。"

你给过我的信任和鼓励，你用职务之便对我的提携，你给过我的温柔爱意。

我不欠你了。

叶乔和许殷姗擦肩而过，出了宴会厅，按下电梯的按钮。

郑西朔没追，眼看着顾晋愣了一瞬就像什么都没发生过一样安慰许殷姗，觉得叶乔以前眼睛真是瞎的，随即给她发短信："你是不是生气我把事情闹大了？"

"没有。"

"真的假的？"

"真的。"

"那你还摔杯子？"

叶乔打了一行字又删掉，最终还是说了实话："我不喜欢别人替我出头，要闹也是我自己闹。"

郑西朔看到信息，笑出了声："什么怪脾气？"

大他一岁的叶乔回："你们小孩子不懂的脾气。"

郑西朔很久没回。

像他这样爱耍毛的大少爷，最烦听人说实话，尤其烦她叫他小孩子。

但是过了很久，直到这栋58层大厦的观光电梯从最顶层下去又上来，郑西朔的回信才到她手机上："有时候觉得你跟顾晋那老头在一起也挺好的。起码那会儿你很听话，连酒都不喝一口。"

叶乔说："都是过去的事了。"

郑西朔试探性地问："彻底翻篇儿啦？"

叶乔回："嗯。"

郑西朔在人声喧闹的宴会厅，高兴得飘起来。

私家助理凑上去："郑少，什么事这么高兴啊？"

郑西朔踹他一脚："你们小孩懂个屁！"

叶乔这个人，认死理。

看上去不哭不闹，甚至不闻不问，其实心里固执得要死。你劝她什么，她都听，态度好得不行，就是一句话不往心里去。

但是等她挺过了最阴暗的那一段，自己走出了死胡同——一切都是灿烂的明天。

昨天种种，都是尘芥。

她是他见过的最偏执，也最潇洒的人。

叶乔深吸一口气，觉得雨夜其实也很好。空气清透得没有重量，让人有一种尘世轻松的错觉。

观光电梯缓缓在三层停稳，叶乔抬头，电梯里三四个人，竟有一个不可能在这里遇见的人。

玻璃门打开，她迟迟不进去。眼看着门就要再次关上，他伸出一只手，被电梯门狠狠夹了一下。

周霆深把手收回去，仿佛被夹痛的骨节都是别人的一般，随意地甩了两下手，手指朝她一勾："不进来？"

也许是因为他天生蛊惑力强，叶乔现在意志薄弱，他勾勾手指就走了进去——哪怕她知道，这趟电梯是上楼的方向，而她要去的是底楼。

叶乔其实有很多话想问他，然而方才强行压下去的情绪还在自我消解，又碍于电梯里其他人的存在，便面无表情地站着。

周霆深沉默地站在她身后，比穿了高跟鞋的她还高十公分，高大的身躯让人莫名地想要知道倚靠的滋味。

终于，电梯里的其他人陆陆续续离开，只剩下他们俩。

叶乔穿着单肩礼服，雪白的肌肤大片暴露在清寒的气温里。他从颈后钩弄她鬓角的发丝："这么看还挺好看的。"

这个发型绾起她的长发，将她白皙纤瘦的背部展露出来。她瘦，却不嶙峋，肩背尤其好看，白皙的肌肤下骨头微凸，那清晰的轮廓有一种隐秘禁忌的性感。

"哪里好看？"

"衬你的背。"

顾晋也夸过她的背好看，但只在艺术层面上。平时生活里他不管对她的哪个部位，评价都是"太瘦了，多吃点"。

现在想想，他也未必真是关心她。更多的是没话找话的敷衍。

现在，顾晋的想法，和他这个人，都与她毫无关系了。她不无遗憾，但总算圆满。

叶乔往前轻轻扭了下肩膀，目光没焦距："不觉得太瘦吗？"

"有点。"周霆深对男女之防一向不在意，手顺着那缕发丝滑到她的肩膀，指尖一路沿着她蝴蝶骨下的凹痕摸下去，"肉多就摸不到这道沟。"

叶乔对他的冒犯习以为常，纹丝不动，随意地看观光电梯外的风景："你喜欢骷髅吗？爱摸骨头。"

周霆深觉得她今天浑身带着刺，逢人就戳。

这样也好，比之前那个忍气吞声的叶乔有意思。周霆深视线下移，看到她浸着酒污的纱布和小腿上不知被什么东西划开的口子，饶有趣味地扬眉："刚跟人吵完架？"

"没吵。教训了个人。"

周霆深笑得让人看着就想扇他个耳光："你还真常被狗咬。"

叶乔狐疑地看他一眼："因为狗主人总是莫名其妙地出现在我身边。"

"叮咚！"电梯门开。

叶乔看一眼 58F 的楼层标识："你在这儿下？"

顶层观景 VIP 套房，真会享受。

周霆深指尖夹着房卡，像在说："对。"

他白天说有正事不能赴约，其实就是自己来了酒店。明明在陵城有固定的住处，却深更半夜跑来开房。这个男人是来做什么的，真是不让人想歪都不行。

叶乔脑海里已经补全了一整套富婆包养小白脸的剧情，把讥讽都摆在脸上："你挺忙的嘛。"

周霆深已经一只脚迈了出去，听到这话突然回身拽住了她的小臂："不忙，腾得出时间招待你。"

叶乔被拽得猝不及防，轻轻松松就被这个暴力的男人拉出电梯。电梯门在她身后很快合上，降了下去。她的小臂被他箍得火辣辣地疼："你做什么？"

"你说呢？"他长臂在她膝弯一捞，轻而易举地把她抱了起来。铺着松软地毯的走廊上有一男一女走过来，用促狭的眼神围观擦肩而过的两人。周霆深大步流星地路过，把她的扑腾挣扎一概钳制在臂弯里，严肃地威胁她，"别动。有人报警了你负责？"

叶乔骂了声脏话，腿凌空想弯过来踢他一脚，被他轻松化解，气结："再这样我叫安保了！"

"乖。事后再告我……别乱动，你腿上有道口子，血沾我手上了。"

叶乔忽然一愣，这才觉出些微疼。刚刚心里百转千回全是和顾晋的决裂，竟然连玻璃划破了腿都不知道。

她突然安静了。周霆深腾出一只手刷房卡，一侧身把她放进屋，向后把门踢上。

叶乔凌空太久血液循环没跟上，退了一小步才站稳，冷声怒道："你犯什么病？"她想着又觉得跟这个人一般见识太掉份，呵地笑了声，"不怕待会儿有人来敲门吗？"

周霆深用房卡插亮电源，说不急，暂时还不会有人来。

叶乔立在门口，看他从口袋里抽出银灰色的手机，对电话里交代了房间号："医药箱。外伤。"

叶乔看着他把手机贴上她的耳侧："你自己跟她说。"

手机里传来一个职业化的女声："您好，悦庭酒店客房服务部，请问您具体需要哪种类型的药物？"

"我受了点伤需要消毒。"叶乔的声音温和礼貌，眼睛却紧紧盯着周霆深，"有医用纱布和胶带的话麻烦您也送一些上来。"

"好的。请您稍等十分钟，祝您入住愉快。"

手机电量正好告罄。

"你这么古道热肠，之前怎么没看出来。"叶乔甩下手机，既来之则安之地进去坐上沙发。

悦庭的顶层观景房可以俯瞰整个陵城的江景。客厅外是露台，移门是玻璃材质，内部灯光设计得科学简约，尽量减少房间内景投映在玻璃上。优秀的细节让叶乔的眼睛得以装满陵城今夜积厚的云层。有航班的红色航灯，在黑云间一闪一闪。

外面还在下雨。

周霆深说："你的伤口感染了不还是赖我家狗？"

他又说："等雨停了再走。"

命令式的语气。

他抽了一张纸巾擦净手臂上的血，随手将纸巾扔进烟灰缸里，从裤子口袋里摸出一包烟。

叶乔蓦地回头："别抽。就今晚别抽。"

她蹙着眉，妆容精致，像是英剧里正统典雅的贵族千金。周霆深把烟盒也扔进烟灰缸："行。"但他的手下意识地还在摸打火机，摸出来了又显得好笑，他笑一下，一划一划地点亮火光，"不抽烟没事做。"

叶乔确定他是太寂寞了，才拉她做伴，顿觉干他这行也挺艰辛："你吃饭了没有？"

"没。"

"我也没。"叶乔突然觉得有点饿。

周霆深挑眉："刚刚不是在饭局？"

叶乔递给他一个"你怎么知道我在饭局"的神情："没吃东西。"

"那等会儿下去吃。"

叶乔靠在沙发背上，眼珠一动一动，幅度很小，不知道在想什么："不想吃那些。"

周霆深嫌弃："你还挺难伺候。"

门口有人敲门，喊客房服务。

叶乔给小腿贴上创可贴，主要清洗了下手部的伤口，重新包扎。一回头发现周霆深又下意识地去够那包烟，见她看过去手才收回去。她晓得他就是烟瘾犯了心痒，不见得真会抽，但是莫名觉得这场景有些好笑。用千溪的话说，觉得他很"萌"。

叶乔给了他一个笑脸："你的客人什么时候来？能不能出去吃饭了？"

他难得骂了一句，把打火机顺手往口袋一塞："走。吃你的。"

Chapter 03
★
人间烟火

★

叶乔说：『碳酸饮料是不喜欢喝，酒是不能喝。当然选不能喝的。』

周霆深在夜风里笑起来：『行，听病人的。』

叶乔身上还穿着出席发布会的礼服，自然地想往外走。

周霆深把她从头打量到脚："就穿这个出去？"

"嗯。"

单肩短裙小礼服，肩头用雪纱绾一个结，去吃个便饭显得略正式，但还不至于像逃婚。

两人从顶层坐电梯下去，沿途进来一群刚刚参加完婚宴的小白领，目光有意无意往叶乔身上瞟，估计是认出了叶乔。周霆深把她往怀里一揽，对那些人说："我女人。是不是长得像明星啊？"那几个人当他是神经病，他却自顾自地笑，被叶乔掐了也像没痛觉一样，低下头在她发间嗅，"酒气挺重，刚刚喝了多少？"

"你放手。"叶乔压着声音，掰他的手没成功，觉得他才像喝多了。

到地下车库，一辆玛莎拉蒂正好开进来。

周霆深瞥了眼车牌，帮她把安全带扣上。

叶乔敏锐地捕捉到了他方才一瞬的留神："怎么，认识吗？"她留心了眼那辆车的车牌，是邻市的牌照，前面的字母似乎代表着一个军区。是辆挂军牌的车？她仔细记住，然而辨别不出它具体所属的单位。

周霆深没回答，踩下油门，打半周方向盘的动作潇洒流畅："吃什么？"

叶乔隐约觉得他答非所问，但是饥饿感战胜了好奇心："随便。"

他一挑眉。女人说的随便都是麻烦。

叶乔没想到，他还真是够随便，像是故意为了报复她。

临近 23 点，连陵城的飘风苦雨都疲乏了似的，在夜里停歇。

驶出商业区，街畔的居民楼只有寥寥灯火，二十四小时便利店白绿相间的牌子一晃而过，门庭冷清。

周霆深拐入一条小路，是陵城重本高校 C 大侧门的美食街。许多卖夜宵的饭店还开着，路中间有卖烧烤的摊贩，正逢生意最好的时候，四处冒起呛鼻又夹杂食物气味的烟气。

人间烟火一场戏。

周霆深轻车熟路地把车停在一家网咖门口，带她沿街走。

街上都是露天凉亭，摆着木桌木椅，有卖烤串的，卖水果的，也有一桌一炉卖烤肉的。顾客都很年轻，应该是旁边高校的大学生，凌晨出来聚餐刷夜，嘻嘻闹闹喝酒聊天，大笑呼喊的声音不绝于耳。

他带她到尽头，在一家顾客稍少的店前坐下。

叶乔的裙子是赞助商提供的，三万块，据说不可干洗、不可水洗、不可熨烫、不可烘烤，只可用湿棉布擦拭。

她把三万块往半湿的木头长凳上一坐，左右环顾一周："你来这里吃火锅？"又笑了声，"像老妖怪出洞窥伺小妖精。"

隔着一桌有一对大学生情侣，桌上一人一个小火锅，边吃边聊。小姑娘的筷子没怎么动过，保持一张三十度向上甜美微笑的脸看着男生。

周霆深咬着支铅笔，低头端详塑封的一张旧菜单，扫完两眼递给她："吃什么？"

叶乔只好从筒里又抽一支铅笔，边钩边调侃："你小时候有没有听过，咬铅笔会变笨。"

"那是这么咬。"他像夹烟一样把铅笔夹在指尖，对嘴比画了一下，才重新横着咬回去。又觉得跟她较真一定是脑子坏了，夹起铅笔往筒里一插，潇洒入毂。一支用得只剩半截的铅笔在他修长的指间翻飞，像是某种魔术。

叶乔只瞅了一眼他横咬铅笔的姿势，评价说："像德萨。"

周霆深骂了声："那是狗像我。"

一样没操行。

叶乔只敢在心里嘀咕。这人心情好的时候心智没比郑西朔健全多少，但一发怒洪水猛兽都抵不过。只是今夜她与过去作别，站在高楼大厦面朝茫茫人海，竟没有去处，与他做伴也无妨。

她现在的心情在夜风和排档火锅味里，异样的开阔。虽然不知是为何，但总算是好事，她不想破坏，很快在纸上钩了她要点的菜和锅底，递还回去。

周霆深问："喝什么？"

叶乔问："有什么？"

"啤酒和汽水。"

叶乔摇头："我不喝碳酸饮料。酒吧。"

周霆深盯着脸颊还因上一轮的酒劲微微泛红的她，没下笔："你不是做过手术嘛，酒就能喝了？"

叶乔说："碳酸饮料是不喜欢喝，酒是不能喝。当然选不能喝的。"

周霆深在夜风里笑起来，清朗的笑声引得隔壁那桌专注吃饭的情侣都回了下头。

他大笔一勾，说："行，听病人的。"

变着法儿说她有病。

叶乔不在乎。世上的人反正都有病，病轻点儿叫癖好，不碍着人的叫嗜好，只有咬人的才叫神经病。

周霆深把菜单递给服务员，对方都认得他，说："好咧！您那份还是老样子吧？"

他点头，视线转向叶乔，仿佛猜到她会在这时看他一眼。

叶乔把心里的诧异和揣测都收好，只说："这儿离酒店挺远的，能赶回去吗？"

她自己当然不会回酒店。

"你在替我紧张？"

叶乔"呵"地一笑："你这算擅离职守吧？"

周霆深不乐意解释，反而顺着竿子帮她抹黑自己，眼睛邪气得漂亮："紧张什么。你们女人天生喜欢等，越等越来劲。"

叶乔风轻云淡的神色却在他调侃的言语里，突然一变。

周霆深知道猜中了："你今天才有个失恋的样子。"说着让服务员再加两瓶酒。

叶乔前几天说被挖墙脚的时候，装得谈笑风生的样子，不知道在较什么劲。今天倒是大大方方表现出失意了。

他觉得，她好像特别喜欢跟自己过不去。

悲伤，喜悦，痛苦，感动，爱与恨。

全都忍着，放心里，以为别人看不出来。

鸵鸟都比她洒脱。

这得受过什么创伤打击?

旁边那桌的女生突然懊恼地嗔呼一声，站起来往这边走。

她嬉笑着找上叶乔，一点也不怯场："姐姐，我跟我同学玩真心话大冒险输了，帮他要你的电话号码。能给一下不?"

我同学。原来不是情侣吗?

叶乔故意看了周霆深一眼。一男一女坐在一块儿，女方还被人要电话号码，这除了说明女方长得漂亮，还说明男方没有威慑性。他们两个虽然连普通朋友都很难算上，但是以周霆深的个性，再怎样也不该摆弄个打火机，装没事人。

叶乔接过女孩子递来的手机，手指灵巧地按下一行字。

女孩子没想到她真会当着男方的面给号码，收回手机的时候犹豫了一下，旋即高兴地说："谢谢姐姐!"

可是姑娘啊姑娘，你那么年轻，笑容里的破绽，也只有这个年纪的小男生看不出来。

女孩回到自己的座位，重新按亮手机，看到一句"喜欢就去追，帮人家要什么电话号码"，惊愕地回头看向叶乔。

叶乔却在和对面的男人聊天，笑得明媚动人。

让女孩去要号码的男生问："要到了没啊？是不是不敢要啊？"

女孩慌忙把手机藏起来，说："要到了，不给你！"

叶乔要的菜全上齐了，黄喉、毛肚、猪脑、牛百叶。

周霆深要的随后也上了，一盆盆绿油油的蔬菜，摆在那里像一排盆栽。

锅底倒是一样的，重辣。

叶乔不以自己的重口味为耻，拉开一罐啤酒："你用那么重的辣油涮蔬菜，没见得有多健康。"

周霆深："吃素就为了健康？"

叶乔想起他家那中世纪教廷一样的装修风格："你真信基督？"

没听说过基督徒像佛教徒一样，要茹素。

周霆深扯开颈前的一粒纽扣，紧贴胸口的十字架有他身体的温热，他取出来亲吻："不像吗？"

他第二次问这个问题，答案显而易见。但是叶乔还是说："不像……"

周霆深把一盆"盆栽"倾进滚烫的红锅："这就对了。"

他帮她下猪脑，那玩意儿看着一阵恶心。叶乔明显看到他喉结异常缓慢地滚动一下，别过脸忍着，打心底里犯呕的模样。

叶乔明白了。他不吃脏器恐怕不是因为上帝，是因为他自己。

叶乔说："你不吃这些，连肉也不吃吗？红肉白肉都不吃？"

周霆深已然面色如常，只是黑着脸，放一片叶子进锅："不吃。"

叶乔特地把鲜嫩的猪脑夹一筷在口中细嚼慢咽，观察他的神情："海鲜呢？"

"偶尔吃。"周霆深没什么反应，冷着脸煮绿叶子。

叶乔帮他也拉开一罐啤酒，用自己那罐跟他碰了碰："那陪我喝酒吧。看你吃草没意思。"

周霆深被她激起来，盯着她灌下半罐啤酒："你今晚别醉死在这里。"

叶乔笑说："不会。"

女人的话是不能信的。
尤其是失恋的女人。

周霆深看着叶乔慢慢开始说胡话，最后趴在桌上又哭又闹的时候，觉得自己是不是玩过了。

叶乔晚上还喝过一轮红酒，酒劲都没过去，又扫清了一桌子的绿罐子。她伏下不说话的时候，他都怀疑自己是不是灌出人命了。

他过去翻了下她的眼皮，还好，只是睡着了。

"叶乔？"

没声。

"叶乔。"

她安静得像只乖巧温驯的小动物。

你跟"逃犯"喝酒也敢睡着。

凌晨四点。喧闹声已然散去。

在夜里狂欢的年轻学生都已归巢，烤肉摊子凌晨两点就收了摊，留下一地狼藉。涮羊肉这块儿也只剩下他们一对顾客。

店面的灯一盏盏关闭，夜班服务员扫着地，看见他把叶乔架起来要走，说了句"下次再来啊"。

周霆深把她放进车后座，一发动她就滚了下去。

他只好又停下来，把人抱到副驾驶座上，替她牢牢拴好安全带。叶乔脖子一软，歪在他小臂上。

女人的脸因为醉酒而发烫，又软嫩又火热，轻轻地在他小臂内侧蹭了一下。

眼睫毛轻轻刷过去，不知有多痒。

周霆深踩油门，想回酒店。想了想还是作罢，往小区的方向，驶过一张张她主演的电影海报。

值班门卫都睡着了，听到喇叭声才说："哦，周先生，这么晚啊？"

看见副驾驶座上软绵绵的叶乔，他又住了嘴。

周霆深面色阴沉，从车里一路把叶乔抱上电梯，扶着她刷门禁，按楼层。

这女人真轻得像具骷髅。

叶乔软得像只洋娃娃，伏在他肩上，在深梦里突然喃喃了一句。

周霆深看着攀升的楼层数字，轻轻"嗯"了一声。

叶乔揪着他前襟，在他衬衣领子上蹭了个口红印，表情凄楚得像吻别："你帮她。"

"什么？"

"你还帮她。"

周霆深听出来了，她在做梦，逗她："帮谁了？"

"你谁都帮……就是不帮我。你从来不肯帮我，说我是自己人。"

她呢喃了一大串，他只能听清个大概，伸一根手指在她下巴漫不经心地拨弄，像逗只猫："我是谁？"

"嗯……顾晋……"叶乔皱着眉躲。

哦，叫顾晋。挺耳熟的。

她表情突然严肃，语气郑重，对着他说："以后不是自己人了。"

他一瞬间以为她清醒了。然而她说完后，突然心满意足似的，往他肩上一倒，睡着了。

电梯层数跳到"23"。周霆深弯臂拍了拍她的头，说："到了。"

电梯门一开，他还没来得及往叶乔家方向走，就被人喊住："周霆深。"

声控灯倏地亮起。橙亮的灯光照下来，笼着一身职业套装的女人。

梁梓娆的声音一如既往，精致优雅，只用加快的语速表现她的怒意："你口口声声答应我什么了？打你电话为什么不接？"

"没电。"

"呵。你说这话能骗谁？这么晚醉醺醺地回来，还带着个女人。你看看，你现在像什么样子！"

周霆深带着叶乔俯身，在2301门口捡到了一个破布偶。娃娃的嘴巴被人剖开，里面的棉絮被人染了红油漆，拧成一条条，像猩红的动物肠子。他把它捡起来冲梁梓娆一开一合："姐。"

"拿开！"梁梓娆厌弃地扭过脸。谁恶作剧在人家门口放这个？

周霆深扔掉布偶，置若罔闻，被她厉声喝住："你给我站住！"

他食指和大拇指比了个箭头，指了下叶乔："隔壁的，友情接送。"他还扬起嘴角放浪地笑了笑，"没睡过，放心。"

梁梓娆闻他一身酒气，蹙起精致修过的眉，眼睁睁看着他带着人东倒一下西倒一下，仿佛刻意拖延时间气她。

最后，他娴熟飞快地在2301的密码锁上按下六个数字——"嘀"。

门开了。

像戳破谎言的声音。

还说没睡过！

梁梓娆觉得这句话太难启齿，脸色铁青地立在2302的门口。

周霆深却大大方方抱人进了2301，压根不出来了。

梁梓娆气急败坏地跟进去。

对门的房间和2302是一样的格局，她本应最熟悉。

可是这间没有装饰的屋子，被女主人打通了书房和客厅，连成了一个放映厅一般的存在。深色窗帘紧紧拉着，顶灯射下白惨惨的光。正中央空空落落安了一张棕褐色真皮沙发，一块108寸的液晶电视显示屏嵌进墙壁，连着一台PS4。

阶梯式的木质壁架上堆满了游戏碟，如果她仔细看的话，会发现全是惊悚恐怖悬疑类。

她环顾一周，厉色道："这哪像一个正常女孩子家？还有人给她放恐吓玩具。她是做什么的？"

周霆深送她去医院从来都是在走廊碰头，也是第一次进这屋子，不以为意道："演员。"

梁梓娆这才注意到，客厅墙壁上那幅巨大的少女裸背油画，长得很像这个女人。油画的落款是——某某年某月，《眠风》剧组赠。

那是赖导因为满意爱将叶乔的表现，找人将剧照改画成的油画。

梁梓娆依稀认出叶乔，难以置信："她就是徐臧的女儿？"记忆中最隐秘而晦暗的部分被这个名字勾连而出，她的语气都在发抖，"你竟然连她都碰！周霆深，你是不是疯了？"

"你见我碰了？"周霆深还是那副皮笑肉不笑的样子，垂眸不知在打算些什么，把叶乔抱上她的闺床，"过来帮个忙。"

梁梓娆沉浸在自己的揣测里，置若罔闻："你前几天让我查徐臧的女儿叫什么，就是因为她？"

"对。"周霆深帮叶乔拆她头上的暗夹，扯了一个没扯下来，把她头发扯松了一块。他又干脆夹回去，问梁梓娆，"衣服会脱吧？"

梁梓娆不理他，堵在卧室门口："周霆深你现在给我说清楚，你跟她是怎么回事？"

"没回事。"

"你从小就爱撒谎，长大了还这样！你连她家密码都知道，你跟我说没事？"梁梓娆把今晚从酒店赶到他家却没找着人，又在他家门口等到凌晨四点的怒气全都发泄出来，"爸对你多器重，你是怎么报答他的？前几年当你年轻玩两年，你现在二十七了！我同学里结婚早的这会儿都有孩子，当父亲了！"

"我搞个儿子出来报答他？"周霆深放下叶乔，忽地轻松，笑笑说，"容易啊。"

梁梓娆终于被彻底激怒："怎么说话呢！"她把声音提到他从来没听过的响度，"你要放浪形骸到什么时候？不就是当年……"

"嘘——"

周霆深用戴着戒指的食指，在唇上比了个噤声的手势。

他一手拎出十字架，轻吻过后伸向她："看在上帝的分上，别在我邻居家里吵架，阿门，姐姐。"

梁梓娆是个虔诚的天主教信徒，加之她的修养让她不允许自己的怒气再度无节制地爆发，果真静了下来。

她深吸了几口气，自认平心静气地问他："下个月就是今年最重要的一场拍卖会，你知道我在这时候来陵城，是推了多少工作吗？你才是家里唯一的男孩子，都不知道替我分担一点！Ferra到底是你看着发展起来的，不是无缘无故安你头上的家族企业，你就一点感情都没有？"

她说着说着，语气竟然从怒气渐转委屈。外界眼中一手经营起拍卖行的梁梓娆，像中国版的穿Prada的女魔头，没人知道她在家人面前就是个无理取闹的小女人。

梁梓娆声音带哑："下周我要定拍品名录。姑姑说还是你的眼光最毒，希望你能来。"

无论她怎么努力，在长辈和外人眼中最有能力最有天赋的人还是他，他却从来不在意。

就像从小她就被告知，她姓梁，是从母亲的家族。而周这个姓，要留给在不久后出生的弟弟。

那时候她才四岁，世界对她来说一切都很陌生。她却清晰地觉得，好像生来就输了他一大截。即便她再怎么努力奔跑，跑到他追不上的远方，其实也只不过是因为身后根本没有人。因为他无须追赶，就出生在顶峰。

即便他身上，有那么多污点。

他依然是整个家族的骄傲。

天渐渐亮了。

日出在即，像是一切希望的开始。然而清晨最接近日出的时候，却有着一天之中最凉的气温。

周霆深把他这个年过三十却还是独身一人的姐姐钩进臂弯，拿出手机，按下开机键。

屏幕上"电量不足请充电"的图案，亮在她面前。

"看清楚了？"

她竟然冤枉了他。梁梓娆哑口无言，却还嘴硬，问："这个算我冤枉你。那拍卖会呢，帮不帮忙？"

他吸了口气："帮。"

她这才推开他，又变成谈判桌上那个进退得体的梁梓娆："好了，你出去。我帮你这位'邻居'料理一下。再不睡天都亮了，你姐我从飞机上下来马不停蹄赶到这里，一分钟都没合眼。"

周霆深张开两臂："我在这儿也挺好的。"

"滚出去。"她佯怒，盯着人的眼睛温柔得没一丝威慑力，骂他，"小白眼狼，别的没学好，下作倒是有一套。"

第二天一早，叶乔是在一阵头痛欲裂中醒来的。

她一向少眠，不吃安定片无法入睡，就算酒精都不能支撑她睡过七点。

晨光应当很好，只是她房间处处拉着深色窗帘，白昼如夜。她在习以为常的暗沉光线里，大脑迟钝地转——她喝醉了，在夜排档睡着了，应该是周霆深把她送回来的。

然后呢？她是怎么脱了那件穿脱难度和它的价格一样高的礼服，把它挂回衣柜里，再躺在自己卧室床上的？

叶乔缓缓坐起身，床头柜上是《守望者》白色封皮的剧本，上面整齐罗列了她昨夜头上的八个黑色暗夹，从大到小，边缘相抵。处女座的排列方式。

她去主卧的浴室洗了个热水澡，裹着浴巾到厨房，热了一份速食云吞面，出去客厅——

男人高大的身形横卧在她的双人沙发上，长手长脚的四肢垂下来，静静沉睡。

周霆深？

叶乔赤着脚走过去，端详他微微泛青的眼圈。这个男人连倦容都过分锋利，眉眼如星。

周霆深的手里还捏着他的手机。叶乔把手机从他手中抽出来，他就醒了，用一种迷蒙的、略带起床气的眼神看着她。

叶乔单手扶着浴巾，没想到他这么容易醒："你家离这里一共五米，你睡这儿干什么？"

周霆深眼神迷茫。

他原本躺在这儿等梁梓娆，那个处女座的女人折腾了半天也不见出来，他渐渐有了睡意。

但他万料不到梁梓娆会把他扔这里不管。

周霆深揉了揉额角："喝太多。"

叶乔"呵"一声冷笑，进卧室去换衣服："我今天约了表妹陪我看医生。你最好赶紧回去。"

声音凉薄得像一夜情后的负心郎。

周霆深刚刚起来，门铃"叮咚"一声响。

叶乔衣服穿到一半，认命道："帮我开下门。"

千溪又按一下门铃，"叮咚"——"表姐，是我呀！"

门"咔嚓"一声打开，千溪石化在门口："走……走错了……"向后一看，是 23 层，2301，她家大明星表姐的家啊。

什么情况，她这是撞了娱乐圈潜规则现场版了？她家清静如莲洁身自好一心投身艺术事业的表姐终于解放身心睡男明星了！等等，这个人有点面生？

难道是粉丝？这粉丝质量有点高啊……

千溪一边在脑内剧场摸着下巴对这个长相身材都可以打五颗星的男人品头论足，一边正气凛然地质问："你是谁？"

周霆深对打扮和心理年龄俱在二十岁以下的姑娘束手无策，涵养很好地指了指身后："我住隔壁。走错了，抱歉。"

说着，他就打开门，当着千溪的面迈到对面，落落大方地进了 2302

的门。

千溪："……"

叶乔穿完衣服出来，玄关只有千溪一个人，料想他是回去了，说："你愣在门口做什么？"

千溪回过神，踩着阅兵式的谱点雄赳赳气昂昂地走过来："表姐！我都看到了！程阿姨下次给我打电话，我都不知道该怎么撒谎了！"

叶乔听到程素的名字，面色一沉。她大约是八字跟程姓过不去。

她冷笑道："那就别撒谎了。说我被男人甩了放任自流，现在夜夜笙歌睡遍圈内圈外。她会很满意的。"

千溪做了个割舌头的表情，认错速度飞快："我错了表姐……以后不提那个女人了。"

叶乔的妈妈，也就是千溪的姑姑，在她十二岁那年被查出乳腺癌晚期，而叶乔也在同年因为心肌病住院。医生给出的意见是，尽快进行心脏移植手术。叶母重病之下又遭此打击，身体每况愈下，只支撑了不到一年便郁郁而终。原本幸福和睦的一家三口被疾病和死亡拆得分崩离析。

后来，一直久等匹配供体的叶乔，在最后的时限里等到了一颗合适的心脏，却在痊愈之后和父亲有了隔阂，其中原因说来复杂，在外人眼里根本探究不到源头。

叶乔从此活得像一个孤儿，性格也变了个人。从前品学兼优的好学生，在休学两年之后突然改学艺术，考进了表演系。后来她爸爸娶了新妻子程素，父女更加渐行渐远。

千溪扯了会儿嘴唇，又倒行逆施："最后再提一次！"她把两只手盖头上，当顶了个锅盖，"听说程阿姨最近在备孕……想再生一个。"

叶乔脸色微变："你听谁说的？"

"我爸。他前几天在医院，遇到姑父陪程阿姨去妇产科检查。"

程素比她爸爸小十岁，今年三十七，高龄产妇，但不是没有怀孕的可能。

叶乔从冰箱里取出一盒鲜奶，喝了一口："他们没告诉我。"

　　她的心情忽然有些异样，好像被彻头彻尾地抛弃了，又仿佛根本就无所谓。

　　"你没告诉我。"

　　叶乔的主治医生也这样对她说。

　　叶乔说："情况不严重。失眠是一直以来的，最近有时会轻微幻听，大脑迟钝，偶尔有些抑郁。这些要紧吗？"

　　"建议你做个精神检查。"医生在她的病历上写上两笔，"心理障碍在大病患者中非常多见。做过心脏移植手术的病患两年内罹患抑郁症的概率将近百分之五十。你这种情况比较特殊，但也不能掉以轻心。"

　　叶乔平视前方："有没有可能，是我换的这颗心脏的主人，在影响着我呢？"

　　医生忽然停笔，面前的病人双目平静地看着他，却像穿透他看着别的东西。这让他更加确定推荐她做精神检查的必要："这种看法很唯心主义，也许在病人间流传甚广，但目前没有科学依据能够证明，供体的性格会影响接收器官的病人。"

　　叶乔说："谢谢医生。"

　　医院走廊，消毒水的气味浸泡着无数生老病死。

　　千溪从蓝色的椅子上站起来："怎么样，表姐，没事吧？"

　　"嗯，没有排异现象。"

　　一切都好。只是那颗在她胸腔里的心脏，隐隐希望她过得不好。

Chapter 04
白露为霜

『只不过是他乡遇故知而已，
周先生起色心了吗？』

周霆深轻按几下触屏，嘴角带笑：『隔
壁没有住着叶小姐，有点睡不着。』

接连一周，叶乔都没再见过周霆深。

城市住宅拥有良好的私密性和独立性，即使两扇门相距三米，只要主人不愿露面，便永远无法相识。

白露已过，陵城的天终于放晴，阴瑟地凉。

秋天要来了。

叶乔在《守望者》里的戏份不多，是主演中最后一个进组的。这段时间一直空着，经纪人帮她接了一档综艺节目。

时下很火爆的明星真人秀《偶像挑战》，集结了娱乐圈最火的一线演员和歌手，连郑西朔都靠这档节目吸了不少粉丝。叶乔一向不接综艺节目，更不用说这样的节目根本轮不上她这样的二三线女演员。

申婷介绍的时候说："这一期恰好是密友特辑，常驻的五位嘉宾各自邀请自己的一位异性密友，做特别节目。郑少邀请了您。"

叶乔："节目组同意他胡乱请人？"

申婷为难道："郑少的话……节目组应该不会说什么。"说完，还补了一句，"薇姐已经帮您答应了。"

放眼整个圈内，也少有郑西朔这样的，背景与实力俱全，走哪儿都横行霸道底气十足。连叶乔这样的犟骨头，都要给他这个面子。

郑魔王从来没有上工这么积极过，提前一天飞到了真人秀录制场地，叶乔的家乡，杨城。

一座充满艺术气息的城市，先锋艺术区和博物馆林立，还出过几位当代画坛的巨匠，其中就有近几年艺术品投资人趋之若鹜的徐臧。

一下飞机，郑西朔摘下墨镜，吸一口雾霾，仿佛踏入塞纳河畔的蔷薇园。

助理点头哈腰："郑少，要口罩吗？"

郑西朔踹他："懂什么？艺术的气息，就是这么朦胧。"

不是艺术的气息，是叶乔的气息。

他迫不及待想看见她，特意跟她的经纪人接洽，让她回杨城录节目，给她一个惊喜。

然而叶乔表现得兴致缺缺，下飞机的时候对他那张"Hug Me"的俊脸毫无热情，跟他约法三章："我从来不录综艺节目，下不为例。"

郑西朔还是强行抱了她一下："散心不好吗？总比回陵城看顾晋那张老脸强吧？"

叶乔用一种平静的、嫌弃却纵容的神情，淡淡瞥了他一眼。

郑西朔觉得她就是傲娇。

第二天正式录制，嘉宾聚在杨城最大的先锋艺术园区门口，摄像机后围了里三层外三层的粉丝，尖叫着偶像的名字。

郑西朔的呼声很高，以至于叶乔站在他身边都萌生一股无形的压力。她为镜头而生，却不适应这么多现场观众，显得有些拘谨。郑西朔揽着她的肩膀，在她耳边轻道："放心，任务锦囊是按人气分的，有我一定能赢！"

她在意的当然不是游戏输赢。

而是透过艺术园区画廊的玻璃墙面，她分明看到一个熟悉的身影，在浮着薄雾的日光下，影影绰绰。

周霆深双手插裤袋，熨烫平整的定制西裤挺括修身，将他的双腿衬得像松竹一样挺拔修长。雪白的衬衣包拢凌厉的肌肉线条，剪裁得体的西服扣了一粒纽扣，在他胸前修出男士正装禁欲性感的 V 形。

站在画廊的玻璃幕墙前，身后工笔精妙的现代艺术品，不及他入画。

艺术园区最醒目的位置是杨城最大的市立美术馆，出自帕森斯著名设计师手笔，室内由白色的经典底色搭配绿色仿真植物，馆内的温度掌控得恰到好处，以全自然的展览空间烘托艺术格调。

就连办公区的会客厅，都采用了一脉相承的淡雅装潢。

馆长签署完委托书，和梁梓娆姐弟一一握手。周霆深伸手倒好，面上无甚表情，透着与生意场格格不入的倨傲。馆长也是今日才见到周家这个独子，为示友好，与他闲聊两句："听闻你曾拜在徐臧门下学画，是他的关门弟子？"

梁梓娆听到"徐臧"两字，表情微不可察地僵了一下，看向周霆深。

周霆深不置可否，抬眸道："杨馆长认识老师吗？"

"我与徐臧是少年同窗了，交情一直不错。倒是没听他说过，曾收过这样一位才俊作徒弟啊。"浸染艺术的人，易将恭维的话说得好听。馆长拐弯抹角地将几人都褒赞一通，梁梓娆也神色如常地赔笑。

周霆深却觉得，他说起话来腔调文绉绉的，像一个人。

他淡笑："过去太久了，老师兴许已经忘了我。"

梁梓娆帮他圆场面，向馆长解释："那都是十几年前的事了，那会儿霆深还是小孩子，徐先生也未有如今的名气，来家里任教。说来也是缘分。可惜舍弟心思不在此，学无所成，后来满了年纪就去部队参军，近几年才退役回来，技法全荒废了，和徐先生也不再联系。"

杨馆长讶道："那真是可惜。杨城如今有不少高门子弟想请徐臧指导，都被他一一婉拒了。"

梁梓娆道一声是，自然地扯开话题，与杨馆长攀谈了一会儿，才带着周霆深出门。

他还是那副心不在焉的样子，手上摆弄一只烫金打火机。

梁梓娆一出美术馆脸色就沉了下来。

周霆深故意戳破她的心思："提到徐臧不高兴？"

梁梓娆瞪他一眼。他倒是装得轻松，说徐臧会忘了他。怎么可能，那人这一辈子都很难忘记拜周家所赐的一切。

她反唇相讥："是我故意要提徐臧吗？这一趟过来你一共说了几句话？人家提起徐臧，你话倒多起来了。周霆深，你是不是故意气我的？"

再一回想，他隔壁住着徐臧他女儿，还与他关系匪浅，更加觉得他无可救药，"算了，爸管不了你，我也管不了。你自己回去吧。"

说着，她坐进了来接送的车里，把他一个人留了下来。

周霆深面上云淡风轻，人往后退，两指在额角轻轻一挥，一个军队的告别礼。

离饭点还有一段时间，周霆深在艺术街上闲逛。沿街走到深处有许多独立画廊，多是小有名气的摄影师和画家开办的私人铺子，既展览也售卖，各式各样，能逛上一天。沿路由于在拍摄某个真人秀节目，偶尔会有扛着摄像机的节目组人员经过。

周霆深走进一家画廊，往里走。

他对画作有种天生的敏感。也是因为这一点，周父自小就认定他有学画的天赋，辗转让他拜了不少名家学画。但有天赋不代表有兴趣，他一直不甚热衷，成年后甚至对画作的商业价值更感兴趣，精于如何投资并炒作艺术品。因此周家人私底下都说梁梓娆经营拍卖行，要归功于他的眼光和手段。

只可惜，他对钱也不热衷，在 Ferra 挂名而很少做实事。

世界上好像已经缺少一样东西，让他热衷。

这家店是回环形的布置，窄道向前只有一条路，两边挂着一个个白色画框。周霆深转了一会儿，在一幅画前停下，对跟随着自己的导购示意："这幅包起来。"

导购惊异他竟然不问价格，点头记下，问："还需要其他的吗？"

"再看看。"

他从拐角消失，门口就进来一组人。

郑西朔带着叶乔进来，后面还跟着摄像和几个节目组工作人员。节目组早就跟这一片的商家打过招呼，店主见人进来，亲自迎上来。

这一期的游戏环节是限额采购。每组有固定基金，需要采购含有某个关键词的物品。郑西朔这一组的关键词是"林间"，只剩最后一项——画。

叶乔一进门，就看中了导购手上刚刚摘下来的一幅画："能让我瞧一瞧吗？"

导购停下动作，把画放在手里展示。店长趁机对着摄像机向后扬手："这一片都是同一个青年画家委托我们销售的。他的风格都比较浪漫，用色清新，像这幅《五鸟图》就是致敬林风眠先生，非常诗意。"

叶乔扫视一周，大多风格相近，然而几乎都是静物，只有她手上这幅画的是林间飞鸟。

郑西朔也发现了症结所在，在镜头前绽开笑容，问道："这画多少钱一幅？"

导购的神色明显凝滞了一下："这边都是五千。但是……"她向后看了一眼，"刚刚有一位先生要了这幅画了。"

郑西朔转身看着叶乔："要不还是去刚刚那家？"

叶乔微微蹙眉，家学缘故，她对艺术品有潜意识的执着："我觉得这幅的意境更契合一些。"

郑西朔考虑了几秒，用他那张风靡无数少女的俊脸向店长求情，指指摄像机："你看，今天是我们在录节目。那位顾客如果不是非要这幅不可的话，可以和我们节目组协商。"见店长有所动摇，又动之以情晓之以理，"你看过《偶像挑战》吗？"

"看过……"

郑西朔把看中的画框放在镜头前说："对，今天你卖给我们的话，这一段播出去就当免费给画廊打广告！"他在镜头前天生有综艺感，对着墙上的画廊 logo 摆个代言人的手势，惹得店长捂着嘴笑，都不好意思拒绝他，为难地说："这个得客人间自己沟通，我们做不了这个主的。"

叶乔把画拿过来递还给导购，说："既然有人买了就算了吧，我们再往里看看。"

郑西朔瞅了眼摄像机后工作人员举的时间沙漏，显然有些不高兴："再挑合适的时间上来不及，不然还是回去刚刚那家？"

两人都有些举棋不定。导购趁着时间去找来了人，介绍说："这位就是刚刚买画的先生！"

摄像机镜头移过去，叶乔也跟着转身，却愣了一瞬。

方才开始录制的时候看见的那个身影不是她的幻觉。他真的在这里？

周霆深抬起两指挡了一下镜头，画面里只剩一双指节修长的手："你们在录节目？"

叶乔从乍见他的错愕和惊喜里缓过来，示意摄像把镜头移回来，却不知该不该跟他打招呼。她饶有兴致地一挑眉："这幅画是你要的？"

周霆深只听说是有顾客看上，没想到竟然是她，眼神也颇为惊喜："怎么，你看上了？"

叶乔向他轻轻一笑，连她自己都不知道这笑里有几丝妩媚勾引，拿捏着陌生的语气商量："嗯。我们这边节目需要，这位先生能把它让给我们吗？"

周霆深状似故意地犹豫不决。面前叶乔满脸佯装的陌生，眼神里却透露出默契的暗示。她的眼睛里蕴着光，一丝一缕缠到他心上，那是独属于女人的、绵软的威逼。周霆深笑了笑，俯身在她耳边说了句什么，便大步往前，吩咐导购："这幅画就送给叶小姐，账和另外几幅一起结。"

说完，他还转头看了她一眼。

叶乔没想到他居然直接送给她，想要上去阻止。奈何游戏环节本来就是花钱最少质量越高越好，她还偏偏不能在镜头前出这个头，只能任由郑西朔夸张地吹口哨，表示竟然遇上了影迷，结局皆大欢喜。

记着游戏时间的沙漏快要漏尽，叶乔带着战利品，被动地跟着郑西朔加速往终点前进，在出门前回头深深望了周霆深一眼。

光影交错里，他一身笔挺正装，闲适又矜贵，令她恍惚而有些陌生。但这个人依旧是她认识的那个周霆深，会当着节目组和摄像机的面，俯身在她耳边，报一个酒店的名字。

叶乔不自觉地摸了摸自己的左耳。这个流氓真是有一副低沉性感的好嗓子。

步行街的尽头。

周霆深拦了计程车，将包装精致的画框随手搁在座畔，给叶乔发消息："1107。"

不知何来的一串数字，旁人看见也许不懂，叶乔却清楚知道它的含义。

叶乔还在录节目，手机不在手，回信来得慢，直到他下车才到手机上——

"只不过是他乡遇故知而已，周先生起色心了吗？"

这个女人能把生猛和文绉绉天衣无缝地糅合在一句句子里。

他几乎能想象她开玩笑时又挑衅又娇俏的神情，也许她不自知，那是一种引诱。

他轻按几下触屏，嘴角带笑："隔壁没有住着叶小姐，有点睡不着。"

叶乔的电话随即而至。

周霆深接起来，听她含着浅浅笑音，背景还有杂乱的人声："没事吧周霆深，想吃窝边草吗？"

"你不是说我爱吃草嘛。"语调无赖又无辜。

叶乔顿了片刻，放肆地大笑出声。她嘲笑他吃素，竟然还被他记上一笔。

她压抑久了，笑得渗出眼泪，屈起食指擦了一下，声音还有些断断续续："说真的。我今晚没安排，有点无聊。"

周霆深听出她的意思，顺着往下说："想去哪里？"

"嗯……"叶乔是杨城人士。这座充满艺术气息的城市，一入夜好像就显得乏善可陈。无外乎所有城市都拥有的，都市男女排遣寂寞的地点。她思忖了一会儿，说，"你看过《眠风》吗？"

"没有。"周霆深拨弄着打火机，笑道，"你要请我看你主演的电影吗？"

"是你请我。"她低笑着，语气有恃无恐，渐渐有几分认真，"我想在下档前进影院看一遍。"

"哦，那是陪你做学术研究。"

叶乔把上节目的妆卸完最后一道，放下化妆棉："不乐意？"

他学着她的口气道："荣幸之至。"

挂掉电话，申婷也正好过来，说："叶乔姐，节目组晚上夜宵你不去吗？郑少请客，大家都准备出发了。"

"我就不去了。你们玩得开心。"叶乔对她笑了一下，贴近镜子看自己因为夜班飞行和虚烦少眠而生出的两个黑眼圈，皱了皱眉，又叫住申婷。

申婷讶然回头："嗯？"

叶乔左右微微侧了一下脸："不化妆是不是显得有点憔悴？"

"没有！叶乔姐天生肤质好，又细又白，不上妆也很好看。"

申婷跟她混得熟了，也渐渐敢打趣她了，嬉笑着跟其他工作人员结伴去吃夜宵。

叶乔接到周霆深发来的地点场次，想了想还是从包里取出一副墨镜戴上，才出门。

叶乔刚刚走到大厅，迎面却看见申婷带着一个女人折返。

申婷一见到她，面色没了方才的轻松："叶乔姐，这位女士来节目组找您，说是您的继母。"

叶乔透过墨镜，程素的身影像加了一个天然 LOMO 滤镜，色彩相貌都不真实，只有她那婀娜优雅的站姿依旧不改。叶乔忽然就有些倒胃口，摘下墨镜，看着程素，话却是对申婷说的："知道了，你去吧。"

申婷约莫觉出母女二人气氛不对，犹豫着"哎"了声，直到被其他人催促才走。

叶乔先开口："去喝杯咖啡吧。"

大楼外就有"costa coffee"。程素和叶乔一进门就吸引了不少视线。

程素穿一身修身套裙，丝巾系得一丝不苟，保养良好的皮肤看上去至多不过三十岁，化着精致的淡妆，举手投足的气质无不显露出她良好的家庭背景。她和叶乔走在一起，不像母女，倒像是一对姐妹，同样出众的相貌气质，出入大街小巷随处可见的连锁咖啡店，格外引人注目。

叶乔点了杯摩卡后坐下，把墨镜放在手边，抬头迎上程素微微蹙眉的神情。

程素还是那温柔又说教的语气，目光落在她的黑眼圈上："咖啡不好多喝，对你身体不好。你一个人在外工作，要仔细着健康，不要让你爸爸担心。"

没有人接话，她还是能泰然自若地说下去，微蹙着眉看叶乔握杯子的手背上两排触目惊心的牙印："你的手怎么了？"

叶乔"呵"一声笑，喝了口咖啡，手指在杯壁轻点："你专程来一趟，就是为了说这些？"

"乔乔……"

叶乔冷着脸打断她："不要叫我乔乔。我亲妈都没这么叫过我。"

程素张了张口，想叫她一声，却发现两人之间的关系竟生疏到没有其他的称呼，她叹了口气，依旧道："乔乔，你爸爸最近身体很差。你既然来了杨城，哪怕你不能接受我，也该回去看看你爸爸。他到底是生你养你的人。"

都市入夜后的各色光斑透过咖啡店的玻璃墙，落在叶乔素净的脸上，平白有一丝落寞，她的声音微凉："我跟我爸关系不好是我们俩之间的事，跟你没关系。"她看了眼时间，"还有别的事吗？"

程素抿了抿唇，半晌没有说话。

叶乔凉笑了声："没有其他事想告诉我吗？"她垂眸瞥了一眼程素的小腹，还很平坦，坐着的时候也不显肚子。那股渴望玉碎的冲动又涌上心头，叶乔难以控制自己，还是说出来了，"怀上了吗？"

程素脸上闪过一丝讶异，很快变成一个略带惭愧的笑："你都知道了？你爸爸和我，希望能给你添个小妹妹。"

叶乔烦透了她这副慢条斯理又气定神闲的模样，好像全天下都要按着她的规划一步一步地走。心里的那股子躁郁跟理智对抗，她嗤笑着重复了一声："小妹妹。"她的语气淡得没有感情，心上却像有一团麻在绞，"你知道她的爸爸是一个什么样的人吗？

"你当你嫁的是谁？著名画家，当代巨匠，才华横溢又有不菲收入的中年男人？"叶乔顿了一下，好像从心底里想否认这个事实，"你知道吗？

他是个罪人。程素，你嫁的是个罪人。你的孩子生出来跟我一样，都会是罪人的女儿。"

叶乔戴上墨镜，不欢而散。

刚刚坐上计程车，她往手里倒了几粒药片，和水吞下。心绪平静下来，她长呼一口气，周霆深的微信就来了："到了吗？"

她看一眼时间，电影已经临近开场。她斟酌了下，回："有些事耽搁了，要迟到一会儿。你先进去？"

"等你。"

她到影院的时候，电影已经开场二十分钟。

周霆深拇指摩挲着两张票："还看吗？"

叶乔接过一张："看啊。"

周霆深一指钩掉她的墨镜，她的表情没有方才电话里那般愉悦，眼睛里蒙着一层阴翳，料想她方才有事耽搁，把心情也耽搁没了。

叶乔单手抢过墨镜戴上："待会儿再摘。你想明天登八卦周刊吗？"

两人在正中心的位置落座，引来不少目光。叶乔直到坐下才摘掉墨镜，和他相视一眼，嘴角淡淡一丝不达心底的笑。

赖导的叙事节奏很缓，画面每一帧都像精心构图的相片，无论是不是爱情片都适合情侣一起观看。电影院里相互倚靠的男女不少，只有叶乔旁若无人地静静盯着屏幕，眼神放空。他敢确信，她一定不在进行她的"学术研究"。叶乔却像感应不到他的注视，仍在回想方才和程素的对话。

你嫁的是个罪人。你的孩子生出来跟我一样，都会是罪人的女儿。

她竟然对程素说出了这样的话。

如果不是她父亲的一句话，她这颗心脏的主人还可以好好地活着。

她曾经想要保守这个秘密到终老，即使她认定他罪孽深重，即使他无法获得她的谅解与同情，她依然想要她的父亲能拥有一个幸福的家庭，安度他的晚年。

但也许是那个即将来到人世的孩子刺激了她，竟让她说出了这样的话。

影院里偶尔有些许交谈声。电影渐渐进入预告片里噱头十足的裸露画面。叶乔扮演的聋哑少女对着昏黄的灯光，一件件褪下冬装，人体的脆弱在空旷的布景里被展现得淋漓尽致，一个摄影级别的镜头，叶乔用微颤的肩膀和戒备姿态的骨骼将孤独二字阐释到极致。他们身后坐着一对打着耳钉的小青年，往嘴里扔着爆米花，不怀好意地笑道："这女的身材不错啊。"

叶乔显然听到了。

她面色不改，甚至没有回头看一眼说话人的欲望，只是静静侧头看了眼周霆深。

他眼里没有异样，笑眸像雪峰上的日光，把该有的愠怒化作了仅有彼此知晓的挑逗，反而消去了她的尴尬，说："喜欢骷髅的也不止我一个。"

叶乔回过滋味来狠狠地掐了他一把，一时没控制住力道，下了狠劲，她及时缩回手，却突然被他攥了回去。

她像刚刚从一场幻梦里回魂，一双黑白分明的眼睛，淡得虚幻，让人怀疑这双眼睛才是最动人的电影。

周霆深意有所指地说："你有点心不在焉。"

叶乔的表情像被凉水浸着，清寒又恍惚。

周霆深察觉她的不对劲，收敛戏谑神色，五指在她面前晃了下试她的瞳孔反应速度，又去摸她的额头，都是正常的，只是手背碰上去的时候，能感觉到这具身体在微微发抖："带药了吗？"

"刚刚吃过。"来的计程车上刚吞了两粒抗排异药物，对她现在的症状毫无缓解。

周霆深望了眼四下静伏的放映厅："出去透透气吧？"

走出放映厅，是一片没有窗户的走廊。影院为了让在黑暗中待久了的观众适应光线，这块区域的灯光调得很暗。叶乔从昏暗的角落，一直走到光明。周霆深到门口的面包店给她买了杯热饮，往她手心塞的时候摸了下她的手指："手挺凉。不要去医院？"

叶乔呼吸了一阵流通的空气，好了一些："不用。"她歉意地笑了笑，"我刚刚见过我继母，每次见她身体都会出问题，大概是八字犯冲。"

周霆深一身黑色皮衣，坐在空气甜香的面包店沙发里，轻飘地总结一句："毕竟是后妈。"

和他没有办法推心置腹地谈话，叶乔却偏要涉足："你懂这种家庭不睦的感觉吗？像一种残疾。别人都有健全的手和脚，但我没有。"

周霆深居然真的点头，说："比你好一点。我爸没有再娶。"

叶乔多说这一句本就是将探究欲摆在了明面上，没想到他竟然真的接了话。她把纸杯和他的轻碰一下，嘴角有一丝算计了别人的歉意笑容，说："同是天涯沦落人。"

周霆深突然伸手在她额角轻轻遮了一下。

叶乔抿着杯沿，错愕道："怎么了？有脏东西吗？"

"没有。"周霆深的手依旧没有放下，像情侣间轻抚的姿势。

叶乔从他的余光里看见玻璃墙外一群年轻人吵吵闹闹地路过，隐约觉得有些眼熟。周霆深扬扬嘴角："你不是不想被人认出来吗？"

叶乔下意识转过去一些，从他的指缝里看见一群人里的郑西朔和申婷，大约是刚刚喝过一轮酒，众人兴致很高，笑笑闹闹地走在街上。

周霆深手指帮她顺了两下鬓角的发丝："那个不是你助理？"

"她没往这边看。"叶乔看见他们隔着一层玻璃擦肩而过，周霆深才放下手，问她："你跟那个谁谈恋爱的时候也这样吗，在路上躲躲藏藏的？"

叶乔撇撇嘴，回想她的"那个谁"，无所谓地说："哪能啊。那会儿我没什么名气，一切都要迁就他。你那天没听许殷姗说吗？我是借他'上位'。"她浅浅笑出一声，"呵，我认识他那会儿，他还是个帮赖导跑腿的副导演呢。"

周霆深没脸没皮地说："那你是擅长勾引潜力股。"

叶乔轻蔑地喊了他一声，半开着玩笑："你说谁，你吗？"说着舌头无意地舔了舔上齿。

话说出口，她也顺势想到，或许和他发展一段不说爱只谈情的关系也很好。至少他话不多也不爱多问，相处没有负担，彼此都是潇洒的人，无须担心一方纠缠，是个绝佳的情人。

这个想法一冒出来，就被她自己在心里狠狠地嘲笑了一通。

当真是被顾晋抛弃的后遗症吗？她现在好像完全没有二十出头的女孩子该有的天真了，想法跟程素那个年纪差不多。事业上升期和失恋期的倦怠，让她没心思再投入一场轰轰烈烈的恋爱，觉得找人解决心理生理的寂寞也未尝不可。

叶乔挑起眉，目光打量周霆深的着装：“你白天不是这么穿的。”

“我有个姐姐，经营拍卖行，那会儿在陪她定拍品图录。”周霆深从金色烟盒里抽出一支烟，夹在指间摆弄，“你喜欢那样？”

她思考了一下：“还是这样比较像你。白天差点没有认出来。”

叶乔消化他话语间的信息量，回想她父亲的《尘世之秘》的拍卖信息。五年前，好像是一夜之间，这幅画的价值翻了几番。艺术品市场上这样的情况非常多见，这块被文化掩盖的掘金市场，被万两黄金砸中往往只要靠几分时运。像当年的《蒙娜丽莎》，空前的盛名都来自一场为人称道的盗窃案。

她那时和家里已经很少有联系，也未曾关心。经他一提醒，许多线索都严丝合缝地串在了一块儿——

难怪，他会拥有那幅画，却摆在家中并不重要的位置。

叶乔回想那间拍卖行的名字，Ferra，隐隐觉得哪里熟悉，却说不上来，倒是想起程姜的投资商里有一家艺术品投资公司，是 Ferra 的下属机构。她恍然道：“那天程姜的生日会，也是因为这个，你才在那里？”

周霆深点一下头，侧过脸对着商业街夜景，嘴角轻笑。

慢慢探寻到他真正的身份，叶乔想起自己那晚调侃他的话，两人间的误会当真是一串又一串。此刻像多米诺骨牌一般，一排排倒下。

她心照不宣地笑，揶揄他：“就因为我误会你，然后你就报复我，带我去 C 大吃东西？”

“不是。”这又是一个很长的故事了，他用最精简的话语概括，却发现只有几句话，"我以前入过伍。有一年部队接到任务，要帮陵城几所高校新生做军事训练，就是你们说的军训。里面就有 C 大，听学生介绍的地方。"

叶乔别有用心地问："你训男生还是女生？"

"女生。"

果然，她促狭地"啧啧"两声："你这样的，应该招了不少莺莺燕燕吧。"

"有什么用。小丫头片子们被关在军事基地里无聊罢了。"周霆深眉眼间挺无奈，当年估计没少受小姑娘的调戏，"再说，部队有规定，不能透露个人信息，和女学生谈恋爱要受处分。"

"你不是退伍了吗？"女人天生八卦，叶乔也不例外，指腹磨着杯子，"我们那会儿怎么没见你这样的教官。"

"得了吧。艺校的女孩子最难缠。那会儿要是遇到你这样不听话的，一定往死里训。"

他一副经验之谈的模样，惹得叶乔又想掐他。周霆深笑呵呵地躲开："现在看上去精神不错嘛？刚才不是病恹恹的样子？"

叶乔却想起，那天她醉酒醒来，发现自己手机里拨出过一个号码，对方没有接。她不至于在不省人事的时候还能按出 11 位号码，应该是周霆深拨的。她后来去网上查过，陵城本地的号码，搜索框下面有一条贴吧回帖，是几年前一场陆卿粉丝见面会的报名信息。那个号码的主人居然是陆卿的粉丝。

这样探究下去没完没了，叶乔突然有些受不了人与人之间无处不在的连锁反应。她吸一口气，拎起包起身："出去走走吧，这里奶香味太重。"

两人站起身，叶乔的视线和他的脖子平齐，慢慢下滑，正瞥见他手侧的伤痕，她回想起刚才在电影院里暧昧的氛围，忽然停下来问："疼吗？"

他下意识想去碰，叶乔的手指却已经先一步抚上去了。细腻柔软的触感，指尖微微带凉，小心翼翼地在伤口周围泛红的地方摩挲。他僵着脖子，喉结轻滚一下："不算什么。"又被这伤口的些微疼痛牵扯起影院里的记忆，在他们之间，不仅仅有暧昧。她抚摸皮肤的力道撩得人心猿意马。

周霆深就着这个姿势，单手把她的脑袋按上肩膀，说："算你补偿我的。"

叶乔羞惭地挣扎了几下，奈何体力悬殊，只好作罢，埋在他肩上又好气又好笑："周霆深，你这人真是——没三秒正经，满脑子都是吃豆腐是不是？"

叶乔为免引起围观，安安静静地伏了一会儿，只是急促的呼吸传达着她的愤愤。周霆深按着不放，在她耳边说："刚才不是被后妈虐了心情差吗，借你靠一下。不收费。"两人避开旁人的耳目打打闹闹，彼此的呼吸和体温融汇到一起。

这种感觉很奇异，他的锁骨能感受到她说话时的温度，像寄生的浮游物，像共振的物理器械。她的一颦一笑全在那微烫的温度里。

叶乔低哼着说："不就是想报复人吗，幼稚不幼稚。要不要我也给你扎几下？"

周霆深的好兴致被她挑起来："真给扎？"

"给。"

"能扎几下？"

叶乔料他也不会真这么孩子气，无所顾忌地扬言："随便你。"

他一声莫测的笑："好。到时候别怕疼。"

Chapter 05
千孤万独

周霆深漫不经心地提醒她：『叶乔，这是一辈子的事。』

她颇随遇而安：『一辈子的事太多了，本来就没几件由自己掌控。』

一盏灯打下来。

叶乔躺在日式软榻上，浴袍随意揉在身下。

她有一匹乌锦般的长发，稍显凌乱地散在骨架玲珑的肩头，一直垂到腰际。迷蒙的灯光浸着她白皙的皮肤，中国式的白，像一块完整的定窑瓷，透着醇奶茶的润，和墨一般的发色形成鲜明的视觉冲击。

暖光灯打在她的胸脯上，炙得心头燥热。周霆深的声音被淹没在那热度里，问："文胸口？"

他的手不急不缓地摩挲她胸口的起伏，仿佛在仔细比较。她甚至看不清他的脸，视线像趋光的蛾，集中在顶灯上。

触感所及的地方，有一道十厘米的疤，手术创口，已经被岁月冲得很淡。他的手指常和枪械打交道，有些粗砺，在她的疤痕上轻抚时牵起蚊足般千丝万缕的疼。

叶乔平静地点头，喉咙里滚出一个字："嗯。"

半小时前，叶乔被周霆深带到这里。她在杨城住的时候，对这片区域的印象不太好。这里有几家高档会所，里面的文身馆非常有名，幼年的她想也没想过自己有朝一日会来尝试。

周霆深对这里却很熟，明明不是营业时间，却轻轻松松就向老板要到了钥匙。

老板伍子是个挺自来熟的人，身上有股社会青年的流气，一见叶乔就套近乎，说是她的粉丝。叶乔以为周霆深常光顾这里，却没在他身上看到文身，正疑惑，伍子哈哈笑了一阵，说："什么常客！深哥以前就是学这个的，文得特别漂亮。不过只招待特殊的客人。"

叶乔问："什么叫特殊？"

伍子的脸突然涨红了："就是……特别漂亮的。"

叶乔愕然一瞬，看向周霆深，一片了然地笑开："好啊，那就试一试。"

沐浴洗乏之后，伍子把文身室的灯打开，把她请进去，走之前哀声连连，苦着脸对周霆深说："我女神啊，深哥您悠着点。"

叶乔安静地躺下去，像一株盛开的植物，说："怎么想到带我来这里？"

周霆深专注地给文身机上针："个人爱好。"

叶乔抬眸观察，他脱了夹克，衬衣随意挽到手肘，雪白的袖口下是小麦色的手臂，干净，肌肉偾张，没有文身。她企图在他身上找到一块作为文身师标志的刺青，视线甚至从他开了三粒扣子的衬衣领口探入他紧实的胸膛，却还是没能如愿。

她撇撇嘴："那学这个呢？也是个人爱好？"

"嗯。"他漫不经心。

"入伍前学的还是之后？"

"之后。"

"你经历还挺丰富的。"只是她没说，经历丰富的人，往往不是因为人生多彩，反而常常很灰暗。叶乔不想走进这个人灰暗的部分，只挑了轻松的话题，说，"没学几年文身吧，技术怎么样？"

周霆深上好了针，猎物入彀般，"铮"的一声。他笑得风流："试试不就知道了。"

他本来想要帮她文手背，遮盖那排伤疤，但叶乔说伤疤有的是，生猛地把上衣脱了。周霆深不是什么克己守礼的人，由着她脱，噙着笑，进入正题："要先割线。"

他视线又落回她形状曼妙的胸脯："每个人身上的痛觉神经分布都不

一样。你胸口的部位，很敏感——"他的尾音挑了一下。

叶乔确信，他是故意顿的这一下："确定文这里？"

她对他越来越露骨的调戏置若罔闻："对。"

"花纹？"

"伍子说只能听你的。"

周霆深笑起来。叶乔静静躺着，身体的机能全都供给了思维，她对他的一切声音都很敏感，在心里思忖，觉得他笑起来像某种沙漠植物，蓬勃又倒映茫茫黄沙的孤独。

但笑声是清朗的，他漫不经心地提醒她："叶乔，这是一辈子的事。"

她颇随遇而安："一辈子的事太多了，本来就没几件由自己掌控。"

周霆深脑海里映出花纹，说："也好，别后悔。"机械很快在他手下到位，他戴上乳胶手套，敬职地给她做心理准备，"第一步比较疼。忍得了吗？"

叶乔说："可以。"

割线的痛在她的承受范围内。

他的手法很娴熟，冰凉的针裁破皮肤，创口勾勒出的线条边缘只是淡淡的红，没有出血。尖锐的疼痛久了便变成朦胧的麻，神经只晓得还在痛。

叶乔无动于衷地闭上眼，呼吸比平时微微加快，告慰心底的某种热望。

她干咽一口，说："你学过画画？"

"会文身的都学过。"

"我说国画。"

周霆深一默："怎么看出来的？"

叶乔很笃定："你握针的方式不一样。"

针刺到左胸，叶乔齿缝里"嘶"地吸入一丝凉气。

他放缓语调，哄小孩般分散她的注意力："你对画画很在行吗？"

"没有。"她的声音仍然紧绷，却竭力平静，"我爸爸会画。"

"画家？"语气却没多少疑问。

"算是。"

他赞叹："书香门第。"又带丝轻嘲。

然而闲谈仍旧不能分散越来越剧烈的疼痛，许多恍惚的画面都在眼前打转。

不知过了多久，针尖离开肌肤的一瞬，犹如耶稣获救。

叶乔松了一口气，大口大口地喘息。

夜色晕沉到最深处，乌云密布。窗外不知何时下起了大雨，而她冷汗淋漓，竟然没有察觉到。

雨声带凉。叶乔拢起浴袍起身，没有拉帘子的窗户正对着荒无人烟的海滩。玻璃里映出她胸口的刺青，只有一个模糊的轮廓，纠缠不清的藤蔓枝条，状若一条遍布荆刺的灵蛇。

周霆深放肆地欣赏他的作品——从来没有那么完美过。

他想起跟着徐臧学画的时候。那会儿还很小，听说他的老师是个很清高的画家。确实是这样，直到后来成了当代最负盛名的画坛巨匠，一幅画作在香港拍卖行可以卖出千万高价，徐臧本人依旧醉心艺术，不慕名利，拍卖所得全部捐出，是个不折不扣的画痴。

鲜有人知，这个画痴的女儿，有一具堪作画卷的身体。

图案还没有上色。然而叶乔嘴唇已经发白，心跳频率越发高，脏器却渐渐收紧。

她将随身带的药片倒进手心，一杯清水已经递到了她面前，她在几乎窒息的时刻仍说了谢谢。

周霆深冷静地给她摆事实："割线之后如果不马上打雾，需要等到 75 天之后。伤口结痂脱落，才不会影响图案。"

叶乔和水吞了药，喉咙仍然发紧，摇头挤出四个字："今晚刺完。"

他拒绝："再刺下去有虚脱休克的危险。"

叶乔没再坚持。

周霆深打量她心口疤痕的位置，问："手术的时候疼还是现在疼？"

叶乔脸色难看，冷汗涟涟，声音很虚弱："那时候有麻药。"

周霆深说："过了劲就能感觉到。"

叶乔眸子暗淡，说："那时候疼。"

疼的不是刀口，是一些别的东西。

窗外透进来的湿气慢慢销蚀皮肤上的温度。

叶乔裹紧单薄的袍子，整个身子都被冷汗打湿，终于放弃了自己与自己的顽抗，说："我刚刚躺着的时候，想起了很多那时候的感觉。麻醉没完全起效的时候，我躺在手术台上，心想要是手术不成功的话我是不是就死了。"

她变得絮叨，不知在跟谁说话："但是我想，我一定得活着。不然对不起太多人了，我受不了这个。"

直到现在也是这样，她像背负使命一样小心翼翼地活着。

周霆深帮她把袍子往身上裹："你的心脏是谁的？"

"一个犯人的。过世前把心脏捐给了我。"叶乔发丝都被汗水浸湿，贴在苍白的脸上，像刚淋过雨，喃喃地说，"是一个很善良的人。"

周霆深很久没说话，从口袋里抽出烟，点上了一根。

他抽烟的侧脸像只灰猫，眼睛亮得惊人，但旁人走不进去。

叶乔头一遭没反感他抽烟，安安静静看了一会儿，说："还有吗，给我一根。"

周霆深没有给她。

他站在雨声潺潺的窗边，无动于衷地看着她脚步有些发飘地向他走来。烟雾的渲染让这个画面像一个电影镜头。

叶乔穿着白色纯棉浴袍，像她这个人一样，冷淡却舒适，将纤细的四肢包裹得严实，只露出一截白皙修长的脖颈。她走到他身前，双臂扣住他的窄腰，凉薄的唇凑上来，分享他嘴里的烟气。

她的前襟已经牢牢封好，然而他知道，里面没有内衣，没有任何束缚。

那片袒露的白瓷般的肌肤重新浮现在他眼前，光滑细嫩，似乎轻轻揉捻就会留下痕迹。

雨声越发大了，像洪潮，也像欲望。

他的指尖无人察觉地颤了一下。

一切都好像很顺理成章。日本的文身师有时会用爱抚来减轻文身者的疼痛，像一种绝佳的麻醉药品，能教人忘了伤痛，无论这伤痛是过去的，还是现在的。

但他忘不了。

忘情地亲吻与爱抚，浴袍的腰带承受不住欲念，几下便散。她的肌肤细腻极了，一寸一寸都透着百转千回的诱惑力，但周霆深好像一瞬间清醒了似的，忽然松开她，拢上她滑落的衣袍，遮住那副白净漂亮的锁骨。

叶乔错愕地看着他，湿漉漉的眼睛里写着不解。她能感觉到，他分明也是想的。

周霆深帮她系腰带，下巴贴在她肩上，呼吸深沉："吃完药好好休息。"

叶乔蹙眉，难以置信，又像威胁。

周霆深笑着咳出一口烟气："明天几点的飞机？"

"三点。"叶乔机械地回答，被布料裹紧的身体渐渐回暖，眸子却骤冷。

周霆深手指替她系上结，甚至在她耳垂轻吻了一下，低笑："我会想你。"

叶乔抿唇，深深看他一眼，转身离去。

这一夜连梦里都觉得焦躁。

翌日，叶乔从杨城回到陵城。申婷见她眼眶浮肿气息生冷，不是疲倦就是心情不佳，知趣地一路都没找她搭话。

千溪不知是不是又得到了程素的指示，自告奋勇来机场接叶乔。谁知叶乔一上车就戴上了黑色眼罩，仰在后座补眠。千溪和申婷比画着打哑谜，申婷指指叶乔又摇摇头，用口型说："好——像——心——情——不——好。"

叶乔被她们自以为动静很轻的小动作吵得不能安眠，摘下眼罩看着千溪："你今天有事吗？"

千溪吓了一跳，支支吾吾："啊，我今天白天休息呀，上夜班！"

千溪在叶乔冷幽的眼神里泡了一会儿，才反应过来叶乔是问找她有没有事，连忙改口，更加吞吞吐吐了："啊，其实就是好几天没见了，想你了呗。"

叶乔说："不说实话把你赶下去了。"

"不要嘛表姐！"千溪噘着嘴，手指在自己脸颊上划出两道假泪痕，可怜巴巴地说，"是郑大少啊，他神神道道的，来问我你最近是不是有新欢。我当然说没有了……结果他发了张照片给我，吓死宝宝啦！居然是你邻居！"

叶乔："然后呢？"

千溪避开申婷和司机，小声说："然后我就把他骂了一通啊！郑少没事把人调查了一通，说你邻居是二世祖啊，背景不知道有多硬气。他爸以前指挥捣毁了不少犯罪团伙，是个缉毒英雄，特别有名！但是好像因为这个，仇家挺多的……"

她喘一口气："他家儿女都从商，过得很低调，表面上还是跟白手起家没什么两样。郑少那家伙满脑子塞的都是丝袜啊，觉得你懵懂无知不清楚人家背景，话里有话的，以为你被……那个……了。"

叶乔把眼罩搁在手边，仔细想了想郑西朔做这些事的动机。

昨晚在影院门口隔着一扇玻璃擦肩而过的时候，郑西朔一定还是看见了她。郑大少知道恐怕得气死。他难得控制住了暴脾气，没有当众戳穿，迂回地借千溪的口，谁知道千溪这个小丫头片子一心向着表姐，把实情毫不隐瞒告诉了她。

叶乔笑了笑："你当笑话听就可以了。"

"不行啊！"千溪咬咬嘴唇，下定决心似的，从手机里调出一张照片给她，"就算郑大少威逼利诱再厉害，我也不会跑这一趟的！我这次来，主要是我看你那个邻居的照片越看越熟悉啊，总觉得哪里不对劲。结果就从我手机里翻出这张照片来了！你说像不像？"

叶乔随意扫一眼，眼睛却移不开了。

那是一张好几年前的照片，角度一看就是偷拍。穿着军装的男人站在烈日下，严肃地抿着唇，英俊硬朗的侧脸比阳光更加灼人，夏服军装下一副好身材一览无遗。

叶乔仔细端详，照片上的脸虽然稍显年轻，但很明显便是周霆深。

"照片哪儿来的？"

"我同学发给我哒。她这两天整理人人网照片找出来的，说是新生军训那时候的教官，帅瞎一连少女啊。你知道我有存帅哥照片的习惯哒……"

"你同学 C 大的？"

千溪瞪大眼睛："你怎么知道？"

叶乔收回视线，没说话。

千溪回过滋味，知道准没错了，说："真是他呀！"她强行挤出一个严峻的表情，"我跟你说，这张照片背后可是有一个腥风血雨的故事的！"

千溪打开微信，把和同学的聊天记录给叶乔看。叶乔莫名有些抵触，她有时宁愿只和人表面的模样相处，不去探究每个人背后庞杂的记忆与纠葛。但是真相送到面前，她还是低头看了一眼。

千溪的同学画风跟她一样咋咋呼呼，说起八卦来几乎要在屏幕上手舞足蹈，有种在天涯连载莲蓬鬼话的感觉。好不容易才凑出一个完整的故事——"你知道吗？我们系有个妹子当时可迷这个教官了，用他的部队番号和照片，人肉出了他的名字，还搞到了他的手机号。"

"然后呢？追到了吗？"

"当然没有。人家根本不理她啊，据说妹子逃课出去送他礼物，他都退回来叫她好好学习，超高冷的。"

"这么帅当然高冷啦。那妹子后来怎么样了？"

"死了。"

叶乔看到这一句，瞳孔骤然紧缩了下。胸口文身过后的细微疼痛丝丝入心，像某种警告。

千溪的手指继续划下去，只有一个流言版本的事情原委——"据说是有一天晚上妹子去找他，然后就失踪了，警方过了一个月才找着人……可惨了，据说是团伙作案，死之前还被……太可怕了，挺漂亮一个小姑娘。如果不是他，肯定不会出这个事。"

大学里头出这样的事，传闻总是千奇百怪。但是这件事不同于一般的女大学生失踪案。警方辗转各处才确定了犯罪嫌疑人，那些歹徒不是简简单单的社会青年，而是几年前一个犯罪团伙的余孽。他们本来不是冲着她去的，而是要报复周家，是那个女生正好撞在枪口上。

千溪同学给她讲故事的时候，还用的是一种"世界纷繁复杂，还是好好学习好好工作，我这就去加班了"的语气。但是跟郑西朔的话一对上，千溪立刻觉得细思恐极。

千溪用一种鬼祟的语气对叶乔说："表姐，你不觉得这个事……很蹊跷吗？"

正在此时，车也到了叶乔家楼下。千溪想跟下来继续说，大致中心思想就是"被包养都不算什么，千万不要惹上杀身之祸啊"，却被叶乔拦住，叮嘱司机把她送回住处。千溪还不甘心，叶乔皱眉，凉声道："你演古装剧吗？哪有那么多杀身之祸。回去好好睡一觉，晚上上夜班别睡着了。"

由于飞机延误，叶乔到家时天已经暗了。千溪委屈地站在阴影里愁肠百结，最后磕磕巴巴说出一句："我们夜班可以睡觉的……"

叶乔头也没回地走了。

时间赶得凑巧，电梯门刚刚合上，叶乔一按就开。

两扇金色的镰刀般的门缓缓开启，周霆深那张熟悉的脸就出现在她面前。眼圈和她一样泛青，风尘仆仆，看来也是刚从机场赶回来不久。

说曹操曹操便到。刚刚还鲜活地活在故事里的人突然出现在面前，叶乔一时不能适从。

她不知该如何定义面前这个人。

高校惊悚案件男主角。

郑西朔口中她的金主。

昨夜拒绝了她的男人……

想到最后那一条，叶乔就有种想把记忆磁带剪了重录的欲望。

比起那些或惊悚或猎奇或无事生非的传闻，不可否认，她更在乎的是最后一条。

男女之间一旦捅破了窗户纸，生米和水一起炖在锅里，要么煮成熟饭，要么只能一起倒掉。

这个人的复杂程度超乎了她的想象。但是那又怎样呢？让她在意的是，他居然对她没有兴趣。

女人的思维有时候就是这么简单粗暴。

周霆深一直帮她按着开门键，最后终于忍受不了这个女人站在他面前，用砭入骨髓的目光把他从头打量到脚。他倾身扣上她的手臂，把人拉进了电梯。电梯门很快合上，微微的失重感之后缓速上升。

叶乔来不及开口，双唇便被他封住。他的亲吻像他这个人一样，有种嗜血的狂热。

但他的嗓音很温柔："我改签了机票，坐你前面一班飞机回来的。"

叶乔的声音尚有些破碎："嗯？"

"有没有想我？"

只是一天没有见。叶乔在心里想着，然而嘴唇不得自由，只能在心里思量他越来越露骨放肆的语气。还有，他昨夜明明拒绝了她，这会儿难道回心转意了？

周霆深的手更放肆，从她的领口摸进去，手指轻抚她胸前连绵成画的创口。叶乔又痒又疼，勉强保持清醒："监控……"她推开他，别过脸维持基本的体面。

周霆深绵绵往后退了小半步，特意把向后并拢的步子踩得很缓，一倾身反而贴得更近。她在意的监控摄像头就在他们头顶，落在屏幕上活似一对一触即发的男女。

叶乔毫不示弱地对上他的眸子。

电梯骤停，周霆深单指长按着开门键，两边的门一齐打开，像一个非左即右的选择题。

他声音低哑，在她发间沉沉开口："昨晚休息够了吗？"

不是不想，而是昨夜她的身体状况不允许他肆意妄为，她难道以为他甘心中途作罢吗？

叶乔盯着他的眼睛骤然眯起，两指在他俊削的下颌骨上抚动了下。

周霆深呼吸加深，双手扣在她腰后，隔着薄薄一层衣料摩挲，清瘦的腰线，下凹的腰窝。电梯门开始闭合的那一瞬，叶乔蓦地腾空，周霆深侧身将她抱出了电梯，三两步来到她家门廊。叶乔重重撞上欧式大门，被周霆深紧紧抵着，双唇贴合缠吻，像两株交缠的藤蔓。

身后是冰凉的漆木，身前却是一团火热。叶乔双臂勒住他的脖子回吻，彼此都像要将对方拆吃入腹。

周霆深单手抱着她，手指拨开密码盒，凭着触感按下六个数字。

"嗞！"

密码错误的警报声突兀地响起。

叶乔在他唇上轻舔一口，忽然哼笑起来。周霆深有些恼怒："你改密码了？"

"对。"叶乔按着他的肩，"放我下来——"

他恶狠狠地在她唇上轻咬了一口，在她唇齿间肆虐了片刻，才放她离开这片温存。

叶乔利落地落地，飞快按下六位数字，手指在井号键上虚放着，迟迟不按，转身道："我这算不算引狼入室？"

"现在后悔，晚了。"周霆深亲手帮她按下最后一个键，在锁舌松开的那瞬间抱着她转进门。

自动闭合的大门缓缓关上，叶乔在他的吻重新覆下来之前，突然"嘶"了一声，皱着眉阖眼。

周霆深在距离她脸颊几毫米的地方顿住："怎么了？"

　　叶乔忍住腿部突然的抽痛，提着僵直的腿往前跳了半步，两手揽着他的肩伏上胸膛："抽筋……"

　　再高涨的热情也抵不过两次打岔。周霆深染着欲念的眸子渐渐冷却，轻嘲地笑："哪里疼？"

　　"腿……"

　　她的耳根因为羞愧而泛红，双眸里还有未散尽的迷离。桃粉颜色点缀她素净清淡的面容，是难得一见的可爱。

　　周霆深打横抱起她，往客厅走。

　　叶乔因为突然的移动又是一抽，疼得喊了一声，指甲攥紧他的肩膀："你干吗……"

　　周霆深把她放上沙发，叶乔的小腿搁在柔软平坦的扶臂上，筋脉凸起。

　　厚实的深色窗帘遮去了阳光，没开灯的室内一片昏暗。周霆深半蹲在客厅中央唯一的沙发边，帮她轻轻揉按。叶乔不领情地仰头，闭着眼道："其实没有用的，更疼——啊——"

　　她怎么忘了，他一向下手狠，就连在帮她按摩筋骨这种事上都是一样。

　　周霆深握着那截纤细得一手就能包住的腿肚子，肤质滑嫩，隔着细腻的软肉能摸到骨头。下手狠有狠的好处，一开始的痛过去之后，筋骨归位，抽痛会缓解许多。叶乔劫后余生般喘息着，小腿仍旧酸痛，这个男人在狠戾之余，有着恰到好处的温柔。他的力道渐渐放轻，慢慢地帮她揉按，掌心的温热有股说不出的熨帖。

　　他边帮她缓缓揉去酸痛，边向上攀。叶乔由他慢慢覆上来，最后双目相对，他居高临下地问她："还疼不疼？"

　　叶乔答"好了"，尾字还没出声，伏在她身上的人已落下一个吻。叶乔气息紊乱地躲："你是色鬼投胎吗……"

　　周霆深沿着她的脊骨一寸寸往上抚，毫无遮拦地袒露心机："第一次来的时候，就想在这里吻你。"

　　她头脑混沌，一会儿是疼痛的余韵一会儿是抚上脊背的体温，未熄尽的热情一触即燃，她微仰着头，艰难地回想他说的"第一次"是什么时候。是那天她喝醉了之后？

他不打招呼直接破门而入，大大咧咧在这里睡了一夜，居然还好意思把龌龊心思都说给她听。

这个人，流氓！

她却无法抗拒。

Chapter 06
风雪归客

她的心散落在星辰大海，
却憩息在他的胸膛。

第二天是叶乔正式进《守望者》剧组的日子。

由于《守望者》以三位女性的视角平行展开，各有侧重，叶乔扮演的女三号和许殷姗戏份差不了多少，进组时间却晚了许多。组里人都和许殷姗打成了一片，叶乔刚拍完上午的戏，中午许殷姗请喝咖啡，她居然也领到了一份。

申婷把叶乔的那份外送咖啡搁在凉凳上，没好气地说："许殷姗装好人真是装上瘾了，有本事她拿私下里那副嘴脸出来招摇过市呀……"

叶乔打开咖啡，太妃拿铁，扑面一股甜腻的香气。她把它搁回去，打断申婷："少说两句。"

申婷小心翼翼地转移话题："乔姐，你最近又失眠了吗？你这个黑眼圈，遮瑕霜都盖不住了。"

"……"叶乔怔了怔，嘴角突然提起，"昨晚梦做得有点多。"

陵城经历几场骤雨之后，渐而入秋。

叶乔抬起头，看见一个人影自衰落的秋叶中向她走来，驼色的风衣，清隽的脸。

顾晋在她面前寻了个马扎坐下，开门见山："乔乔，你上午状态不太好。"

申婷看看叶乔，看看顾晋，两个人只要面对面，气氛就是僵的，她知趣地寻了个借口回避。

顾晋从来就是个公私分明的人，在拍摄现场对她该严格的时候严格，不会故意苛求。叶乔颔首："今天精神不太好，'陆知瑶'这个角色很难进入。"

"剧本带了吗？"

"带了。"叶乔抽出一本递给他。

顾晋翻开来，浏览她记在边角的笔记，点点头，指着上一场戏说："这里，陆知瑶由于受到侵犯，状诉无门，才走上歪路。这一段的心理转变非常复杂，不能用因恨伤人来概括，里面应该有更加复杂的情绪在。"

他像寻常导演一样，细心地帮她讲戏。叶乔却进入不了状态，挑眼观察他专注时的眼睫："因为什么？她憎恨那些伤害她的人，所以变成人贩子，去伤害无辜的人，说到底还是个恶人。"

顾晋摇头："你不能因此判断她是善是恶。你没有去理解这个角色，她只有十八岁，在极端环境里趋恶，本身不是她自己的主观抉择。"

叶乔呵地笑了声："所以你觉得，被伤害过的人，只要有这层筹码，就可以肆意伤人了？"

"这不是我觉得……"顾晋反应过来，她根本不是在讲戏。

他缓缓合上剧本，皱眉。叶乔在心里嗤道，又是那副教训人的模样，可还是被他严肃的模样感染。

顾晋眼里有些失望："我希望你不要因为导演是我，不认真对待这部戏。"他的视线从她的腮线下滑，落在被衣领遮掩的颈上，那里有几处凌乱的浅红吻痕，"也不要不认真对待你的人生。"

叶乔竟然哑口无言。

她确实不再对他有痴望，甚至不再怨怼，全无报复他的想法。但是这段从年少时就开始的感情，还是不可避免地改变了她这个人。她无法从自己的整个生命里抽去他存在过的痕迹，无法像他那样坦然自若地相处，她甚至太骄傲，以至于在挫败之后释放出了长久以来压抑在心的作恶欲。

他长她七岁，这是人生阅历上的鸿沟。

这一天一直拍到深夜，其他人都已经收工，但叶乔反复地 NG 陆知瑶母亲身亡后的一场哭戏。主人公独自在阴暗潮湿的黑夜街道跋涉，经历一场情绪压抑、冲突激烈的号哭，之后她走向黑夜，同时也从一个单纯聪慧的花季少女走向狡猾多端的罪犯。

顾晋亲自掌镜，眉头一直没有松开。最后一次仍然没有到情绪点，但已经凌晨，他通知剧组人员："明天再拍。"

叶乔却很倔强，披上助理递来的外套，对他说："再来一次。"

"很晚了乔乔，全剧组的人都在陪你耗。"

他喊她乔乔的语气还是一样，像父亲训导女儿，嗓音温和却严厉。

叶乔没有像从前无数次那样妥协，摇头说："最后一条，不行再收工。"

秋夜凉得刺骨。

叶乔穿着单薄的服装，重新走到机位中央，一声"action"后猛地跪坐下去。她对自己心狠，这一下"咚"的一声，绝望崩溃，石子嵌入膝盖，疼得眼泪自然而然地喷薄而出。但她立刻收住，陆知瑶早已踏过了逃避与否认的暗潮，开始走向黑暗。那一瞬间崩塌的不仅是她的感情，还有道德。

叶乔强抑着疼站起来，挂着凄楚泪水的脸上没有一丝茫然，有的只是悲。她微微一晃便站住，一步一步，决绝地走向黑暗深处。

这一次她没有着力去表现狠绝，但那极其克制却有强大感染力的悲怆里，反而诠释出人性在走投无路时的狠绝。

"咔。"

副导演先一步喊出来："收工！"

申婷连忙给她披上外套，把准备好的热水递过去，蹲下来看她膝盖的伤口："那一下也太狠了！这都刺进肉里了。"

白皙细嫩的膝盖鲜血淋漓，见者都觉得疼。

顾晋看着监视器，眼底有兴奋的神采，招手喊她："乔乔你过来，这一条演得非常好！"

申婷看了眼她的膝盖，小声说："要先处理一下吗？"

叶乔摇头："先去看看吧。没多大事。"走几下微瘸，但她还是坐到了顾晋身边。

申婷捧着她一口没喝的热水回去，在灯光师身边小声咕哝："要不然以前怎么是情侣呢，一对疯子啊……"

灯光师正在收器材，大声问："啊？你说什么？"

申婷慌忙说："没什么没什么！需要帮忙吗？"

叶乔回到家，已经凌晨两点。伤腿已经不疼了，但人在受伤的时候，总是格外脆弱。叶乔踏进夜色里的单元楼，有股子风雪夜归人的寂寥。

刚出电梯，她就闻到了一股香味，从2302传出来的。

肉汤的味道，散发着诱人的鲜香。他不是不吃荤的吗？

她的晚饭时间是六点整，已经过去了八个小时，刚才在寒风里不觉得饿，现在被香味一勾引，顿觉腹中空空。

叶乔在自家门口站定，刚按两位密码，手机就振了起来。

一条微信——"回来了？"

叶乔回想昨夜，几乎是一场梦。这人不知道多久没有开过荤，最后她都睡过去了，被他撩得一忽儿醒来，昏昏沉沉地回应。

讨一份夜宵不过分吧？

叶乔没回，直接转身去敲了他的门。

周霆深从厨房出来，应门很慢，身上还有一股食物的温香。他打开门，叶乔脸上刚刚卸去戏妆，神容和脸颊一样淡，有种居家的恬美。他嘴角悠悠翘起。

叶乔选择性忽略他不怀好意的笑脸，向里探："在煮什么？"

周霆深："骨头汤。"

答案在她意料之中，然而依旧令人费解。她嘲弄地往里走："你深更半夜煮骨头汤？刚杀了个人吗。"

周霆深侧身让她进来："喂德萨的。"

叶乔脚步顿住："……"

所以她不仅撞见了人深更半夜给狗煮吃的，而且还要跟狗抢食。德萨蹲在墙角，警觉地看着她，仿佛感受到了地盘的危机，呜咽一声。

叶乔有点想否认自己来的初衷，但是来都来了，总不至于是因为深夜寂寞？

她静静歪在沙发上，困意席卷而来。周霆深端详她膝盖上的创可贴，边缘一圈红肿，他伸出手指摸了一把："早上还没这个吧？"

叶乔冷冷睁开眼，他眼里的暧昧意味浓重，寓意昭然若揭。她皱着眉推开他："不要贫了。你的汤好了没，再不去烧干锅了。"

周霆深手臂撑上来亲她："可以喂你点别的。"

叶乔赏了他一巴掌。

他拽住她的手腕，语气还挺委屈："不至于吧？我以为我比狗粮更有吸引力一点。"

叶乔补了他一脚："不要闹……"

周霆深握着她的手指亲："本来是煮给德萨的。狗不吃盐，味道淡，你想吃我给你弄别的。"

"没关系，就这个。有白饭吗？"

"有。"

她困得只想闭眼睛，睡意浓浓的声音像撒娇："我饿死了……"

叶乔的身上还挟着夜的凉意，一看便是刚刚收工回来。周霆深边走边评论："你们演员工作还挺辛苦的。"

"不然呢，以为我们轻轻松松就能挣大钱吗？卖睡挣钱的也有，但至少我不是。"

她现在说话也被他带得没遮没拦。周霆深笑笑，给她盛了一碗汤，又给德萨盛一碗。叶乔拿到手一看，她那块骨头上的肉还没有德萨的多，人不如狗。她简直想泼他一脸。

周霆深迎着她阴毒的眼光，说："女明星不都要减肥？吃了再减不是更麻烦。"

叶乔体重八十斤，就算放眼演艺圈也算瘦成骨架的，她狠狠瞪他一眼。

周霆深帮她盛饭，用一个花纹古典的瓷碗。叶乔端起来看，觉得熟悉。她在博物馆参观过叶卡捷琳娜二世时期的家具展，里面餐具部分的瓷器花纹，和这只如出一辙。再看德萨爪下那只，也是成套的同一系列。叶乔不懂瓷器鉴赏，但也看得出来这套餐具精致的光泽度和年代感。

她啧了两声，感慨这人的暴殄天物。

热汤入胃，一直暖到心上。

肉汁本来就有鲜味，叶乔口味重惯了，偶尔喝淡汤竟然不觉得排斥，吃了小半碗米饭。她餍足地想，难怪千万年来男男女女都躁动着想组成一个家庭。这样平淡的温情滋味太好，她有一瞬间想永远栖息。

然而她知道，她倚靠着的这个胸膛，不止为她一个人开放。此时能够互相满足，明日说不定就分道扬镳。在娱乐圈混久了，什么达官显贵没见过，像周霆深这样的人，会把她放在心上吗？她不妄想。像他们现在这样或许再好不过了。

叶乔工作了一天周身酸痛，倒在沙发上不想动弹："今晚睡你这儿怎么样？我不想动。"

周霆深还在喂德萨，低着头说："我没意见。"

叶乔斜睨着他们，说："有条狗也不错。深更半夜心血来潮的时候，还有它能做个伴。"

"你不是有我？"

叶乔笑了声："我说真的。"

"你要想养狗，明天可以去买一条，跟德萨做伴。德萨是母的，你就买条公的。"

他越说越不正经了。叶乔脸上笑着，心里在想，那样岂不是越来越纠缠不清了，连宠物都配作一对。顾晋白天的话响在她耳朵里，让她心里一直有个疙瘩。明明自己不是那样想的，却被顾晋牵着也觉得自个儿在玩火，总有自焚的一天。

她清楚地知道，越来越不清不楚的关系总有一天会结束的。

然而现在她还不想思考那么多，只是说："养只猫吧。不会咬人。"

第二天，她在剧组的戏份少，下午周霆深就陪她去了宠物店。

千溪恰好给她打电话，哭丧："啊啊，表姐你真的要养猫啊？你明知道我猫毛过敏的……你是不是还是因为上次的事生气，故意养只猫不让我进门啊？"

叶乔专心打量一只只毛团子："上次是什么事？"

千溪没想到她真能忘光，更崩溃："就是上次关于你邻居的事啊！虽然这么八人家隐私确实不好，但是你也不能完全不当回事啊！"

叶乔的心思全在毛团子身上，电话里说了什么都没在意，对着一只布偶猫的笼子说："周霆深，这只怎么样？"

"……"千溪倒吸一口凉气，"表！姐！"

叶乔回神："嗯？你刚才说什么？"

千溪听到电话那头男人富有磁性的声音，说"长得太娘"，觉得自己要在沉默中爆发："表姐！我要去告诉姑父，你这已经是色令智昏啦！色令智昏！"

叶乔看着周霆深俯身端详时的侧脸，男人硬朗的线条和布偶猫毛茸茸的可爱模样同框，更加秀色可餐。她眯了眯眼，对电话那头漫不经心地说："嗯，去吧。"

千溪对着"通话结束"的手机一通暴跳如雷。

周霆深转身，问她"选定了吗"，叶乔刚要张口，手机又进来一通电话。她给他递去一个歉意的眼神。

来电人：顾晋。

周霆深瞥到这一眼，目光平静无澜，甚至颇善解人意地去别的区域看猫，给她单独谈话的空间。

叶乔却因为他刻意的回避有些不舒服。也对，情侣才会争风吃醋，而他们现在的关系……她忽然觉得无法定义，但肯定不是情侣。

她接电话的语气都冷淡了些。

顾晋依旧开门见山："乔乔。档期问题，晋南农村那一部分戏份要先拍，后天就动身。你这边可以吗？"

"怎么突然要改拍摄计划，谁的档期问题？"

顾晋沉默了片刻，说出她意料中的答案："程姜。"

叶乔半晌没说话，最后轻轻一笑："行啊。顾导有什么要求，我都会配合。"

顾晋听出她话中带刺："乔乔……"

"别叫我乔乔。你们一个两个装得这么亲，自己不牙酸吗？"

他叹气："你以前不这么说话。"

"最近学坏了。"叶乔往前去找周霆深，淡淡道，"没事的话我先挂了。"

周霆深蹲在一只猫笼子旁边。

店员向他介绍："这只是苏格兰折耳，优育出来的。但是因为天生基因缺陷，有些折耳猫会患骨骼病，不能根治。我们店主是爱猫人士，买折耳的话要签一个不遗弃协议。"

叶乔放下手机，笼子里那只小家伙通体雪白，脑袋上有一撮灰，折下来的耳朵轻轻颤动，瑟缩在角落。

它仿佛知道，自己生来便要遭受比旁人更多的病痛。

叶乔几乎是一眼相中了它。

叶乔签完"不遗弃协议"，小折耳憨头憨脑蹲在宠物袋里，张望来张望去，全然不知它现在已经是只女神家的猫，身价翻番。周霆深看了一眼她签的"叶乔"两个字，不像明星签名一样龙飞凤舞难以辨认。她的字很清秀，像一株乔木，拥有着植物柔和的力量，又有树木的风骨。

叶乔发现他在观察，搁下笔，嘴角微微一动。

他载着她去超市买了宠物用品，看见有卖让猫咪钻窟窿的猫跳板，说："要不要买一个？"

"这个有什么用？"

"玩具吧。"

叶乔摸了把材质："这个不够软，猫咪躺上去会不会过敏？"

周霆深失笑："哪有这么娇气的猫。"

"广告里都这么说，猫是敏感的动物。"

周霆深被她一本正经的模样逗得发笑，手掌揉她的脑袋，眼角弯弯，像看一个童言无忌的幼稚园学生。

叶乔向后仰着躲，险些撞到后面推着购物车的顾客。周霆深揽着她的腰把人扣肩上，向路人道歉："不好意思。"

那人狐疑地看了他们一眼，说没事，缓缓推过，两步一回头地打量。

叶乔捶他肩膀："让人认出来怎么办？"

周霆深厚颜无耻地说："我怎么觉得是看我的？你连个脸都没露，怕什么。"

叶乔悻悻放过他，指挥他推车往前走。周霆深视线扫过货架，说："准备给猫起个什么名字？"

"不知道。"叶乔想了下，问他，"你给德萨起名字的时候是怎么起的？"

周霆深说了个毫无建设性的答案："德萨是我在部队时候的军犬，统一命名。"

"就没什么规则？"

"主要是两个音节清晰，狗能听懂，不会和别的军犬混在一起就可以。"

叶乔说没意思："就不能自己给狗起名字吗？"

"可以起昵称。"周霆深回想了下，"我们那会儿军犬还有个档案，把大名、昵称和性格都记录在内。有些人无聊，给狗起奇怪的小名，管公狗叫美女、西施什么的。"

叶乔笑着伸手拍拍他的脸颊，心疼地说："男人总是寂寞嘛，我理解的。"

她掌心微凉又柔软，周霆深的双眸一暗。叶乔故意调戏了人，笑着往前迈两步，把一包猫粮扔进推车，回头的时候笑眸明亮，像闪过他世界的一道清光。

最后结账，两人陷在长长的队伍里，百无聊赖地讨论猫的名字。

周霆深对文绉绉的东西素来抗拒，更何况心思不在此，路过柜台的时候，对上面琳琅满目的一整排研究上了，情迷装清凉装超薄装多姿多彩，他对着"果味系列"咬叶乔的耳朵，低声道："喜欢哪个味道？"

叶乔想赏他一巴掌，可惜大庭广众，忍了。

周霆深装作被她扇到，脸偏过去，吊儿郎当地问她："你不是过两天要去晋南，确定不会想我？"

"想你 ×。"叶乔骂了句脏话，呵呵一笑，"不是留了只猫陪你吗。你这样的色坏，荤素不忌人畜不分吧？"

夜里叶乔就后悔了。

他抵着她，四个字四个字地问她："男人寂寞？"

"……"

"荤素不忌？"

"……"

"人畜不分？"

叶乔把这个月的脏话都在心里骂完，反客为主地压回去，甚至随手把人用皮带捆了。周霆深乐得配合她，权当是情趣。但她的脾气上来动了真格，狠狠咬上他的锁骨。

互相折磨到尽头，彼此都精疲力竭。

叶乔枕在他的臂弯里，闻他身上淡淡的烟草气息，星光透过窗户洒落，交缠的躯壳明明灭灭。她忽然说："我想到名字了。"

"叫什么？"

"Ophelia。"

周霆深还当她文绉绉惯了，要从《诗经》里起名字，吐一个烟圈："什么意思？"

"天卫七的名字，是《王子复仇记》里的女主人公。"叶乔补充道，"天王星的卫星都用莎士比亚笔下的人物命名，Ophelia 是我最喜欢的一个。"

她问："你见过天王星吗？"

"没。"

"八大行星里最好看的一个。"叶乔半梦半醒的，不知哪里来的倾诉欲，"很透彻的绿色。总说地球是蓝的，其实很斑驳。天王星的颜色是纯粹的，它离地球远，肉眼看不到，很安静。"

周霆深渐渐习惯了她入睡前说一些没有边际的话。有时是星系，有时是非洲草原上凶猛的动物，她的心散落在星辰大海，却憩息在他的胸膛。

在他的印象里，这样的人不会去当演员。那个圈子和她要的"纯粹""安静"都离得很远。

他搭话："不都说土星比较漂亮，有项链。"

"那是它的卫星，不是它。"叶乔张臂抱圆，说，"用望远镜观测的土星像一个猩红的眼球，特别大，像妖魔的眼睛。"

周霆深抓住她的胳膊伏上去，她倦意涌现时眼睛是透明的，脑海里没有纷杂念头，只有她想象中的一片星空。他觉得她的眼睛在明亮的夜里，剔透如星，那样干净那样明澈的两颗星星，仿佛要将人纳入她的星系。

叶乔长长的眼睫一动，看到他抓住自己的手腕上，有几道被捆绑过的痕迹。她下手没轻没重，金属带扣在他手臂上刮出好几道血痕，都擦破了皮。身上也是，映着微弱的月光，能瞧见被她刮咬的点点伤口。

叶乔像失去了记忆一般，愣怔着眼："我弄的？"

这会儿她倒回魂了，没见过这么无赖的。周霆深笑着咳出烟气，说："睡了只猫。"

叶乔刚刚涌起的愧疚一下退潮，把他打下去："那你活该。"

"我活该是活该。"他挺无所谓地看着她，"但是叶乔你知不知道，你这种行为不太正常？"

叶乔愣住了："会吗？"

"嗯。"

周霆深说得随意又坦然，叶乔却消化不了这个消息。

不正常吗？

周霆深把她瞪得惶惶然的眼珠子遮住，轻扫她的眼皮迫使她闭眼："不用这么震惊吧？我不会在意的。"

"不是这个问题。"她想起不久前去看医生，那股子冲破一切，好似粉身碎骨才罢休的欲望占据她心间。宛若站在火海悬崖，渴望纵身一跃。

她闭上眼，想逃避又不得不把自己绞进这团乱麻。

"我好像真的病了。"她扶着自己的两额，身体无力地坠下去。

周霆深心间油然而生一股不祥的预感。

　

果不其然，之后两天她都没有联系他。

周霆深偶尔给她发信息，叶乔都没有回音。第三天叶乔动身去晋南，一大清早便坐剧组的车离去，2301 门庭冷寂，好像从来没有叶乔这个人的存在。

Ophelia 顺理成章留在他身边照顾，倒成了这段关系唯一的见证。

周霆深给它和德萨切了水果，混着宠物粮倒在碗里。一大一小两只并排，用同样的频率把宠物粮咬得咔嘣咔嘣响。他忍俊不禁，拿手机把这一幕拍下来。

他笑着欣赏了会儿自己的摄影作品，忽而又觉得有些寂寞。

不知有多久没有体会过了，这种胸臆空空，急需填满的寂寞空旷，连烟草都无法消解。

百无聊赖间，他不由自主地打开搜索框，查找天王星。

屏幕被一颗纯绿色的星球填满，它像一块没有雕琢过的翡翠，通透得惑人心神。

周霆深掐灭烟，尝试去给叶乔打电话。

叶乔此刻刚到晋南，剧组要进大山，这条路上已经没有公共交通工具，放眼望去全是土坡和山林。

剧组包了几辆车，全组的演员和器械都在车上。许殷姗拿着手机往窗外探，直跟助理抱怨："这地方的信号不会一直这么差吧？"

助理坐在一个小马扎上，颠簸得头晕目眩："听说到了地方，连 4G 信号都没有，不要说 2G 了。移动的卡号经常显示无服务，要是想打电话趁现在打一个吧。"

许殷姗气得直哼声："这里也没信号啊，短信都发不出去。"

此时，叶乔的手机响了。

许殷姗像吃了炸药一样把手机收了，咕嘟咕嘟喝苏打水。申婷偷偷躲在叶乔背后扑哧一声。

真是无妄之灾。叶乔哭笑不得地拿起来看，表情凝滞——周霆深。她犹豫了三秒，才按下了拒绝通话键。

她有些不知道怎么面对他。

身体上最亲密的人，心却从来没有交会过。而如今，连身体上的牵绊，或许都是她错乱时犯下的错。她近来心理压力大，亟需一个抒发感情的出口，而周霆深刚好在这个时候走进她的人生。她有些怕，怕这一切纠缠只是她宣泄的一种方式，更怕有朝一日会失去他，不如趁早断了。

叶乔陷在自我怀疑里不能自拔，顾晋坐在副驾驶的背影就在眼前，随着山路的颠簸晃晃悠悠的，看不真切。他的话还在耳边，像某种总会一语成谶的魔咒。叶乔不愿意相信，自己真的是因为被他抛弃，所以自暴自弃，放纵自己。

那样的她，太过于可悲。

突然，一道声音打破了她的思绪："程姜姐——"

一车的人齐齐向后望，一直靠在后座不发一言的程姜，脸色如纸般苍白，突然捂住喉咙口。

顾晋立刻喝道："停车！"

程姜被助理搀扶着，冲下车呕吐。

叶乔透过车窗，程姜的身影站在绿水青山间，痛苦地弯腰。前座一声摔门声，顾晋迅速下车扶住程姜，轻拍她的背。叶乔几乎能想象出来，他安慰人的语调多么温柔动听，让人产生像父亲一般的依赖感，想要放松戒备埋在他肩上大哭一场。

然而程姜不是她。胃里一阵翻江倒海之后，程姜接过顾晋递过去的水，漱了下口，虚弱却从容地用纸帕擦净了唇，然后慢慢离开顾晋的怀抱，在外人面前道一声："谢谢。"

优雅得无懈可击。

最前面的这辆车停下，后面的车——停了，陆陆续续有人下来慰问：

"程姜姐怎么了？""程姜姐没事吧？"

还有人也晕车，下来休息。

一行人因为程姜休整了十分钟，才重新出发。

程姜再上车时，扶她的又成了助理，好像顾晋刚刚的紧张都是出于一个导演对女主演的关怀。

许殷姗搭了一把手，妆容浓重的脸上现出忧切的神色："程姜姐，没事吧？"

程姜摆了摆手，和叶乔擦肩而过。

许殷姗对叶乔的不言不语颇有微词，冷冷一记眼刀睖她："程姜姐坐在后面，颠得厉害，不舒服一早上了。你没病没灾的，都不愿意跟她换一下吗？"

叶乔还没开口，就被她打了个"不愿意"的标签，这时候动身反而像是悻悻应允。

叶乔没有动静，连程姜都转头看她。叶乔对上那双眼睛，不禁错愕。程姜看她的那一眼，写满了"何必"，眸间的黑白浓淡与顾晋别无二致。情侣之间一个眼神、一句口头禅的相似，都会透露他们的恩爱。这个熟悉的眼神，传达着比"何必"深刻得多的寓意。

叶乔自嘲般一笑，起身搀扶她："程姜姐，你坐过来吧。"

叶乔自始至终一个眼神都没有给许殷姗，安静地挪到了最后。申婷敢怒不敢言，把叶乔本来就不多的东西收走，向叶乔嗫了个不服气的表情，叶乔心脏不好，这么一路颠过来脸色也发白。叶乔用眼神安抚她，说"不要紧"。

顾晋隔着大半截车厢道："委屈大家了，还有半个小时就能到岷村，大家坚持一下。"

许殷姗又是一番客套。叶乔靠在软座上，听凭困意占据身体，耳边的话不再听得清。

她早年也进过不少拍摄条件很恶劣的剧组，倒是抗摔打，这一下睡过去直到抵达目的地才醒来。

　　剧组人员搬着拍摄器材去租下的农家院落，车上的人已经走光，只剩下一个许殷姗，扑着粉饼在补妆。她透过小镜子发现叶乔醒来，冷笑一声，也款款下车。

　　申婷被这个莫名其妙的女人整得快崩溃，捧着脑袋吐槽："她究竟在神气什么啊……宫斗剧演多了吧。"

　　叶乔想起身，才发现呼吸阻塞，脸色惨白，想出声讨药，喉咙里只挤出一个沙哑的音节就说不出话。

　　幸好申婷警觉，看她嘴唇一丝血色都没了，连忙扶起她，惊慌道："乔姐你怎么样？要不要叫医生！"说完更加惊慌失措，这人烟罕至的地方，据说村里只有一个卫生所还得去几里外的镇上，如果遇上心肌梗塞这样的大病就更加无从着手了。这是人命关天的事！

　　叶乔声音发飘："药……"

　　"药，药……对……"申婷手忙脚乱，连放在前边的药都找不着了，还是叶乔动了手指给她指的方向。她扑过去一通乱倒，拧矿泉水瓶子的手都在剧烈地发抖，泼了一些在叶乔的鞋子上，顾不上道歉，急忙把药递过去。

　　叶乔和水吞了，躺在软座上休息了会儿，脸色才微微恢复。

　　她刚刚重获说话的能力，便虚弱地对申婷笑："你急什么啊，看你这眼睛，都红了。我又不是要死了。"

　　申婷擦擦蓄了泪水的眼睛，又哭又笑："我这不是紧张嘛。老天爷真是不公平，好人反而多病多灾，恶人都活得逍遥自在。乔姐你心地好，肯定会有好报的！"

　　"老天爷公平得很。你不就活得挺好的吗？"叶乔的声音正常些许，开她玩笑。心里却似在说，公平得很，自己本来就不曾为善。

　　千里之外的杨城，周霆深踩下刹车，右眼皮突然一跳。

　　伍子看见不打一声招呼就大驾光临的周霆深，从按摩榻上蹦起来迎接。周霆深从车上下来，面无表情却让人挪不开眼，大厅里坐着的几个女侍应都用露骨的眼神打量他。伍子搓搓手说："深哥你怎么来了？你看那群小丫头片子，眼睛都直了！"

"我不能来？"周霆深从后座上把 Ophelia 和德萨抱下来。

"没有的事！我这不是最近新讨了个媳妇，怕您一来给我拐跑了！"伍子满嘴跑火车，突然"哟"了一声，"怎么还带着猫猫狗狗？现在都兴给宠物文身啦？"

德萨认识他，友好地冲他"嗷"了声，伍子拍拍它的头，说："乖哈，哥等会儿赏你口肉吃。跟着深哥天天吃草吧？"

不知道是哪两个字刺激到了周霆深，他脸色陡然一黑。

伍子当他面瘫，又去抱那只猫。没想到小家伙气性挺大，对陌生人上来就是一爪。伍子险险躲开，骂："这谁家养的猫啊！长这么娘炮，脾气还挺大。"

周霆深声冷如冰："行了，进去说话。"

伍子帮周霆深把简装的行李放好，周霆深倒只关心那一猫一狗。伍子店里没有合适的宠物盆，一个女侍应凑上去，红着脸给周霆深递了两只给客人用的浅口大果盘，盛水正合适。周霆深说一声"谢谢"，那十七八岁的小姑娘笑得跟朵花一样。

伍子啐骂："胳膊肘都往哪儿拐！拿哥哥的东西献佛呢？"

一群小姑娘嘻嘻哈哈没个正经，都围在 Ophelia 和德萨旁边。德萨看着凶，小姑娘们躲得远远的，就喜欢猫，一人一只手摸它，把 Ophelia 摸得有点抑郁。

周霆深淡淡看了会儿，点上根烟，说："别碰它。"

他声音不大也不凶，但凝眉的样子让人心里没底，小姑娘们一个个面面相觑地退下。

伍子"啧啧"两声，瞧她们那没出息的样子，还盯着人家看，真是越碰钉子越不死心。

伍子领着周霆深回他的那间 VIP 客房，屋里暗，伍子摁亮壁灯，说："深哥你尽管住，要什么就跟兄弟说！"他认识周霆深也有四五年，深知他的背景底细，也知道他只有心里不痛快的时候，才往这边跑，权当散心。

周霆深从包里取了个红包出来，递给他："你结婚的时候没赶上，补你的礼金。"

伍子接过去一掂量，这数目，他拿着都不安稳："不就结个婚嘛……深哥您千万别跟我这么客气，我这辈子还不知道要结几次呢！"他笑得没心没肺的，但周霆深偏偏不领他这个情，他笑着笑着也僵了。

周霆深没明说，只道："你一个休闲会所招那么多漂亮小姑娘，现在做的是正经生意？"

"唉，哪里的服务员都是年轻漂亮的好啊！"伍子扯了一段，看周霆深油盐不进的那张脸，终于蔫了，"最近行业是有点不景气，我……"

周霆深抬手打断他，用眼神指了指红包："拿着吧。"

伍子把钱收了，怪不好意思，讪讪道："我这都是新招的一批，刚培训好……要不先给深哥您试试？"

周霆深没有应允，只说开了一天车想休息。

一觉直到日落西沉才醒来。

受叶乔影响，他白天睡觉的时候也爱把厚厚一层窗帘拉上，昼夜不分。起来的时候感觉不到时间，只是腹中饥饿感提醒他，已经睡了很久。

周霆深起身穿衣服，刚套一个袖子，门口就响起两声谨慎的敲门声。

他以为是伍子，披着衬衣开门，门口却站着个小姑娘。他扫了一眼她金色的胸牌，米茶，是白天给他递果盘的那个。

米茶年纪小，容易脸红，看着他袒露的胸腹，脸又烫成红番茄，把食盘举得比自己的脸还高，声音小得像蚊子："深哥，老板让给您送吃的。我是不是打扰到您了？"

周霆深扣上扣子，说："进来吧。"

一道虾一道汤，其他的都是素食。

米茶看他碰虾碰得少，只捡些绿油油的菜叶子吃，怯声问："是不是不合口味呀？老板就说要清淡的，我就在厨房挑了这几样，也不知道您爱吃什么。用不用我下去再弄点儿别的……"

周霆深说不用，又转身看她："你不用陪着我吃。"

米荼愣了一下，还是没走。

她安静得像根木桩子，没什么存在感。周霆深吃完一顿饭，回身看见她，挺惊讶："米荼？"

小姑娘被他吓到似的："哎，哎？"

"没走吗？"

"没……"她的脸又一阵泛红，忽然绽开笑容，"深哥你真有文化！来这儿的第一次见我都管我叫米荼呢。"

周霆深一直自诩不是书生气的人，但乍然被人用这种理由夸"有文化"，还是被噎得无言以对。

她没有走的意思，周霆深却惦记起他的宠物来了，问："Ophelia 和德萨在哪儿？"

"奥……奥什么？"米荼迷茫地眨了两下眼睛，幸好后面那个名字她是知道的，笑说，"老板切了两条牛肉给狗吃，伙食可好了。"

周霆深用中文重复一遍："奥菲丽娅。"

米荼算机灵，眨巴了两下眼睛道："您说那只猫呀？它好像挺怕生的，缩在吧台底下不让人碰。我们老板都被挠了。"

周霆深问："谁都不让碰？"

"好多人都不敢碰呀。"米荼有些骄傲地说，"不过它大概记得是我给它的食盆，让我碰的。"

周霆深终于找着理由把她支走："把它抱过来。"

米荼唯唯诺诺地去找猫，没一会儿又折返，Ophelia 极不情愿似的，在她怀里死撑着四条腿，喵喵喵地叫唤。

周霆深把盘子里的虾仁挑出来，一个个喂它。

米荼还是戳着不走，仿佛看他抛虾仁也是种乐趣，艳羡地说："你对猫真好，当你家的猫都比当人幸福。"

"……"周霆深跟她沟通很艰难，便说，"它不是我养的。"

Ophelia 全然不觉，在他修长的手指上舒服地蹭了蹭。

"不是你养的还能跟你这么亲呀？"米荼赞许地说，"都说猫是养不熟的。哪怕是第一个主人，都没有狗亲。别人家的猫就更难喂熟了。"

周霆深突然扭头，嘴角轻嘲地牵动："你们老板养你们，养熟了吗？"

米荼矮，周霆深蹲着这么一回头，正好对上她的胸口。侍应生的制服是特殊剪裁过的，米白色的收腰小西装开一个大 V 领，里面穿的内衬也是 V 领，看似包得严实，其实衬得身材很性感。

她心跳得飞快，胸口也跟着起起伏伏。

再看她的脖颈，清瘦得和上围不符，锁骨突出，中间凹陷下去一块，玲珑有致，配合一张天真无知的脸，是天然的情感催化剂。

周霆深笑着转头，用纸巾擦净了手，说："你们老板挺会挑人啊。"

米荼闹不清楚他是什么意思。

周霆深侧过脸，指着自己半边脸颊，说："来，往这儿扇一巴掌。"

"啊？"

"让你扇。"

米荼都快哭了："我可以直接出去的，不用这样，老板也不会说我的……"

周霆深这才发现她是把自己当成了多善解人意的恩客，宁愿自己陪她演戏，不让她老板责罚她。想象力挺丰富。他失笑道："我不是这个意思。"

他笑得岔气，说出来的话却无端的吓人："我就是让你扇。你不扇好了，今晚别想出这个门。"

米荼"哇"一声瘫坐在床沿，直说扇不得扇不得，是她自作主张来的，不是老板的主意，求他放了她。

周霆深轻笑，还真没看出这个胆小又怕羞的小姑娘有这么大主意。看她哭得那么伤心，像他强迫了她一样。

他去书桌上把自己换下来的皮带取过来，哄小孩儿似的："别哭。换点别的，不让你扇了。"

米荼止住眼泪问："啊？"

周霆深把皮带塞她手心，半开玩笑地说："用这个。抽我。"

米茶直接被吓跑了。

伍子来找他，发现房门猛地被拉开，小姑娘衣衫凌乱，一边穿衣服一边哭得妆容凌乱地夺门而出，连撞到了老板都没道歉，头也不回地溜了。

世道清奇啊。周霆深居然沦落到要强一个小姑娘。更清奇的是，居然有小姑娘不乐意。

伍子怀揣着碎裂的三观进屋，发现周霆深在逗猫，怡然自得的样子，旁边散放着一条……皮带？

这还真是被抽了啊？他感同身受地坐在周霆深旁边，递过去一根烟，帮着骂："小丫头片子能耐了，深哥，没事，回头我帮你好好训她。"

周霆深笑着把猫抱进怀里，说："不是她的错。"他轻轻挠着猫下巴，Ophelia 惬意地眯着眼，连什么时候被人扭了个方向都不知道。

周霆深把猫脸对准伍子，说："知道它是谁养的吗？"

伍子一愣："谁养的？"

"叶乔。"周霆深松手，小猫儿懵懵懂懂地想下地走，轻盈的爪子刚一碰地，就被他拽回了膝上一顿揉抚。

他意味深长地看一眼伍子："准备好红包。"

Chapter 07
即鹿无虞

她像是预感到了陷阱的麋鹿，
却在丛林里迷失了方向。

晋南岷村。

叶乔吞了药，睡到黄昏，醒来之后便无所事事地刷微博。

信号一直显示零到一格，客户端也总提示"请检查网络连接"。她没抱什么希望地刷，竟然真的被她刷出一条新消息。

发布人是之前无聊时候关注的周霆深。他基本不发东西，和她互相关注之后就像一个僵尸粉。山村的日子太安静也太忙碌，叶乔几乎快要忘记微博里有他这个人，他却开天辟地头一遭，上微博发图。

小山村里的信号强度弱，4G网刷一张图刷了整整十分钟。叶乔不知道哪儿来的执着，失败重刷失败重刷好几次，终于看到了大图——乳白色的猫咪趴在一条威风八面的黑背旁边，眼睛睡成小月牙。黑背像它的妈妈一样，肃然守护在身边。

Ophelia和德萨。

叶乔鬼使神差地点进去，发现他连发了好几张这样的图，有两个小家伙一起进食的、一起出去兜风的、一起睡在阳光里的……周霆深少言寡语，每张配图几乎没有什么文字，只有一张Ophelia睡在阳台的照片，他写了配文——"带Ophelia去看星星，可惜找不到天王星。"

猫咪睡着的是一个绿色的蛋壳形秋千，棕色的藤架，里头铺了柔软的羊绒毯子。安睡着的小猫毛茸茸地团成一个球，见者心都会暖洋洋地化开。

叶乔怎么可能不知道，这又是那个在撩人方面格外擅长的男人玩的新把戏，连猫猫狗狗都难逃充当道具的命运。

可是谁叫他极其抓得住女人心。叶乔在生活枯燥的山村里每日忙于拍戏，一有空就跟时有时无的信号作斗争，只为了刷出几张图。申婷的联通卡信号莫名地好，叶乔上瘾之后连助理的手机都没放过，一起加入刷微博事业。

过了三天，申婷指着博主的账号说："你看，粉丝都这么多了。这年头秀宠物的 po 主涨粉就是快，底下全在呼唤主人露脸。"

叶乔拿去一看，Ophelia 和德萨这一对反差强烈的 CP 赢得关注，都要倚靠一张动图。图里德萨威风凛凛，一身正气，Ophelia 在它脚下打转，偶尔立起来抱它脖子，挠它惹它，德萨从不理会。但是 Ophelia 玩过了险些摔一跤，德萨却伸爪子搭了它一把。评论区全是少女心被戳翻的小姑娘，一个个表示"脑补了十万字霸道总裁文"。

叶乔哭笑不得：她们知不知道德萨才是母的？

之后博主的粉丝日进千里，都要仰仗微博上神通广大的扒皮小分队，把每张图里面猫猫狗狗的玩具和背景中出现的家具都扒了一遍，结合 Ophelia 和德萨异常丰盛豪华的伙食，纷纷表示——"人不如狗！""po 主你家还缺猫吗！"更在他偶尔抱着猫拍的照片下面嘶吼——"手好美！""放开那只猫，让我来！"

就连千溪给叶乔打电话的时候都安慰她说："表姐你不要想那些乱七八糟的事啦，上次去医院你不是说心理压力大吗？我已经给你找好靠谱的心理医生了，海外归侨，你从山沟沟里出来之后就能见到啦。你现在呢，没事就看看经书拜拜佛，在青山绿水中洗涤一下心灵，实在不行还可以关爱小动物嘛！我给你推荐一个最近很火的萌宠博主呀！叫——"

叶乔险些摔手机。

但是这都不是重点。

重点是，她好不容易连上了网，却发现周霆深今天，没有更新。

叶乔放下手机，表情看不出变化，趁着没有戏份在山里散步。

一不留神便去得久，回来用过晚餐才知道，她有访客。

谁会跑到这种偏僻的山沟沟里来找她？叶乔手机没信号，毫无动静，只听说申婷已经去招呼人了。

叶乔走过去一看，高大的男人倚在一辆越野车上，闲闲地和申婷搭着话。山林间的阳光无遮无拦地落在他肩上，从一个金属纽扣折射出耀眼的浮光。他像是有某种预感，在她靠近的瞬间转过头来，眉峰漠如远山，将人望入那连绵叠峦间。

周霆深见到她来，忽然笑了，掐灭手中的烟。

叶乔走过去，脸色不甚好："你怎么来了？"

申婷忙着把他带来的饮料分给剧组人员，笑吟吟地上来想夸几句，看到叶乔一张冷脸，知趣地告辞："那我先过去啦？"

周霆深随意地点点头，待申婷走远，俯身在叶乔耳边轻道："想你了。"

叶乔蔑然嗤笑："找不到其他女人吗？"她从后视镜里瞥了眼身后工作人员探询的眼神，皱皱眉说，"来做什么？"她意在强行断掉和他的联系，却发现并不简单，甚至根本做不到，现在自己这样子倒像是女朋友在任性赌气。

"闲得慌，郊游。"他涎皮赖脸的，料她也没法拒绝，"听说你最近挺爱徒步爬山？"

叶乔警觉："所以？"

周霆深打开车门，说："来都来了。陪兜个风的情分总有吧？"

叶乔想了想，说："行。"她坐上副驾驶，凉薄地警告，"就一个小时。超过要收费。"

公路和来时一样陡，但周霆深开得很稳。

他从车内后视镜里端详她的脸，不施粉黛的素净眉眼，眉心微微收拢，神情不悦。但看在他眼里有丝丝缕缕的妩媚，怎么也看不厌似的。

他没缘由地突然一笑。

叶乔问："笑什么？"

周霆深答非所问："你好像晒黑了点。"

叶乔一怔，还没有人说过她黑，便淡声道："变丑了？"

周霆深自然地答："变健康了点。之前白得没人样。"

叶乔撇撇嘴。

越野车拐入一条小径已然很深。林子里有许多这样的途径，从前打猎人踩出来的路，村民去采药也会经过，久而久之就在地上有浅浅的痕迹，两边树也比别处开阔。然而进入得深了，便似身处密林，辨别不清方向。

周霆深突然停车，在无人到访的林间熄火。

叶乔生出一丝预感，抬腕道："四十三分钟。现在不折返就超时了。"

"一分钟多少钱？"

"不是钱能付得起的。"叶乔做得很果决，看他没有回程的意思，当即松开安全带跳车，头也不回地往回走。

周霆深自她身后扣住她的腰身，牢牢将她箍在怀里："那要什么？肉偿怎么样？"

叶乔挣扎了两下没挣脱，周霆深的气息贴着她的耳郭，剧烈的挣扎反而让彼此耳鬓厮磨。她火气上涌，厉声道："我不喜欢人强迫我。"

"没有强迫你。"他的力气比她想象中还大，一下就把她掉转了个方向，撞上他坚实的肩，"我到底是哪一点惹到你了，叶乔？"

叶乔骤然平静下来。

她单方面地想结束这段暧昧关系，对他好像确实不公平。然而……然而她在最初以为，他是那种拈花惹草惯了的人，一朵花败了可以寻找下一座花园，不会在她身上流连多久。所以她很坦然地当一个负心薄情的人。毕竟彼此都没有谈过情字。

可是，事情好像与她想的南辕北辙。

她揉揉额头，诚实地说："你没有惹到我。"是她自己的问题。

突然间，天旋地转。周霆深把她抱离地面，叶乔在他怀里转一周，坐上车盖，金属车皮发出"咚"的一声，回荡在林间。

下一瞬便是他炙热灼人的吻，铺天盖地的荷尔蒙伴随着深情的话语：

"我知道你在担心什么，不管怎么样，叶乔，我来就是要告诉你，我发现，我很喜欢你。"

叶乔耽溺在这个凶狠又绵长的吻里，顾不得思考他这句话是走心还是走肾，迷蒙间舌苔都有一股血腥味，不知是自己的还是他的鲜血。良久，她脱离，在他的身躯与车前盖组成的困笼里粗重地喘息着，缺氧的迷乱里，她忘了自己的来路，由着本能问他："我不在的时候，你有没有碰过别人？"

"没有。"

他说的是实话，何况也没有必要对她撒谎。

叶乔回神，竟然笑了一下，说："我有点介意这个。"说完自己都觉得自己有点喜怒无常，又猛然间觉得之前的坚持都没有意义。就算是放纵又如何？连唾手可得的依赖都要拒绝，她活得未免太自欺欺人。

"也没必要。"周霆深眼角漫开一丝欣然，抵着她的额头道："还回去吗？"

叶乔反将一军："你想回去吗……"言罢缓缓靠近他。

周霆深去捕捉她的灵舌，已然成空。这女人仿佛是一缕捉不住的流泉，划过他唇隙心间。他吐息深重，漆黑的眼里涌起一片比黄昏时的火烧云更浓烈的色泽，几乎烧到她心里去，喑哑道："去车里？"

"不要。"叶乔诡黠地笑，在他耳边哈气般轻道："就在这儿。"

沉默只有两秒。

傍晚时分的晚风一吹，叶乔的身体微微发颤，像一株重归密林的树木，微风拂过，细密的枝叶簌簌颤动。她闭上眼睛，仿佛眠在深秋，任凭身上的枝叶层层抖落。

天色渐沉，月落树梢时分，叶乔踢踢地上的裙子："给我穿上。"

周霆深双眼眯了一下，这才弯腰捡起，慢悠悠地给她套上。

叶乔就势张开双臂，像只熊一样环住他的脖子，不害臊地命令："还有内衣。"

周霆深又伸到她背后帮她扣上，满鼻都是她的香气，心猿意马道："不能自己来？"

叶乔鄙夷道："穿个衣服还累着你了？脱的时候挺麻利的。"

周霆深在她肩上亲一口，声音藏不住笑："别闹。"

叶乔偏来劲了，侧过身让他抱："走不动。我要去车里。"

周霆深扬起眉梢，伏身压下去："我看这里挺好，别去了。"

叶乔一只手推他，另一只手还得撑着车盖，两脚乱踢一气："滚。"

周霆深来了兴致，跟她打闹一会儿，叶乔一个手软滑下去，正好被他捞个满怀，抱去车里。等她舒舒服服坐好，他才绕过车头，坐上驾驶座，瞅她一眼："真不能走路了？"

叶乔斜他一眼："能是真的？"

他挑起额角："能啊。"

叶乔嗤笑着别过头。男人一遇这事都是自大鬼。

周霆深凑过来，拿刚长出来的胡楂扎她，故意说："怎么样，要不要给你请个假？"

她寻衅："然后在这车上陪你一天？"

周霆深浅笑："我没意见。"

"……"叶乔沉默了一会儿，转移话题，"其实真能请假我就请了。这两天信号都没一个，刷张图出来刷半天。"

关键问题没得到她的答复，但这话听得他很满意。

看来她跟剧组的人都玩不到一块儿，不然不会整天捏个手机。

周霆深故意道："顾晋呢？旧爱在这儿，也不陪你解解闷子。"

叶乔脸色顿时一冷："解了，天天解，解腻了。"

他笑容危险地捏她胸前衣服的纽扣："解哪儿了？"

叶乔不耐烦地把人推走，说来气就来气。

周霆深知道踩着她的雷区了。但挡不住犯贱，就想酸那么一下。

她不解释，安安静静故意摆脸色给他看。周霆深点上烟吸了口，说："行了，知道他在你这儿矜贵。"

叶乔蹙眉。

他抽上烟就开始说浑话："上次那男明星呢？没跟你一起拍吗？"

"周霆深。"

他不说话了。

叶乔转头就下车，周霆深立刻灭了烟，跳下去把她从后头连拖带抱拽回车里，双臂牢牢挡住她的去路："你现在在这样，能去哪里？"

"不是想看能不能走吗，我下地给你走走。"

周霆深见她横眉冷竖的，本来如临大敌，结果竟然被这句话逗笑了："行了，知道你能走。"他捉了她的手说，"别气。荒山野岭的，气出好歹来也不知道该把你送哪里。"

叶乔听他这么说，也不再说气话了，但还是不想理他。

周霆深以为她是旧情难忘，心间弯弯绕绕地发涩，然而自作自受，只能哄。书到用时方恨少，他没她那么好的辩才，说什么错什么，哄到后来嗓子都哽了一下，低头咳了两声。

叶乔眼神突然平静了，讷讷地问："我是不是特能作？"

周霆深咳嗽劲没缓过去，被她这情绪变化速度弄蒙了一下，下意识拍拍她的头："还好。不作坏了自个儿就行。"

叶乔默了一下，往座椅上一靠，命令他："你先上车。"周霆深得了她的号令才绕回驾驶座，小姑奶奶仰着脑袋，眼球左右慢慢滚一下，还是那副矜傲神情。

周霆深心想，人果然都是不能惯的，惯起来就没完没了。

良久，叶乔突然开口了，目光冷然地看着车前玻璃："这座位太硬了，靠着不舒服。"

周霆深漠声道："那你想怎么样？"

叶乔勾勾手指，他鬼使神差地挪过去听。结果指令没听着，小小一个脑袋往他肩上一压，她安安稳稳地把眼睛闭了，说："我累。"

周霆深肩上发沉，这一下心热得厉害，方才想什么都忘净了，脸小心地侧过去，轻吻她太阳穴暖柔的浅窝，温声说："刚刚累着了？"

"说正经的。"叶乔像梦呓般，声音里都是倦意，"在这儿多累你知道吗，天天看人脸色。不拍戏的时候比拍戏的时候还累，万一演得不够大度温和善良，我不就成恶毒前女友了吗？"

他温声道："你不是？"

叶乔平静地说："我不是。我充其量就是年纪轻，控制不住地硌硬。可我又没碍着他们，是他们天天碍着我，我居然连个不高兴的权利都没有。"

"就不能不年纪轻？"

"年纪轻有错？"叶乔在他胳膊上拧一转儿，引以为豪般说，"我要是不年纪轻，肯定没现在这么好骗。"

周霆深被她拧了还不能动，苦笑道："你现在也不怎么好骗吧？"

"那是我成长了——"

"那顾晋的事怎么不成长一下。"

叶乔觉得他今天来来回回纠结顾晋简直奇怪，抬起头用一种抑着暴风雪的寂静目光盯着他。

那是女人最能把人看得发毛的眼神，由叶乔做出来效果更佳。周霆深却没有半点心慌。她的威逼像一块顽石，压得他的心往下沉，令他颇觉兴味索然。他温柔地把她的脑袋按回肩上，说："睡吧。"

叶乔觉得心里憋闷，闭着眼睛憋闷了会儿，又觉得哪里不对劲。从他来找她开始，无论是他还是她自己，都在往她不能掌控的方向走。她像是预感到了陷阱的麋鹿，却在丛林里迷失了方向。困意像潮湿的夜，侵袭入思维，她渐渐忘了不对劲在哪儿，沉沉入眠。

清晨，周霆深半边肩膀连着心脏都是麻的，觉得自己真是栽这女人身上了。叶乔惬意地醒来，把身上不知什么时候盖上的毯子撩开，左右拧两下脖子。

周霆深看着她拧："酸吗？"

"酸。"

叶乔回答完，终于注意到他，看了眼他比平时僵硬的肩，目光不躲不闪，蹦出一句："还能开车吗？"

周霆深觉得自己一晚上服务白干了，恨恨凑上去："来，来，亲一下就能。"

叶乔被他新生的胡楂刺着，扭着脑袋躲："扎死了……"

周霆深看她一脸嫌弃气不过，偏要亲上去。双唇相贴，叶乔明显地感觉到他唇上的一块凸起，那是凝结的血块，她昨天的杰作。

她往后缩了一下，又是一张无辜的脸，手指想去碰又没敢碰："疼不疼啊？"

废话。周霆深要不是跟她处得久，都要怀疑她把演戏天分全用到了这事上，开口却是轻飘飘的："还成。"

叶乔好不容易觉得愧疚，凑上去，轻吻了一下伤处。又痒又热乎。

周霆深觉得心尖上被风拂过似的，不自知地弯起嘴角，回吻她："早安。"

等到周霆深把她送回拍摄基地时，他早已拾掇得仪容一新，除了唇上的伤口，俊朗的容颜像雕塑般没有瑕疵。

叶乔却喜欢那个伤口，看他倚在车门边跟她道别，金色的阳光洒落全身，她的视线一直在他的唇上没有挪移。

她其实见过许多长相出色的男人，或淡漠或谦和，出入衣香鬓影的声色场，西服领带一丝不苟，袖扣和领带夹闪着彰显尊贵的宝石光泽。他也可以。但她偏偏喜欢他落拓时候的样子。一旦完美无缺无懈可击，她便从心里生出疏离感。

她看得入神。周霆深没好气地问："看什么？"

叶乔没心没肺地笑："你回去怎么跟人说呀，还是别出门了吧。"

周霆深切齿："就说猫咬的。"

叶乔喊了一声："什么猫，Ophelia 吗？"

周霆深挑眉："你都看见了？"

叶乔反问："你不知道我看见了？拿我的猫圈粉，经过我同意了吗？"

怎么会不知道。他心照不宣地笑了笑，小把戏被她拆穿也不以为耻，说："成，改天给你正个名。"

叶乔不是很关心这个，沉默一会儿，看一眼公路的方向，说："什么时候走？"

"就现在。"

叶乔张口便说："送送你吧。"

周霆深笑得呛咳："怎么送？送到公路上你走回来？还是我再把你送回来。"瞧她纠结的样子，他干脆不上车了，陪她走一会儿。

两人绕着停车的点，在无人的乡野小路上走了一大圈。

乡下地方的清晨料峭地冷，他拿手包着她的，一路牵着走。

周霆深问："什么时候回去？"

叶乔答："再一个礼拜。"

"那得晒多黑。"

叶乔怔了一瞬，说："这两天没抹防晒霜。过两天抹。"

周霆深笑："没事，挺好的。"

又少了话题可说，却不愿意走到尽头。

沉默着走一段，又绕回车边了。

周霆深问她："还走吗？"

"不走了。"她竟然有点舍不得离开他温暖的手掌，两个手指秀气地点了两下才从他手心滑出去，一接触空气，果然有点冷。

"我回去你来接我吗？"

"公司没车？"

"就要你接。"

周霆深不置可否："别到时候被你的粉丝撞见。"

叶乔凉凉挑衅："那就公开，说你睡过我，多少人羡慕。"

饶是周霆深都被她百无禁忌的说话方式惊着了，笑怪她："讲话越来越荤。"

叶乔刺他："还不是跟你学的。"

突然，周霆深向后退三步，调出手机相机，说："别动。"

他举起相机。

叶乔的发丝被微风拂乱，飘在绿野间，遮住她恬静的面容。她是镜头的宠儿。漫山的绿与黄，她的裙摆却是炫目的深红，素净的脸庞上朱唇嫣然，齿如瓠犀，纤长眼睫轻颤，随手取景便像是精心构图的摄影作品。

周霆深的手轻轻一颤。

他想走近镜头里的人，为她盘发。

当夜，叶乔收工后刷微博，便看见了这张照片。配文依旧惜字如金，只有三个字——女主人。

这还是他的图片里第一次出现人物，竟然就是一个从气质到身形都有着倾城姿色的女人。底下的评论转发再创新高，叶乔还看见了一条关注人的转发，千溪顶着"夜班小护士嘤嘤嘤"的ID，转发评论了一排感叹号，说：啊啊啊啊啊啊啊！妹子为什么这么像我家表姐！

叶乔在她微博下回了一个省略号："……"

正这时，屋外忽然传来低转的啜泣声。

叶乔放下手机，披上外衣出去看。

顾晋门前的青石地上，坐着一个女孩子。她穿得很齐整，甚至看得出来精心打扮过，身上衣料单薄，开低的领口暴露在寒凉夜风里，叫人担心她会不会伤风。

叶乔仔细看了一会儿，认出她是电影学院刚刚毕业的新人演员，赵墨。她在这部戏里的戏份不多，但在片场很积极，与她们这些主演也颇热络。

说起来，叶乔还是她的同校师姐。

她看了一会儿便想静静回屋去睡。谁知赵墨在这时候抬头，看见了她。

深夜衣着暴露，坐在导演门口哭，明眼人都能猜测到几分真相。赵墨这会儿被叶乔撞现行，目光错愕得来不及躲闪，直愣愣地看着叶乔。

这样的事自己伤心便罢，让旁人看见自然招人不齿。

尤其是……赵墨想到此前听说过叶乔和顾晋的传闻，耳根涨红，想要逃离。刚起身，她却被青石砖高低不平的缝隙绊倒，膝盖在地上磕了个口子。

"啊……"

叶乔做不到坐视不理，走过去扶了她一把。

赵墨越发无地自容，终于站起来说了一声"谢谢"，便要离开。

叶乔道："我那儿有药箱。"

赵墨的印象里，叶乔一直是一个安静的人，不多言语，但身上有一股令人无法忽视的气质。她羡慕过很多人，叶乔在其中并不算大红大紫，却最引她艳羡。因为她是干净的，干净得让人觉得她得到今天的一切，不费吹灰之力。

叶乔瞥见她咬着下唇，颇不甘心的模样，说："我现在可以视而不见。但是你要想好，等会儿你自己去找医务的时候，怎么解释这个伤口。"

言罢，叶乔扶着她往回走。这次赵墨没有抗拒。

屋里只开着一盏节能灯。赵墨坐在门口的椅子上，看叶乔从医药箱里取出五花八门的药品。她见过女演员出门带这么大一个化妆包，不承想叶乔竟然随身带药箱。

叶乔把消毒药品递给她，恰好接到一个电话。

赵墨看她夹着肩膀打电话，淡淡地问："回去了？"电话里隐隐约约能听到一个低沉的男声，在安静的夜里能听见他模糊的声气，慵懒的嗓音随意却迷人。叶乔听了一会儿，说："嗯，快睡了。"对方不知说了什么，叶乔忽然一笑，原来她也会像小女孩儿一样，眼角灵动地笑，黠然道："再贫我挂电话了。"通话的最后，叶乔微微诧异地说："哦？是吗？"

这通电话很短，叶乔挂了电话，脸上的表情比方才生动了许多。

赵墨给自己处理好了伤口，小心地探究道："是男朋友吗？"

叶乔好像这才发现她的存在，收敛容色走过来。

赵墨刚刚松懈的神色又严峻起来。

叶乔知道她在担心什么，却不点破："是不是很重要吗？"

赵墨慌道："没……我就是觉得，你们挺恩爱的。"

"……"

赵墨侧过头试探道："乔姐以后是什么打算呢，结婚，还是一直做这一行？"

叶乔哑然。许多忘却在梦里的预感，影影绰绰地浮上心头。

叶乔分辨不清，摇摇头道："过一天是一天。我以前做过心脏移植手术。术后存活时间，国内最长是十八年。"

她的眼里有光闪动，说："我做了十年了。"

赵墨愕然，竟没有同情或遗憾，只是支支吾吾地说："可是……会陨落的才是星星啊。一直在地上的，那是烂泥。"

叶乔忽而笑了，语气不明地问："你做那些事的时候，也是这样想的吗？"

赵墨咬咬唇，说："我想试一试。我没有背景，也没有好运气，一切都要靠自己亲手打拼。就算有污点又怎样呢，没有大红大紫过，根本没有人来关心你身上有没有污点。"

就像她说的那样，只是尘埃里一摊无人问津的烂泥。

叶乔收起药箱，说："有打拼的狠劲是好事，但要用对地方。"

没等赵墨回答，叶乔下逐客令道："你的腿好了吗？我要睡了。"

"好……好了。"

今夜的见闻是她们之间不能言说的秘密。叶乔看着赵墨的背影，很明白类似的秘密会让两个本不相干的人变得紧密相连。也许她不会在意，但赵墨会一直关注着她，一旦出现丑闻，也许第一时间就会在心里怀疑她。

她其实有些后悔管这桩闲事，但阖上眼躺了一会儿，便忘在脑后了。

再醒来已经临近开工。

叶乔赶去化妆，申婷帮她把早饭送来。剧组的厨师今早就地取材，买了农人自养的土鸡蛋。叶乔今天拍的是一场追逐戏，妆容狼狈凌乱，脸上还有几道泥痕。配合土鸡蛋的早餐，让人忍俊不禁。

叶乔抬眼看申婷："再笑我都吃不下了。"

申婷知道她是佯怒，嬉笑着说："我看乔姐你胃口挺好的。剧组好多人都说吃不惯这个，说有一股腥味。"

"海鲜不还有腥味吗？"

申婷吐舌头："那不一样。反正像许殷姗那种人，就算是澳洲龙虾来这边的水里捞一捞，她都觉得有土腥味！"

话音刚落，一个身影果真从旁边的化妆棚里冲出去，在荒地间呕吐。

叶乔闻声看去，却不是许殷姗，是程姜。

申婷不解地议论："最近程姜姐也不知怎么了，几天里都吐三回了。这边伙食也没这么难吃啊。"

叶乔心上浮现几丝猜测。申婷只看到表面，可是程姜最近的症状，往深里探，其实大有乾坤。

她吃完最后一口，眼底情绪尽藏，仰头给化妆师看："是不是碰掉唇妆了？"

这场戏里，叶乔饰演的陆知瑶被警察发现身份，逃离后用计谋躲过追查，使用假身份继续生活。被警察追掸的那一场戏，需要她跑过大半个片场，在逃脱的那一瞬扑进陆卿怀里。整场戏下来是个体力活，跑动中需要有细致的表情，表现出角色的惊惶失措。前半部分的表演叶乔完成得很好，却在抱着陆卿的这个镜头时，屡屡NG。

顾晋说，她眼里只有后怕，没有依存。陆卿演的角色是陆知瑶倾慕的人，在她危急时刻相遇，感情应当是炽烈的。叶乔却像一个冷血动物，眼里看不见对爱人的炙热。

国民男神陆卿挺受伤地开玩笑："前两天还说你是我的粉丝，是不是骗我的？"

叶乔哭笑不得，说："不是……我不擅长演感情戏。"就算是感情戏，也是《眠风》里那样，极端人群之间的互相取暖。她经历了这段时间的冷静，已经有些忘记一个平凡少女应该用什么样的眼神面对所爱之人。

陆卿人很善良，循循善诱："你有没有经历过生死关头？"他注视她的眼睛，见那眼神里透露出肯定的答案，便继续道，"演戏可以和自己的经历结合起来。生死关头之后第一眼见到自己所在乎的人，就是类似的感情。你回忆一下。"

"生死关头"这四个字对叶乔而言，再熟悉不过。人生中有长达半年的时间，她每天入睡前都觉得自己是在生死关头，担心明日便再也醒不来。可是最后她听说那个匹配心脏的捐献人是谁的时候，有一瞬间却更想放弃心脏移植手术。

直到如今，她有时候都会后悔，当时为什么没有那么做。

只是有时候。

叶乔出神了很久，过意不去地向陆卿摇了摇头。

陆卿耐心地换了一种说法："或者你试试不要看我的脸，把我替代成别人？"

这个方法可以一试。叶乔再度开拍的时候，在抬起头面对镜头的那一瞬，脑海里闪过无数张脸，可是每一张都很模糊。她的世界里，可以依赖的人好像一片空白。最后，有一个人猝不及防地闯入她的视线，与她缠绵。

一切都在数秒之间，连她自己都不清楚是怎么过的这条。

场务移走记录板的一瞬，陆卿松了一口气，赞许道："像这样就很好。"

叶乔难得在拍完一场后走到顾晋身边，去看监视器里的回放。

她扮演的陆知瑶，虽然满身泥泞脸颊脏污，但是眼睛清澈动人，泪水在一双精致的眼睛里打转，蓄满的都是她源自心底的依赖与委屈，隔着屏幕都能感受到她对眼前人百分百的信赖，仿佛只要有这份爱意在，便能从无可饶恕的罪孽里，淘出赤诚金砂。

叶乔觉得这样的她有点陌生。

顾晋用冷静的眼光评判："感情很饱满，不过放在这里有些过头。处理的时候可以稍微收一点。"

叶乔摇头反驳他："你不理解陆知瑶。"

顾晋怔了怔，扭头看她。叶乔的眼睛没从屏幕上离开，她的神情悲悯，语气却有些淡漠，说："她再聪明再狡猾，也只有十几岁。"

顾晋默然，张口又想说什么，可她已经起身，只留给他一截寒月清辉的背影。

叶乔回化妆棚卸净戏妆，听到休息区传来声声朗笑，问申婷："出什么事了吗？"

申婷刚从那头过来，说："副导演说今天有邮差过来，问大家是不是都没有信号，可以写封家书回去。"她捂着嘴笑，"做场务的小张好搞笑，说要寄一封剧组人员明细回家，我们要是就此销声匿迹了就按这个申请体恤金。"

末了，她总结一句："真是个个被这边的信号逼疯了！"

叶乔说："竟然有邮差，这边的人文化普及程度都不高，会有人写信吗？"

申婷想了想说："这边因为出过我们这部电影的原型，上过新闻，有乡村老师来支教。有个老师家里挺浪漫的，丈夫定期给她寄封信来。定时定点，邮差都习惯了。"

叶乔忽地联想到网上挺火的诗句，木心先生的《从前慢》："从前的日色变得慢，车、马、邮件都慢，一生只够爱一个人。"这个支教老师的丈夫，是一个很浪漫的人。

她想起昨夜电话里得知的消息，临时起意，问："现在还能不能寄信出去？"

申婷意外道："乔姐，你真要寄信呀？"

叶乔点头。

倒也不是信，只是一片叶子，扁扁地夹在信封里，没有只言片语。叶乔在信封上写好地址，递给申婷。

申婷赞了几句她的字好看，说："回头跟公司说说。现在都兴走才女路线，让宣传部门包装一下，加入方正字库什么的，够小粉丝崇拜好一阵。"

叶乔却关心："大概多久能寄到？"

"挺快的吧，这都是直接送去镇上寄的。不要看这里偏僻，你放心，全国的邮政都是差不多的慢，不出一个礼拜总能寄到。"申婷吐槽完，低头瞥了一眼信封上的字，印象里叶乔好像就住在上面写的小区，"哎？乔姐，这不是你家地址吗？"

叶乔说："不是。"

"喔……是邻居呀。"

叶乔被她言中，平平淡淡地接了一句："嗯。他生日。"

"是贺礼啊？"申婷张了嘴合不拢。哪有人送贺礼是随便摘片叶子的？文艺青年的送礼方式也太独辟蹊径了……

"对。"叶乔笑笑，检查了封口，拍拍申婷的肩，说，"去吧，小鸽子。"

申婷跟了她这么久，从没见过她心情好成这样的时候，眉眼都融了几重笑意。

那是一片乔木的叶子。

白桦，像所有乔木一般葱茏高大，树皮却洁白光滑，像木中的美人，却有着极为惊人的生命力。一片森林在被大火焚毁之后，首先生长出来的，常常是白桦。

它的叶子很厚，呈三角形。这一片带着有些畸形的弯，远看便是一颗心。

叶乔回忆起那个在面对镜头时突然闯入她脑海的身影，等到申婷走得没影了，才恍然发觉，这封信的含义，比她想象中更深远。

Chapter 08
若即若离

这城市里的人孤枕难眠的不止她一个，彼此相距不到十米，却已经在渐行渐远。

结束晋南地区拍摄当天的傍晚，顾晋也给了她一个信封。

　　他单独来她房间找她，将文件袋郑重地交递："你家里托我带来的，之前一直没有机会给你。"

　　叶乔收拾着行装，把药包和衣物塞进小手提箱里。其实她的东西很少，但她沉默地把一件衣服叠了千百遍，顾晋想起她从前冷战的时候也爱这样，拖延时间等他服软。但是他往往耐得住性子，她到了一定时间就会有小脾气，故意引起他的注意。

　　然而他这回等着，只等到她淡淡的一声："放着吧。"

　　顾晋怔了片刻。他对她的家事一向尽责，坚持道："程女士希望你能亲手打开。你知道的，她没有直接寄给你，就是担心你不看。"

　　叶乔往床沿一坐："拿过来吧。"

　　顾晋体贴周全地帮她把文件袋的封口绳绕开，才递过去，仍旧不走，驻足在她面前。

　　叶乔当他是棵盆栽，从文件袋里抽出一沓纸，刚抽出来就看见页眉黑体字印刷的两个字——遗嘱。

　　她条件反射地塞回去。

　　顾晋问："怎么了？"

　　叶乔强自镇定，刺他："你戳在这里不走，不怕别人知道你在我房间待了这么久？闹出谣言是无妨，传到程姜耳朵里就不好了吧？"

　　顾晋油盐不进，压根不吃她这一套："你不用故意激我。你爸爸托我好好照顾你，我不能食言。"

叶乔止不住发笑："那你好好照顾了吗？"

真是滑稽，一个海誓山盟转身即忘的人，竟然信誓旦旦说要一诺千金？

顾晋不再答，叶乔也不想再理会他。有些失望她以为已经够彻底，如今才知道失望之下尚有厌恶。她迫不及待地想把这个人从她的世界里扫地出门。她带着这个念头将纸张猛地抽出，寥寥几页繁复条目一扫而过，她只抓住了关键点——即便程素再有子女，她父亲的一切遗产依然归她所有，连程素本人都分文不取。

这算什么？他在向她宣告自己对爱情的忠贞？再娶不是因为名利的刻意攀附，所以无论发生过什么，他在她面前都拥有骄傲清高的资本？

叶乔的脑海里被千万种念头占据，瞬间神思混乱。

顾晋察觉出她的异样，上前一步，喊她的名字，可是他的声音好像淹没在了她脑海中不断叫嚣的念头里。

叶乔挡开他的手，说："你的任务完成了，可以出去了。"

顾晋不知出于道义还是旧情，在她心绪纷乱的时候想要安慰几句："乔乔……"

"让你出去。"叶乔心思烦乱，霍地站起来，手提箱失手砸到地上，"砰"的一声，落在两人中间，暴躁的情绪一触即发，"顾晋，我的家事还轮不到一个外人指指点点。如果你真的想关心我，那就每晚默默地帮我烧两炷高香祝我婚姻美满事业有成就行了，别来我面前晃。"

她说完，看见他铁青的脸，知道自己终于激怒了他。她笑着把文件袋甩回给他："如果你要真觉得亏欠我，想要做什么弥补的话，往我卡里打一百万吧，就算分手费，我说不定会消消气。毕竟没有谁会和钱过不去。"

回程的路上叶乔特意没有坐主演的车。赵墨看见她拖着箱子走过来，体贴地帮她放进后备厢里。

叶乔闹不明白她的殷勤，婉拒道："没事，我的助理会弄。"

赵墨却当她是故意给她吃瘪，以为她厌恶自己，尴尬地笑："没关系，举手之劳。"

叶乔才发觉刚和顾晋交完手，她对陌生人的好意也太过于偏激，转而笑了笑，说："谢谢。"

赵墨稍愣了一秒，试探地笑："我们这车有好几个都是你的师弟师妹呢，乔姐你来真是太好了。"

叶乔说："是吗？哪一级的？"

赵墨渐渐放松，随口道："都是刚毕业，还有个才大三，课余出来接戏的。"

上车后果然都是年轻面孔。

都是无名无禄一腔热血的男孩女孩，一路闲聊玩卧底游戏，在两旁荒凉的公路上恣情大笑。

叶乔跟她们也不过差两三岁，却好像已经不再年轻了。

混杂在这些年轻演员中间，颠簸的路程仿佛也缩短了不少。

到了市区机场，各人航班飞向不同的地方。申婷陪叶乔坐在候机厅，敬职敬业地给她预报接下来的通告："上次郑少请你去拍的那期《偶像挑战》收视率破了纪录，有好几档综艺都向公司发出了邀请，薇姐帮你推了不少，留了几档国内做得比较精品的，让你再考虑一下。"

叶乔自然知道，她再有天分有实力，没有人气也是不行的。《眠风》的后劲已经下来了，她不抓紧这段事业上升期炒新闻，于公于私，都不是什么好事。她松口道："嗯，我回去看看。"

申婷笑逐颜开，乘胜追击道："王晴明导演最近在筹拍一部玄幻爱情片，因为是高人气游戏改编的，粉丝基础非常高，这部戏的投资在业内也是首屈一指的。片方和薇姐接洽，希望请你去试一下镜。"

叶乔以前从来不接速食爱情片，今天却破天荒地问："试什么角色？"

申婷激动地说："游戏剧本里是双女主，王导希望你去试女主之一。"

叶乔琢磨着这句话，有些诧异。这样大制作的电影，演员都是一线明星，即便是双女主，应该也不会请她这个段位的新人，更何况她的戏路与之相差甚远。她隐隐觉得蹊跷，但既然只是试镜，便说："好。"

申婷对她的答复颇为满意。

安排好工作，叶乔要去打个电话，拨出的号码是她家的固定电话。

果然，接电话的人是程素。听到是叶乔，程素惊讶了一阵，说："你收到文件了？"

"嗯。"叶乔想说的不是这个，很快掉转话头，"我爸是不是病了？"

程素没料到她问得这样直接，犹疑道："是……你爸爸身体一直不好，最近情况变得恶劣，在医院住了几天。"

叶乔心尖泛酸，父女之间即便有隔阂，依然有着奇异的心灵感应。她看到那份遗嘱的瞬间，第一反应不是财产的归属，而是爸爸出事了。

她语气平定："严重吗？"

"严不严重都要看发展。你以前得那个病，其实也有家族基因的缘故。你爸爸的心脏不好，年纪大了之后问题就暴露出来，虽然不至于现在就发作，但总是一个隐患。"程素条理清晰地分析。

叶乔静静说："知道了。"

没说再见，她直接摁掉了电话。

叶乔站在机场洗手间的镜子前，眼前一片茫然。

直到手机紧接着振动起来，她下意识地去接，听到男人痞气却温柔的声音："什么时候回来？"

"快登机了。我正要给你打电话。"叶乔讷讷地说。

周霆深隔着磁波，听出一丝不对劲："你的声音怎么了？"

叶乔说："没事。"

"听着像要哭了。"

她声音浓浓："有吗？"

"嗯。"

机场广播遥遥传来，机械女声催促着她那班航班的乘客登机。

叶乔收拾拎包，敛起声气说："我要登机了，你过两个小时去机场？"

"好。"周霆深估算着时间，体贴地问，"有什么想吃的东西吗？我提前订好餐厅。"

叶乔又有些莫名泛酸，说："没有。到时候再说吧。"

周霆深给 Ophelia 和德萨喂着小鱼干，光顾着打电话，左一个右一个下意识地变成全抛给 Ophelia。Ophelia 欢畅地扑来扑去，德萨抑郁地坐在一边，像朵蘑菇黑云，不明白自己为什么突然失宠。

他眼角轻弯，说："那到时候见。"

叶乔下飞机时，陵城难得一个晴天。只是这座城市仿佛有发不尽的脾气，雨天阴冷刺骨，晴天则狂风大作。叶乔裹紧了风衣，和申婷道别。经历上次粉丝接机未遂事件后，公司开始对她的行程保密，这一回倒是畅通无阻。

她等在地下泊车点，庞大的机场停车库上下三四层，车流缓缓挪动。叶乔突然接了个电话，却不是周霆深。

千溪提醒她："心理医生约好了。人家是行业精英，这次回国行程很满的，好不容易预约上。今天下午四点，你可别迟到了呀。"

叶乔答："嗯。"

千溪心疼地说："很赶吧？唉，都是你拍戏太辛苦了，怎么样，重新回到城市是不是很开心呀？"

一阵狂风刮来，吹得叶乔差点站不稳，她握紧手机说："挺开心的。先挂了。"

她看见了一辆熟悉的深蓝色卡宴，是周霆深在陵城的座驾。

叶乔拉开车门坐进去，说："今天风好大。"

周霆深才发现她等的地方是车库入口："干吗站在风口？"

叶乔拽过安全带："这里是出口，你一定会经过这里。怕你在底下找不到我。"

周霆深眯着眼俯身，说："你在哪儿我都能找到你。"

叶乔觉得这个姿势有些危险。

周霆深把车停到一个不堵出口的位置，验收一般把她看个遍："那片叶子什么意思？"

紧绷的弦一下松弛，叶乔失笑："你不知道？"

他当然不知道。

周霆深脑子里没那么多花前月下的弯弯绕绕，收到这片叶子，翻了不少植物学的书，最后还是伍子手底下一个农村出身的姑娘认出了图。为此还被伍子嘲弄了一通，笑他："哥，你最近不光吃草，还研究上了啊？"

周霆深哭笑不得，从口袋里拿出那片叶子，比在叶乔眼前："你以后出题的时候，能不能考虑一下我的知识结构？"

叶乔故意拿乔："这个怎么不考虑了，是个有生活常识的人都能认出它是什么叶子。"

"是吗，你寄片乔叶来，还当你是精怪化了原形。"他越说越没谱，把叶子收在掌心，惩罚似的捏捏她的耳垂，又被指腹下柔腻的触感引诱，眼睑暗示性地敛起。

叶乔再熟悉不过他这个眼神，伸手把他的脸捂住："还走不走了，我四点约了人。"她把千溪的微信调出来，毋庸置疑地说，"把我送去这个地址。"

周霆深敛眉："你喊我过来是当司机的？"

叶乔心情愉悦，逗他："不然呢？"

周霆深把叶子搁鼻子底下轻嗅，说："那这个呢。寄给我念想念想？"

叶乔笑眸清亮："它是个凭据。"

"嗯？能兑什么？"周霆深寻着机会凑上来。

叶乔侧脸躲过，嘴唇恰好贴上他的耳郭，低声道："你脑子里不就想那么一件事嘛。"

他脸色变了变，忽而笑着坐回去，说："还真不是。"

千溪约好的医生姓温，诊所开在一家民国洋楼里，若不是门口挂的牌子写明，这栋布满爬山虎与花草的花园洋楼，其实更像一位富豪的度假别墅。

叶乔按过一遍门铃，在黑色仿篱笆大门后观察庭院里的花卉，葱绿色间，昙花大片盛放。花期这样短暂的它竟然在大风天盛开，风潮扇动下枝叶凌乱，空气中弥漫着令人迷醉的香气。

管事披着大衣前来开门，问："是叶小姐？"

叶乔"嗯"一声，听见他问"这位是"，回头一看，才发现周霆深泊完车，竟然也跟了上来。她诧异道："你不回去吗？"

"我进去等你。"周霆深态度坚决。叶乔拗不过，询问了管事，对方才放人进去，说："我们医生不推荐家属陪同病人一起问诊。这位先生可以随我到茶厅。"

周霆深跟着人进去，庭院幽深，大厅布置成古旧的民国大户人家样式。趁管事去通知温医生，他终于道出不满："你一定要挑个这么故弄玄虚的医生吗？"

叶乔既来之则安之，说："不是我挑的。我表妹沉迷英剧，这个医生的作风比较符合她的审美。"她笑着安抚他也安抚自己，"其实国内的心理咨询行业不发达，私人诊所良莠不齐，据说这位已经算业内翘楚。"

周霆深嗤笑："他是家财丰厚，砸出来的名声吧？这样的配设去开家餐厅倒很雅致。"

"食色性也。你就知道这两样。"叶乔将简单的嘲讽说得诘屈聱牙。

周霆深将人封在墙角，肃声道："你都说'食色性也'了，叶乔，其实你犯不着为了那点事看医生。"

叶乔乍然被他的长臂堵住了去路，不解道："你什么意思？"

"我的意思是，你没病。"周霆深高她一头，俯身时她的视线只能瞧见他唇上那个刚刚愈合的细小伤口，他紧抿一下唇，轻轻开合，"人有一些心理需求和行为是正常现象，无须一定要拿正常与不正常划分，你也没必要一定从科学角度找原因。"

叶乔无辜挑眉："不从科学角度解决问题，要怎么办，跟你一起信上帝吗？"

周霆深凝眉。

叶乔两掌摊开在面前："无意冒犯你的信仰。但我是个无神论者。"

周霆深不理会她企图让气氛轻松的插科打诨,眼神认真地承诺:"不管你有什么样的癖好,我都不会介意。"

"哦……原来你说的是那个?"叶乔总算明白过来他把自己的"心理疾病"理解成了什么。她不打算和他详细解释来看心理医生的真正原因,她的心和她的心脏都在承受以往无法承受的苦痛。

她抬头迎上他的目光,只是打趣地笑道:"嗯,非常感谢你的不介意。不过就算你不介意,保不准以后总会有人介意。我觉得有必要这次一并解决一下。"

后面的句子都听不清了,周霆深的注意力停在"总会有人"这四个字上。

她的"总会有人"是什么意思?未来男友,甚至丈夫?

那他呢?她倒是潇洒。

以后?她的以后只能由他来参与。

叶乔陡然感受到面前这个人带来的重压,他的目光如铅,落在她的肩上,竟让人觉得不堪重负。她脑海里闪过一丝荒唐的念头,慌乱地抓住,几乎是下意识地问出了口:"周霆深,你是认真了吗?"对我们之间的感情。后半句话她没说,但她相信他听懂了。

那双锋劲俊漠的眼睛,瞳仁微颤了一下,眼睑骤然收敛。那是被人言中心事想要逃避的信号。

周霆深还未开口,偏生这时候管事的脚步声在走廊一端响起。叶乔趁势逃离他的目光,徒留他面色幽沉,危险又陌生。

待管事走近,叶乔问:"温医生方便了吗?"那沉定礼貌的语气让周霆深刚才想要脱口而出的回答显得荒谬滑稽。

管事做了个请的手势:"您请随我来。"

叶乔最后看了周霆深一眼,走进了咨询室。

她没听到答案,她怕他给的回答非她所愿。

室内静寂。

"endorphin,内成性的类吗啡生物化学合成物激素,愉悦感的来源。

人是具有自我调节性的动物，像一个完整的生态系统，拥有自净手段。当人遭受剧烈的疼痛或者悲痛的时候，脑下垂体会自动分泌 endorphin，使人产生愉悦感来抵消痛楚。

"这就是为什么在剧烈运动之后，人往往会觉得愉悦，从而误认为愉悦感来自于剧烈运动本身。其实不过是因为运动后缺氧，导致大脑自我保护，用 endorphin 来抵消缺氧的痛苦。"

叶乔敛容听了许久，打断他："所以?"

温医生两手长指相合："所以叶小姐你不必担心。你所有的放纵欲，其实都来自于长期的压抑。这与你幼年的心脏病史很有关系。也许现在术后康复的你能与正常人的生活无异，但在你心目中，你与常人是不同的。所以你谨小慎微，在生活上处处不敢越界。"

他阐释："长期压抑自己的物理与生理需求的人，在获得某个 motivation 之后，会加倍释放欲望。情感破裂，家庭变故，事业压力……种种，都可以成为你的 motivation。"

夹杂英文的分析让她不适。叶乔反对："但我不觉得愉悦，这些对我而言难以忍受。"

"难以忍受，痛不欲生。但是欲罢不能。"温医生司空见惯般笑，"这就是你为什么需要来这里。"

叶乔抿起唇。

温医生分析时透明镜片在阳光下变色，闪着一些鲜艳如毒蘑的光："如果我没有猜错的话，叶小姐你在幼年，遭遇过变故。这个变故对你的影响也许是翻天覆地的，但你从心底否认它。你甚至感到惭愧，但出于自我保护，一直强迫自己认为自己无辜，将罪恶堆砌在别处，或者他人身上。"

叶乔蓦地抬头，眼底空茫，听他说完最后一句："但这与你的个性不符。你习惯于自我归责，心理上的趋利避害反而让你无法正确认识问题，在斗争里无法自拔。"

许多掩埋在心底的过往被一件件血淋淋地剖开。室内沉闷的空气让叶乔透不过气，她沉声道："那有解决方式吗？"

"很简单的道理。解铃还须系铃人。"

叶乔苦涩道："不可能。"

温医生将嵌合的十指分开，眉峰一挑："那就试试看正视问题，合理地释放。"

他善于利落地结尾，补充一句："今天就到这里？"

叶乔挪开包，起身与他握手："那，谢谢医生。"

她的手极瘦，温绍谦虚虚一握几乎成空，需要收拢些许，才能将这双筋骨匀细的手握入掌心。

他眼神变幻地握住，温然道："不用叫我医生，我叫温绍谦。"

"温医生。"叶乔仅添了个姓，自然地带出一句早存于心的赞许，"你院子里的昙花很美。"

"你在它们开放的时候光临，说明我们很有缘分。"温绍谦递给她一张名片，笑道，"千溪给了我你的联系方式，我今晚会给你发一条信息。以后如果有需要，随时可以来找我。"

叶乔接下名片，从"缘分"两字开始觉得异样，敏锐地捕捉到他提起千溪时的熟络，问道："你和千溪很熟吗？"

"不算熟。她父亲与我母亲是大学同学，但我自中学便在英国就读，与她家往来不多。"温绍谦人如其名，笑容谦和温润，"如果早知她有叶小姐这样美丽的表姐，我兴许会多在国内留几年。"

叶乔意味深长地一笑："那就没有今天的'缘分'了。"

年代久远的楼道昏暗阴寒，叶乔关上咨询室的门，一盏橙色的声控灯亮起，纱制的灯罩上绣着明清式样的古朴花纹，让现代化的设施都透着一股古朴书卷气。

她几乎在灯亮的同一时间从包里拿出了手机，拨通千溪的电话。

千溪懒洋洋地问："喂——表姐？你去绍谦哥那儿了吗？感觉怎么样？"

叶乔冷笑："你是说咨询怎么样，还是人怎么样？"

千溪一个激灵困意全消，听见电话那头叶乔的高跟鞋在空旷走廊上的回声，那"噔噔"的声音一下一下，仿佛戳在她脸上。她哭丧着脸哀求："表姐……求不杀。"

"我杀你做什么？"

千溪经不住吓唬，一两下就把实情和盘托出："我真的不是故意哒……是我爸啊，听说了你现在这个情况，就想给你介绍对象。恰好他有个同学的儿子一表人才，刚刚回国，又是非常杰出的心理咨询师，一切这么机缘巧合，也是缘分哪！"

叶乔听见"缘分"两字，又是一声冷笑。

一条走廊走到尽头，茶厅里没有周霆深的影子。叶乔想起两小时前发生的事，以及他那个逞凶的眼神，心里越发躁乱。

千溪还在顶着风头劝："不过我也是把过关哒。绍谦哥哥虽然没有你们那个圈里的男明星长得好看，但也算是个美男子吧？而且人家是海归博士哎，气质谈吐都上乘，家世背景也好得恐怖。这种黄金单身汉哪里去找呀！我要不是有了男朋友，早就去勾搭绍谦哥哥啦！"

"去吧。"

"表——姐——"

叶乔不为所动道："下不为例。以后不要犯这种傻。我挂了。"

千溪捧着显示"通话结束"的手机，对自己的头发一通乱抓，啊啊啊啊！她被她表姐挂掉的电话连起来简直可以绕赤道一圈啦！

走出大厅，风已经停了，傍晚昏沉的天阴云压阵，沉闷得叫人心慌。

叶乔走下三级台阶，在满目凋残的昙花丛中，看见了周霆深的车。他坐在车里，把车窗调到底，伸手出去抽烟，俊漠的侧脸映在后视镜里，说不出的孤寂。

靠近车门的地上，已经零零散散落了两三个烟头。

叶乔拉开车门坐进去，想要说几句话缓和气氛，张口却发现哑然无言，只凑出一句："我以为你走了。"

"两个小时而已，等得起。"周霆深叼上烟，把车窗升上一半，一言不发地拧动钥匙。

叶乔深吸一口气，主动问："晚上吃什么？"出口才发现自己有几分讨好他的意味。

周霆深单手扶方向盘，左手夹烟，吐出一口长长的烟气，声音都有些沙哑："听你的。"

叶乔思考着，刚想开口，被烟雾呛到，连连咳嗽两声，眼睛都被熏得酸涩难当。周霆深闻声直接把手上的烟头往车外一甩，干脆道："说吧，有什么想吃的？"

"吃螃蟹吧？金秋时节，再过一段时间螃蟹就不好吃了。"

他忽地笑，那笑却也是冷漠疏离的："附近有几家南方馆子，螃蟹做得不错。"

叶乔有些局促："嗯，你挑一家。"

周霆深："那吃秦淮记。"

江浙菜系的餐馆，叶乔要了两份香辣口味的，尝起来却不怎么辣，还没有重辣的味道好。她忽地想起温绍谦的 endorphin 理论，笑了笑。

周霆深剥开一个蟹盖，抬眸看她一眼。

叶乔没话找话："今天那个医生说，吃辣觉得好吃，不是因为辣好吃，而是因为食物激起痛觉，大脑出于自我保护，脑下垂体分泌一种叫 endorphin 的物质。"

"什么？"

"endorphin，安多芬。学名叫内啡肽，是一种内成性的类吗啡生物化学合成物激素。"

周霆深听得有点倒胃口，随意点了两下头。

叶乔看着他垂眸专心致志剔蟹腮，量他也不在听她说话，自顾自接下去："安多芬有很好的镇痛效果。所以对辣味欲罢不能，不是因为你喜欢痛，而是因为'内啡肽效应'。有些人会内啡肽上瘾，一直去寻找刺激物。"

周霆深把蟹掰成两半，拿湿巾擦净了手，说："觉得好吃就行了，管什么激素。"

叶乔又拿一只新的，装作云淡风轻的样子说："你不觉得这个跟斯德哥尔摩综合征有点像？"

周霆深终于彻底没了食欲，双眸微凉地拨弄打火机："你觉得我斯德哥尔摩？"

"没有。没到这个程度。"叶乔的循循善诱全无成果，难得挫败，"我不知道该怎么说。"

周霆深喝了一口冰啤："那就别说了，安心吃饭。"又怕她不听劝似的，补充一句，"我都听得懂。"

叶乔果然不再说了，低垂双目陪他喝酒吃蟹。吃到一半，手机进来一条短信，温绍谦的，上来便自报家门，并致以问候。看来这场她单方面被蒙在鼓里的变相相亲，对方对她的印象倒是很好。面前的周霆深却像一头暴躁易怒的狮子，把她的手机从眼前抽走。

温绍谦简单的问候里夹杂着调情的措辞，周霆深隐藏情绪抬头，发现叶乔盯着手机不放，他寒声又强调一遍："安心吃饭。"

不知怎么的，她莫名觉得自己理亏，所以被他这么霸道地对待，也没发脾气，果真安安心心剥弄蟹脚。抬头却发现周霆深沉默地喝酒，他那份几乎没有动。那副漠然的表情牵动着她格外灵验的预感，直觉这顿饭也许便是彼此的最后一餐。

彼此都缺乏品蟹的兴致。叶乔慢吞吞剃了十只蟹脚肉在盘子里，一声不吭地推给他。

周霆深还当她是故意磨洋工，直到看见那盘每块都完整无缺的蟹肉被推到自己面前，他内心的防线几乎被这个女人击溃。

但他没有碰这盘蟹肉。

周霆深隐隐预感往后兴许会后悔，然而此刻心间云山雾罩净是郁气。蟹肥菊黄的时节，一顿饭吃得寡言少语，几乎不欢而散。叶乔拿回手机，回程的车上对着一条短信打打删删，脑海不知被什么东西填满，连简单的问候措辞都想不周全，直到快到小区才发送给温绍谦。

尴尬仍然长久，两人坐上同一辆电梯，密闭的空间将所有情绪酿了个彻底。

叶乔先开口："国庆了，你有安排吗？"

他们两个一个全年无休，一个全年是假期，法定节假日对他们而言其实并没有意义。

她故意找话题的意味昭然若揭，周霆深却没有觉得多高兴，淡淡说："之后会很忙。"

"国庆也是？"

"对。"

23层的高度在电机的高速运转下不过半分钟抵达，电梯门开启的刹那，叶乔转身再想说话，周霆深却径直出了门，往2302走去。他开门的瞬间，挺拔背影陷入黑暗无光的门内，她忽然觉得，有些东西便这么远去了。

叶乔居然有些失落，连自己都觉得惊奇。

她洗完热水澡，把香辣蟹的味道洗净。晚餐时隔着塑料手套剥的蟹，经过纸巾擦拭、热水香波清洗后，指尖仍然留有蟹油的味道，闻起来一股诱人却回不去的鲜香。

许多东西都这么顽固不化，没有这么快就可以消解。

恰好擦头发时温绍谦的回信进来。叶乔找不到可以诉说的人，便把他当作一个纯粹的心理医生，问他："你会和一个可以满足你的人在一起吗？"

温绍谦很快道："哪种满足？"

叶乔从来不讳疾忌医，对医生格外坦诚："心理，还有生理。"不止这些，她对周霆深已经产生了依赖，甚至更多说不清楚的情愫。

她仔细回想，发现她和周霆深的相处模式，已经产生了更多更深的羁绊，更像情侣。

温绍谦："这是心理咨询，还是档案调查？"

叶乔觉得有必要提前说清："心理咨询。以后也是。"

温绍谦的回复只有三个字："明白了。"后续问题接踵而至，"所以，你喜欢上床伴了？"

"你居然会用这个词，我很惊讶。还以为你又要拽一个英文单词。"叶乔的话隔着屏幕都能看出她在发笑。下一条，她解释，"不是这样。我只是想知道，发生这种情况的人，一般都是怎么想的呢？"

她以为这个问题很难回答，没想到温绍谦依然滔滔不绝："分很多种类。但总体而言，这种情况非常正常，世界上的男女不知道下一秒会和谁相遇，也许适合你的就是你的枕边人。只是在这种情况下，双方很难建立起一般情侣的互信机制，容易导致对彼此不忠的猜忌和消极预期。而且因为本身对象的特殊性，这样的猜忌很有可能成真。"

他把一段浅显的都市男女八卦说出了一股职业论述的味道。叶乔揶揄："以上是你的个人体悟吗？"

温绍谦一本正经地开玩笑："这是专业的心理咨询。"

叶乔推说要睡，道了晚安。

她疲惫地靠上沙发，却没有睡意。在没有光线的室内闭上眼，嗅觉和思维格外清晰。叶乔裹着薄薄一层浴巾，闻着真皮沙发上的味道，在昏昏沉沉间忽然回忆起了一个夜晚。如果不是那晚的放纵，兴许不会走到这一步。

她好像越来越难以接纳一个新的人，害怕承诺。越是潜意识里依赖的人，越是害怕自己的信赖变成伤人的针。这样的恐惧感让她难以想象，下一个可以接纳的，会是怎样的人，又会如何相遇。

但是，至少不能是床伴。

道了晚安的人多半都没有睡。叶乔也没有。

她辗转反侧，干脆起来打开PS4，随手挑了一款游戏。

上个月新出的电影类游戏《直到黎明》，主打恐怖灵异。

剧情从一对双胞胎姐妹的死亡开始，八位好友重返命案发生的山庄，与名叫温迪戈的怪物纠缠。玩家的每一次抉择都会决定八个角色的生死。叶乔已经通关过两次，都因为细小的蝴蝶效应导致人物死亡。

她固执地想要玩到完美存活结局，从先前存档的地方开始，玩了一夜。

荧光穿破空旷的黑暗，打在叶乔的脸上。然而，一声惊悚的音效划破长夜，角色又一次被怪物撕裂下颌而死。

她毫不犹豫选择了退出。

关闭。

凌晨四点，叶乔回到卧室，松开浴巾的结。

她一丝不挂地躺上床。风铃式的水晶吊灯映出她的身体。

手机上有一条《守望者》电影宣传方的@微博，她顺手登录微博转发。

底下立刻有新涨的粉丝评论："这么晚了还不睡？"

"女神也是夜猫哈哈哈！"

"乔乔注意休息！"

叶乔鬼使神差点进那个失踪了一天的宠物 po 主，发现他头像左下角的绿点赫然亮着。这城市里的人孤枕难眠的不止她一个，彼此相距不到十米，却已经在渐行渐远。

而那个人此刻不在相距十米的地方，甚至不在这座城市。

Ferra 的秋季拍卖会在一个海港城市举行，周霆深开了一夜车抵达邻市，坐了最早一班摆渡踏上那片土地，径直去酒店找梁梓娆。

梁梓娆开了一夜的确认会议，刚刚睡下，看见他这么积极简直要不认识这个弟弟，第一次在他面前犯懒："我开了快一个星期的会了，你让我睡一会儿。"

周霆深看着她的倦容，素颜的梁梓娆只是一个"初老"女人，保养工序再烦琐再精细，长期熬夜工作的眼袋和眼角的细纹依旧透露出她的年龄和脆弱。周霆深帮她把床头灯撤掉，拾起她床头柜上整齐摆放的文件，坐在卧室的单人沙发里，说："这两天你多睡一会儿。"

梁梓娆闭着眼笑道："我多睡一会儿怎么行啊，事情谁来做？派你去吗？"

"我不行？"

"可以……但是差遣得动你吗？"

周霆深翻开文件资料，扫过被梁梓娆做过记号的一件件拍品，说："这一个月，随你差遣。"

梁梓娆一怔，从床上坐起来，眉心聚起："受什么刺激了？"

周霆深眼皮都没抬，又翻过一页，说："没有。"

梁梓娆讥笑："不用骗我。我们好歹是一个妈生的，这点了解我能没有吗？来，跟姐姐说说，是不是被女人甩了？"

周霆深面色阴沉地抬头："你对我监视这么密切，知道我有女人？"

"……"梁梓娆哑然。

经她的调查，他身边莺莺燕燕虽多，但能入他眼的颇少，有过C大那个女学生的事之后，更是一直没有一个正牌女友。不过，能入他眼的虽少，同床共枕过的总是有的吧？

她眼珠慢慢地转："你还别说，我真想到一个。怎么，你和徐臧他女儿，吹了？"

这句话里包含两个他不愿意提的人，周霆深的目光一下锋利狠戾。

梁梓娆知道猜中，愉悦地笑道："当初让你别碰你不听。你当他女儿好追啊？听说当年她为了不要那颗心脏，小小年纪跟他爸翻脸拔管子。后来不知因为什么，手术还是顺利进行了，但她十年来都没跟她爸说过一句话。连自己的命都能不要的女人，心不知道有多狠。"

她还想议论下去，但碰到周霆深淬如寒刃的眼神，悻悻道："你不要用那种眼神看着我。我知道这事归根结底要怪咱们家，不过往深了说，也是徐臧自己情愿的，如果不是他有私心，想要阮姨的心脏，也不会答应咱们家提出的要求。还不是他选择沉默，阮姨才获刑入狱。叶乔她妈妈去世得那么快，就是因为她想把自己的心脏给女儿，放弃了治疗。是徐臧自己疼女儿，不愿意等到极端情况让女儿移植一颗可能有恶性肿瘤细胞的心脏。偏偏那时候你……我们家只是顺水推舟……"

周霆深突然挥手，洁白的纸张"哗"的一声撒了一地。

梁梓娆被他吓着，终于住口，反应过来——她刚刚都在说些什么？太久没有深眠，清早起来说梦话。他凶恶的模样像一头暴戾的兽，她不自知地攥紧了软被，指节发白："对不起……"

周霆深沉眸弯腰，把那些纸张一张张捡起叠好。死寂中纸张摩擦的声响令人更加恐惧，然而他只是把那一沓材料理齐，放在桌板上，说："没什么好道歉的。这事本来就跟你、跟周家没关系。怪我。"

他沉默的背影行至卧室的门口，梁梓娆胸口剧烈地起伏，心跳如擂鼓，不知道哪儿来的勇气，喊住他："可我们都是为了你好！"

那个背影顿住。她一鼓作气道："没追到才好。你对她有兴趣，是因为什么？补偿，还是觉得同病相怜？阮姨已经死了，她是自愿的，跟你们没关系。不管是你还是叶乔，只要乖乖感恩父辈的恩情就可以了，不然你们还想怎么样，偿命吗？我和爸都希望你找个跟过去无关的女孩子……"

"够了。"周霆深拧开门锁，薄门在他身后"砰"的一声合上。

那声音重如千钧，关得住梁梓娆，却关不住记忆。他心里清楚得很，他已是罪孽深重。

Chapter 09
霁月难逢

清秋的无数林叶从他身畔飞速倒退，像一轴青绿色的画卷。他迫不及待地想将这幅画卷一展到底，在终点处敲上某人的印鉴。

周霆深一早上帮梁梓娆处理完拍卖行事务，等她醒过来的时候，午饭已经在餐厅预订好，送来客房。

梁梓娆洗漱完进客厅，看见一桌精致的食物，周霆深坐在旁边的沙发里，继续帮她核对秘书最新送来的与会嘉宾名单。他一夜未眠，却没有休息的意思，梁梓娆内疚又惊讶，说："你昨晚开车过来，不用休息一下吗？"

她订的是顶级套房，另有一间卧室可供休息。周霆深却毫不领情，头也没抬地说："不用。"

梁梓娆坐上餐桌，吃了一口咖喱，发现食物都是完整的，微微蹙眉："你没有吃吗？"

周霆深像是一台陷入工作的机器："你自己吃吧。"

梁梓娆不情愿地跟他和解："早上是我不对，那不是被你清早叫醒，神志不清嘛……好了，你上次跟我说的那个试镜会的事，我都帮你办妥了，花了不少力气。就当给你赔罪？行吗？"

可惜有些事，都已经过了时效。周霆深颇冷淡地"嗯"了一声，继续看资料，说不用多费心。

梁梓娆气结，舀了一口放嘴里，细嚼慢咽地吃完，才说："别看了。那份东西是我昨晚核对过的，今早让秘书印了新版送过来，不会有问题。"

周霆深被她戳中了要害，不悦地放下："场地流程都走过吗？"

"走了两遍了，况且会展中心跟我们合作过多次，有专人负责，信得过。"梁梓娆走过去把文件都理好，站在他面前问他讨手里那份，"行了，不用一来就急于求成地做事。这回这个也真够厉害的，能把你折腾成这样。改天一定登门拜访一下，向她讨教讨教。"

梁梓娆伸手去抽他捏着的文件："好了，给我吧。需要你帮忙的地方还多的是，不差这一件两件。你先去睡觉，好不好？免得爸说我虐待你。"

周霆深的软肋她最清楚不过，他吃软不吃硬，只要说两句好话，他通常会顺水推舟。

出乎她意料，他居然连着几下都没松手，目光如炬地盯着名单上的一个名字——温绍谦。

周霆深紧锁着眉，觉得这个名字说不出的熟悉，轻声喃喃地念了一遍。

梁梓娆听清楚了，讶道："你还听说过他？温家的小儿子，研究心理学，据说还是个海归博士，其实就是个斯文败类。苏富比春拍会的时候他还在国外，刚给那时候的女友拍了枚古董皇冠戒指，据说没两天就甩了。那小女朋友哭着拿戒指去找他，他一眼都没看。"

她难得八卦，眼底闪着一丝狡黠："啧啧，这样的人是女人的噩耗，不过我们做拍卖行的，奉他为上宾。"

周霆深通过她的语句回忆这个人，终于想起，这人是叶乔的心理医生。那天他和叶乔吃饭的时候，还见过他发给叶乔的短信，措辞谦和，文绉绉的，看着是个斯文人。但是男人最了解男人，那些无缘无故多出来的句子，无论再礼貌温和，都散发着他对这个女人的兴趣。

梁梓娆见他出神，挑眉道："怎么，你认识？"

"看着面生，问问而已。"

"呵，你面生的人多了去了。你都多久没管 Ferra 的生意了，能认识几个人？"

梁梓娆埋怨完高兴了，才想起正事，问："你跟这个温绍谦有什么交情吗？"她严肃地盯着他，"听好了，你现在这样已经是家里忍受的极限了，你要是不学好，跟这种人走一条道，别怪爸到时候把你扫地出门。"

周霆深好笑地把她的胳膊掸开："放心。"

梁梓娆这才安心，微笑道："那就好。拍卖会开幕的时候有欢迎舞会，到时候美女多的是，你随意挑，我就当没看见。"

周霆深对这样的事并不热衷。但梁梓娆不知是不是埋头工作压抑太久，对给他找对象这事特别热衷，甚至还像七大姑八大姨一样发了几张照片和资料到他邮箱，说都是优质人选。周霆深扫了一眼，不是什么剑桥才女，就是哥大博士。他是找女人还是开研究所？

到了当天，夜色明动，海港之夜情迷如水。Ferra 舞会现场的双层游轮驶入港口，法国流行曲暧昧地熏醉男男女女。周霆深寻了个高处喝酒，俯瞰今夜的盛况，女人的香水味将海风都染上一层香氛。这样的夜晚于他而言却枯燥得出奇。

他懒懒垂眸，却在第一眼便看见了那道璀璨风景。

一身水蓝色的长裙，恰到好处的亮片缀饰不显浮夸，反而将她的婀娜曲线衬得如深海人鱼般摇曳生姿，设计简洁的蓝宝石吊坠沉入她胸前的峰峦间，像开启迷人风景的密钥。

天生是镜头的宠儿，即便没有相机，也是人群中最耀目的一个。

她怎么会在这里？

甲板上，叶乔左顾右盼着，寻找温绍谦的踪影。

如果不是他从"专业角度"建议她抓紧假期，从繁忙无度的工作和感情问题里走出来，她也不会来到这里。

夜风吹拂发丝，月亮虚焦一般泛着柔光，明晃晃地沉入水中。

叶乔一晃神，肩膀便被搭上一件香味妥帖的外套。温绍谦绅士地帮她拢好，说："室外有些凉，要来喝两杯暖身吗？"

"好。"她随之而去的那刻，忽然回身望了一眼，目光却找不到落点。

温绍谦问："怎么了？"

叶乔摇摇头："没事。可能是看错了。"

可她的直觉素来灵敏，刚刚那一瞬间，她分明感受到有人在向这里看。

另一边，周霆深收了视线，将饮尽的红酒杯放在侍者的托盘上，走入室内。

灯光骤亮，明晃晃的光线粗暴地除去他久处夜中的昏暗视觉。可惜没有用，那个身影依旧浮动在他眼前。

她在对别人微笑。

对一个梁梓娆口中的斯文败类。

想到这里，梁梓娆正好出现在他面前，轻轻浮动手中的红酒，调笑："怎么，看上去兴致缺缺啊？"

周霆深眉峰紧锁："你没告诉过我她会来。"

"谁？叶乔吗？"梁梓娆刚刚见过，再次见面终于看清面貌，确实是不可多得的美人。难得的是举手投足间净是书香门第出身的大方气质，又拥有能在演艺圈里占一席之地的相貌身材，难怪能把人迷得五迷三道的。

如果不是因为旧事，她并不反对这样的女人进周家大门。

梁梓娆语气都带上一丝惋惜："你以为是我邀请的吗？嘉宾名单你又不是没过目。人家带女伴过来，又不是正经的夫人太太，谁知道是哪个？"

周霆深没理她，径直向酒台走。梁梓娆叫也叫不住，刚被他一打岔，要引见的人也忘在了脑后，再想喊人已经为时已晚。

周霆深灌了两杯酒，手机上收到伍子迟到了不知几天的节日祝愿："深哥，国庆节快乐啊！兄弟不兴记这些乱七八糟的节，晚了两天莫介意哈！"

他随手回了一句。

伍子立马嬉皮笑脸地回："哈哈，兄弟的红包已经准备好啦，您老那边怎样啦？可别孬啊！"

"……"

周霆深一言不发地把手机按下，理智一步一消散地往外走。夜风一吹，船上人影憧憧，却没了那条让他魂牵梦萦的人鱼。

他问了几个侍者，有人说好像往船头走了。那处光线昏暗少有人至，暗光里有一对热吻的男女，周霆深心中震动地看了一眼，对方有种被撞破的尴尬，扭头时却是两张陌生的脸。周霆深环顾一周没有别人，才没犹豫地离开。

叶乔和温绍谦一起失踪，不在船头，不在大厅，那便在客房。

周霆深怀疑自己有自虐倾向，点开手机邮箱里躺着的宾客房间列表，温绍谦的客房在尽头，格外幽静。他情不自禁地向那个方向走，狭长的通道里寂静得听得见自己的心跳和呼吸。船上的房间隔音差，走近之后不用他刻意留心，便能听到里头乒乒乓乓的声响。

衣料的摩擦声、项链坠地时叮叮当当珠石滚落的声音，和男女在情欲高涨时特有的、含着粗重喘息对话的声调。

他第一时间转过了身，然而宛若被钉在原地般动弹不得，觉得自己像个傻子。

半小时前。

叶乔在人来人往的船上觉得胸口微闷，便去船头透了透气。

温绍谦跟来，问："船头风大，怎么来了这里？"

叶乔单手抚着胸口，摇头："我心脏不好，有点透不过气。"

温绍谦扶着她往里走："身体不舒服应该回去休息。如果因为我提议你来这里散心，导致你健康问题加重，我会过意不去。"

叶乔却很执拗，慢慢抽出自己的手臂，委婉地说："在外面空气流动些，里面太闷了。"

温绍谦无奈，但他一直涵养很好，不因被她拒绝了好意而有愠色，依旧温然如春风，打趣道："西施捧心，大约就是你这样。"他说话有时露骨，却不会让人觉得冒犯，"见到你以前我一直不相信，美女病弱的时候会格外娇媚。"

叶乔却不解风情地想，她病弱吗？虽然确实病痛缠身，但她一直尽力活得积极阳光。

两人并不相熟，她不好意思接二连三地拂他的面子，便道一声："谢谢。"

温绍谦笑声清朗，之后便是沉默。

也许是他们太过于安静，有一对在船侧热吻的男女一转身换到船头来，西服敞开的男人将女伴紧紧抵在墙上，忘情地亲吻。

暗光里的温绍谦和叶乔恰好站在他们的视觉盲点。两人不免尴尬，温绍谦向叶乔递了个心照不宣的眼色，叶乔窘迫地一笑，悄然退出了船头。再度无处安身，只好随着温绍谦向客房走。

叶乔那间客房的门却出了问题，怎么都打不开。她拧了两下拧不开锁，让温绍谦尝试。

温绍谦用力得几乎将那扇门晃动，锁就是不开，无奈道："船上的门密闭方式很特殊，等会儿可以喊一个船员来帮忙开启。"

叶乔心底浮现一丝异样："要很久吗？"

"也许吧。"温绍谦亦是无计可施的表情，"我那间房还空着，你可以先去休息一会儿。我帮你打维修电话。"

他看出叶乔的犹豫，坦荡地笑道："叶小姐担心我乘人之危吗？"

说到了这个分上，叶乔再推拒反而显得做作，便道："没有。只是怕你不方便。"

温绍谦和善地说："没关系。"

他的房间在走廊尽头，叶乔拖着长裙的裙摆，随着他的步子向前走。

温绍谦低头留心她的脚步，没有像走红毯的女星一般提起裙摆，她长裙盖住脚踝，从容地迈步，鱼尾一般的拖尾在她走过的地方优雅盛开。无人察觉他嘴角有一丝笑，透着一种鱼在网中的快意，和对战利品的欣赏。

到了地方，温绍谦轻易将房门打开，按亮灯。船上空间有限，即使是顶配海景房的窗户都显得逼仄狭小。灯光洒下来，两个人在幽暗的空间里各占一席之地，叶乔进屋后明显觉得心口不适，脸色泛白地皱眉。寻找源头，却不只是船舱内流动性差的空气，而是房间内萦绕的淡香。

叶乔坐在他的床上嗅了嗅，香味成分很复杂，分前中后调，慢慢变幻，从辛香至温和："这味道是？"

温绍谦挂好彼此的外套，打了维修电话，才发现她的不适："不喜欢吗？这种香产自印度，可以安神，对失眠症也有好处。"

叶乔适应了会儿不再悸痛，便摇头，说："你也失眠？"

他低笑："不失眠的医生不会在后半夜回复病人的咨询短信。"

叶乔想起那晚，倘若不是那夜的无处诉说，两人也不会相熟起来。她对陌生人的殷勤有本能的抗拒，但他很会掌握人的心理，一点一点地试探，慢慢进入她的世界却控制着不引起她的反感。其实她也隐隐能感觉到他的刻意，却揪不出错来当拒绝的借口。

她有丝窘迫，笑着说："还是忘了那些'咨询'吧。现在不是工作时间，不要把我当成你的病人。"

温绍谦对此仿佛颇感兴趣："那是什么？"

"朋友。"叶乔认真地回答。

她的语气很自然，可惜裙子太紧绷，说话时衣料的紧缚感让她的动作透露出不自然。

温绍谦视线下扫，歉意地说："看来我挑的裙子有些不合身。"

叶乔笑道："只是上围有些紧而已。你挑得合身才奇怪。"

温绍谦眼神不易察觉地一暗，越过叶乔的肩膀，去察看她的拉链，幽声问："需要松一下吗？"

叶乔讶然，却觉得这个发展更在情理之中。

她侧身去碰腋下的拉链，说："它穿脱都很麻烦。"

"我帮你。"温绍谦没等她说完，手掌已经覆上了她的手，他宽衣解扣的手法很娴熟，手指恰到好处地摩挲她手背的肌肤，握着她的手将拉链一点一点下移。察觉到叶乔没有拒绝，他敛睫看她一眼，自然地俯下身，在她的肩窝凹陷处若即若离地落下一个试探的吻。

他的嘴唇太凉，叶乔控制不住地一个哆嗦，双手反客为主地搂住他的腰身，就着交颈的姿势，轻易地将他推上床，眼神危险地问："有东西吗？"

温绍谦犹疑了一瞬，说："有。"

有备而来。

叶乔心底凉笑一声，手却拽住他的领带，将他衬衣的扣子颗颗扯开，露出偏白的肤色。她动作凶狠无所顾忌，甚至把那件高级定制的衬衣扣子扯掉了几粒。做完这些，她一把拽去自己脖子上碍事的项链，迅速摘下两个耳环，把价值不菲的蓝宝石首饰随意扔去一边。

宝石沿着床沿滚落，叮叮当当。

温绍谦的眼底燃起欲火，将她反压回去，双唇企图覆上她的。

可是在唇瓣即将相碰的一瞬间，叶乔突然把人推开，霍地站了起来，指着满地珠宝寒声笑道："东西都还你了。衣服需要赔偿的话，晚上把卡号发给我。"她利落地单手提上礼服拉链，说，"还有我身上这条裙子。我很喜欢，谢谢。"

她拿起手包干脆地出门，从船舱圆形的透明玻璃里照了照刚才被温绍谦占了便宜的肩窝。淡淡的红色吻痕，她穿着条抹胸裙子，遮也遮不掉。

叶乔皱皱眉，转身深吸一口气，面对空旷无人的甲板，入目所及皆是沉闷封闭的白色，一时之间竟然无处可去。

她的房门是别想打开了，难说不是温绍谦搞的鬼。至于那个维修电话，也不知他是真打还是假打。

叶乔靠着自己的房门，方才的凶悍姿态全无，反而显得有些彷徨无助。她百无聊赖地按着手机锁定键，没有反应，iPhone用一晚上，电量早就告罄。至于下船，要等到明早，还有至少六个小时。

上这艘船的时候，她没有想过会有这样走投无路的境地。

叶乔想着办法，准备待会儿出去找人打电话，但现在太累了，她穿着不合脚的高跟鞋，又酸又痛，靠着房门慢慢蹲下去。

人在极度疲惫的时候，会有不切实际的幻想。希望自己什么都不用做，上帝就会为自己打开一扇门。

门确实开了。

是她对面的那间房。一双穿着皮鞋的脚踏出房门，叶乔莫名有一丝奇异的预感。她抬起头，看到来人的时候，几乎想揪那个顽劣的上帝下来对峙。这是什么样的命运，能让他又出现在自己的对门？

周霆深在她面前顿住，阴沉的脸上也有一丝错愕。

叶乔没有说话，他也没有挪位。

　　她仰着头，脖子酸了，便重新低下去，下巴闲闲地搁在屈起的膝盖上，不知该做什么表情。

　　落在周霆深眼里，她在短暂的惊讶之后，只是低头一笑，态度轻慢得似乎只是见到了一个无关紧要的路人。他抑着怒气抿唇，抬步想走，路过她时脚步却不由自主地放慢，隐隐期待她再度抬头，向他求助，或者向他哭诉，甚至目送他离开也好……这些想法卑鄙又卑微，周霆深调动理智强迫自己加快步伐。

　　怎知想法应验，叶乔果真抬头，声音好像出现在他梦里："有烟吗？"

　　周霆深转身，叶乔正静静看着他插在裤袋里的手，对他的习惯了如指掌。

　　隐在口袋里的手指微动，终于还是握住了烟盒，抛给她。叶乔接住，抽出一根，抬眸看他，眼神喻意一目了然。周霆深干脆走回她面前，单膝蹲下，擦亮打火机给她点上，四目相对地嘲弄："被人赶出来了？"

　　叶乔刚吸一口，被这句话激得呛咳，烟气咳了他一脸。她反手捂住嘴，还是咳得不轻，仿佛一晚上的郁气都借此机会破体而出，咳着咳着便讽刺地笑了起来。

　　她挑衅地仰头："像吗？"

　　周霆深蹲下来还是比她高一个头，看得见她除去首饰之后空空如也的颈下，有一个触目惊心的吻痕，像晕染的暧昧花朵。他别开眼，抿着唇一言不发。

　　叶乔夹着烟，双手捧上他的脸，强迫他看："又不是没看过，害什么羞？"

　　周霆深被她逼得面朝她，视线却没有寸毫下移，紧紧盯着她辨不清情绪的眼睛。

　　叶乔被盯得不自在，脖子微微仰起，把锁骨呈现在他眼前，故意用笑来掩饰自己的狼狈："有没有觉得很熟悉？原来喜欢骨头的真不止你一个。"

　　从前觉得她的肆意是情趣，是魅惑，这会儿好像全成了报应。周霆深抑制不住对她轻浮模样的怒火，嗓音压抑："叶乔，我对你来说，和那些人是一样的？"

叶乔笑容僵滞。她的思维都被突如其来的问句占领，任由自己的手被他从脸颊上拽下去，目光有一瞬的停顿。

一样吗？

她不知道。但是刚刚在面对温绍谦的时候，叶乔甚至有几秒在想，有什么不一样呢，不如遂了他的意也好。但是对温绍谦的厌恶还是占据了上风，她假装迎合，其实作恶。本来想要捉弄他更久来出一口恶气的，但是在他想吻她的时候，她下意识地把人推了开来。

可是她现在紧盯着眼前人棱角分明的唇，心上却有一丝蠢蠢欲动。她想要越过这短短十几厘米，与他唇齿相依，品尝他的温热凶戾，攫取他情动时分浓烈的气息。她想要看这副肃然冷漠的唇，轻轻弯起，像从前无数次那样邪气又温柔地对她微笑。

叶乔忽然心乱如麻，别过脸去吸一口烟，说："我不知道。"

周霆深站起来，眼底看不出落寞与否，她甚至有些不敢看那双眼睛，怕那里面都是寂然的失望。然而下一秒，头顶传来机械运作的声响，叶乔倚靠着的门带着她一起往后倒。周霆深下意识地弯腰捞了一把，扶住她没让她摔倒，轻蔑地笑："你知道什么？船上的门有插销，扳一下就可以。你是真这么好骗，还是故意装的？"

叶乔怔住，难以置信地抬头，语气可悲又可笑："你怀疑我装傻充愣，故意向人投怀送抱？"

她手上的烟头掉地，周霆深喉咙里艰难地滚动，只好把视线落在那点猩红火光上。空气中的氧气被烟草燃耗，叶乔心头哽塞，呼吸不畅，强自扶着门框站起来，抬眸看他："既然都这么觉得了，还留在这里做什么？"

周霆深心里五味杂陈，想解释，又被这句话激得想抽身离开。犹豫间，却听到她齿间熟悉的"嘶"的一声。

她每次抽筋总是很是时候。

叶乔晚上没吃太多东西，猛地站起的时候有些犯低血糖，现在更是疼得眼前阵阵发晕。

周霆深几乎没有犹豫地搂住她，然而一霎的心软很快消逝，因为叶乔很有骨气地慢慢松开他，一步一跳地往房间里退。

最后一下跳到门后，脚跟冲击地面，叶乔整个人都麻了一下，却不愿示弱。她抬起头，发现他"无动于衷"地旁观，心尖忽然涌起不知从何而来的怨恨，勉力拨上门狠狠一关，把那扇他打开的门又摔回他脸上。

鼻尖零点几毫米的地方突然被门板隔断，周霆深呆滞的目光重新有了实感，理智也突然都被这声巨响震回来了。

他迅速去拧门锁，却发现她的机敏在这时候居然恢复如常，毅然决然上了锁。周霆深双掌拍上门，杂乱无章地喊她："叶乔，叶乔你开门。"

船上的隔音极差，再轻微的脚步声都听得见，里头却一点声音都没有。周霆深怕她出事，拍门的凶狠力道让屋里的叶乔都感觉在震。心肺间的躁郁被震得漫遍全身血液，身体好像零件拼凑成的机械，她毫不怀疑自己下一刻也许就被他拆得七零八落。

叶乔好不容易缓过肌肉抽搐的痛劲，一脚向后踹上门。

"砰"的一声，门外终于消停了。

门内响起她迟缓的脚步声，叶乔从行李箱里翻出数据线，接通手机电源。周霆深听见手机充上电冷冰冰的提示音，终于停下动作。窜动的怒意燃烧耐心，眼看耐心要焚毁殆尽，怒意却总在最后一刻颓然熄灭。

抬头是一扇封闭的门。

这场由兴所致的猎艳，最终竟收获一个全然陌生的自己。

叶乔等到走廊彻底没动静了，又过了许久才去开门，发现门外果真空无一人，只有那个她吸了两口就被踩熄的烟头，扁扁地躺在地上。她几乎在心里骂出一句脏话。

熬到后半夜，她仰躺在狭小的床上听着海水的粮粮声，认床又失眠，肚子饥肠辘辘的，来来回回地骂周霆深。虽然不知为什么把她害成这样的人是温绍谦，被骂的却是他。但她已然将温绍谦这个名字抛诸脑后，一心一意地觉得周霆深又蠢又薄情。

叶乔用强盗逻辑在心里骂了他一晚上，梦里深深浅浅都是海浪声，隐约浮动他的眼睛，那目光搅得人心神不宁。

第二天再出门，第一眼居然又见到了这双眼睛。

他坐在船上餐厅的一角，身畔是惬意吹拂的海风，和如海风般令人惬意的美女。叶乔端着自助盘子经过，听见女人用得体的语调，跟他聊尼德兰画派和祭坛。

叶乔忍不住嗤出一声。

周霆深昨夜在船头抽了一晚上的烟，好不容易平静如常地去吃了顿早饭，然而每种食物的味道都好像不平静。梁梓娆介绍的对象主动跟他打招呼，他陪吃了半顿饭，也没分清她是邮件里的哪一位。

偏偏这时候，居然听到了一声轻蔑的笑声。

叶乔察觉他的注视，意识到自己方才的失态，用抱歉的语调道了一声："早。"

周霆深做不到她这么粉饰太平，阴着脸用叉子搅动女伴帮他取的沙拉。

谈吐得体的美女左右环顾："你们认识吗？"

叶乔却没理会，静静看着他的叉子，若有所思："如果我没看错的话，这盘好像是，薄切生牛肉拌蔬菜沙拉？你现在这么不挑食，不仅吃肉，连生肉都吃了？"

银制的叉子突然搁上桌。

美女被他吓了一跳，起身道："抱歉，你是素食主义者吗？我去帮你重新取一盘。"

美女起身离开，叶乔也端着盘子班师回朝。

周霆深不由分说抽走了她手里的盘子。

叶乔眼看着那碟意大利面被他抢走，涵养良好地笑了笑："需要奶油蘑菇面，可以让你的小美女帮你拿一盘。她应该很乐意。"说着伸手去取自己的食物。

周霆深靠上餐桌面对她，嘲弄地提了下嘴角："你什么意思？"

叶乔当然清楚自己酸这一通有多么刻意造作，伸向意面的手轻轻一偏，拿走了他的沙拉，挑起眼睫："你是不是觉得我轻浮？放浪？还是什么，装傻充愣？"她顿了一下，语调透着一丝微愠，"怎么样，我装得好吗，是不是整张脸上都写着投怀送抱？"

周霆深听她重提旧事，面上挂不住。他承认昨晚那场面，但凡稍有理智，都能看出她的狼狈和无助，怎么都不像刚和人翻云覆雨共赴巫山。他眉心拧动："我没有……"

"行了。"叶乔垮下脸，不想再听他重复不愉快的事，端着沙拉想走。

周霆深拉住她，许多话他以为不会再去说的冲动，然而这时仿佛又有了新的生机。他下意识地抓住，双眸沉定："叶乔，我们好好谈一谈。"

叶乔收敛心绪，亦是沉沉看着他的眼睛。那样出色锋利的一双眼睛，眼周微微泛青，让他显得有些憔悴。叶乔呼出一口气，迅速瞥了眼身后款款而至的女人，说："我倒是想坐下，可惜你好像有你的'尼德兰祭坛'。等你谈完了这个，再来找我吧。"

周霆深不置可否，叶乔也没有等。她好像有意无意，总在生机消失的一刻撩拨人，随即便离去。他目送她大方离开，面前的位置坐上一个新的面孔。

美女把一份杏鲍菇佐芝麻酱放到他面前："沙拉区只有这个了，口味有点奇怪，不知道你介不介意。"她垂眸，发现周霆深心不在焉，一直在用手机拨一个号码，心领神会地刺探，"叶乔……是刚刚那位吗？"

周霆深听到叶乔的名字一惊，抬头道："对不起。"

"你不用道歉。"她无所谓地一笑，"梓娆姐跟我说过，你的'过去'。"

周霆深扬眉："过去？你说她？"他晃了晃通讯记录里叶乔的名字。

"不是吗？"

周霆深点起烟，笑着呼出一口烟气，说："不是。"想想竟然觉得可惜，他为她一会儿欢喜一会儿忧，而她居然连他的"过去"都算不上。烟雾被海风吹散，"还没有过去。"

美女细细琢磨"还没有"的意思，小心道："你们吵架了？"

"没有。"吵不起来。

"冷战？"

"没有。"明明应该是，她却主动打破了沉寂。

"那为什么这么奇奇怪怪的？"

周霆深拨弄的打火机在指间骤停，答案在喉咙间滚了两遍才出口，竟轻笑："因为她对我没有兴趣。"

"怎么可能——"对面的女人仿佛听到一桩奇闻，嗤笑，"没有女人会对一个没有兴趣的男人吃醋。她刚刚那样，好酸的……"

岸上，叶乔一下船，涌动的心潮尚没有平复，手机突然收到一笔银行交易请求。她以为是温绍谦，点开一看，竟然吓了一跳。

顾晋果真给她打了一百万。叶乔数清楚那后面的零，气得直接把手机扔进了水里。

深蓝如墨的海水缓缓吞没她的手机，SIM卡失效，屏幕断电前似有一个新的来电提醒，倏地闪没。

梁梓娆在第二天的拍卖会上没见着温绍谦，没见着叶乔，回去一看发现周霆深也失踪不见，气得给他打电话发火："你不是说任我差遣一个月的吗？"

他淡淡说："此一时彼一时。"

梁梓娆更生气："你没事给我拽什么文！我问你还回不回来？"

周霆深又是熟悉的无赖语气，说："跟人学的。"又轻描淡写补一句，"不回来。"

他开车疾驰在国道上，才发现海城离陵城有多遥远，当初是脑子进了什么水开了一夜车过来？

放在仪表盘上的手机再度显示无法接通，周霆深皱皱眉，看它自动接入下一个通话。

清秋的无数林叶从他身畔飞速倒退，像一轴青绿色的画卷。他迫不及待地想将这幅画卷一展到底，在终点处敲上某人的印鉴。

然而叶乔此时，却坐在即将去往另一座城市的候机厅里，用借来的手机给千溪报平安。

千溪八卦了好几天，当然要来刺探最终进展，兴奋地问："绍谦哥哥怎么样？是不是又有才又温柔？"

"嗯。"叶乔敷衍了事，急于结束这个话题。

叶乔只当自己遇人不淑，不欲追究，但千溪还在兴奋地问来问去，她只能不耐烦地打断："别问了。"为了让这句话更有说服力，她仰头艰涩地开口，"我有喜欢的人了。"

千溪大喊一声："不是吧？表姐你这么快就移情别恋了？好对不起我绍谦哥哥呀……"她哀怨了一会儿，又觉得八卦比较重要，开始媒婆三问，"是谁啊？长得怎么样？家里是做什么哒？"

问句太多，叶乔挑了最后一个回答："不知道。"

千溪"啊"了一声，说："那他自己是做什么的呀？"

叶乔想了想，发现自己只知道个大概，也没认真了解过，便如实道："不清楚。"

千溪觉得自己在崩溃的边缘，燃起最后的希望："那他喜不喜欢你呀？这个总知道了吧？"

以前当然是喜欢。但是经历昨晚之后，彼此都对对方有些许失望。叶乔拿出了仅有的坦诚，却不知他是否会意，便说："还没问过。"虽然之前……讲过一次，但此时彼时。

千溪抱着电话快要哭了："表姐，你真的不是骗我的吗？不知道不清楚没问过……前几天奶奶问我你的情况，我还推说是你眼光高不想找，原来得到女神的芳心这么容易啊，我要去你微博底下号召粉丝来抗议！"

叶乔的回复依旧是老样子："去吧。我挂了。"

千溪"啊啊啊"大吼着求她别挂电话，说："最后一个问题！只有一个！"

叶乔耐着性子："你问。"

千溪营造出神秘兮兮的气氛，郑重其事，结果问出来的只有两个字——

"帅吗？"

叶乔扑哧一声，说："大概吧。"

千溪模仿着动画片里的大魔王哼哼哈哈地笑起来，义愤填膺道："所以说，这果然是个看！脸！的！世！界！"

叶乔挂了电话，又打给申婷确认接下来的行程，才将手机交还给借她的主人。那是一个眉目清秀的大学男生，衣着简单干净，笑起来有两个浅浅的酒窝，拿回手机的时候还对她说："谢谢。"

应该是她要说谢谢才是。叶乔对他善意地笑了笑，从包里取出一个绒面的小盒子，说："打的是国内长途，可能花了你不少话费。送你个小礼物做补偿？"

男生害羞地推拒："不用了。举手之劳而已。"

远远有个女孩子，挎着一个鼓囊囊的 Never Full 包，喊着"沈弈"往这边来。

男生连忙上去帮她拿包，说："怎么才来？"

女生气喘吁吁地答："带的东西太多了，托运的时候花了不少力气。你等久了吧？"她心疼地踮起脚帮他整理头上的绒线帽，结果一抬头，便看见了他身后的叶乔。

叶乔其实早就认出了她，微笑打招呼："赵墨。"

赵墨的脸色却是一僵，看见沈弈的包就放在叶乔位置的旁边，知道这两人机缘巧合下坐在相邻的位置。叶乔很容易从她的眼神里读出重重顾虑，打圆场说："真巧。这个是你男朋友吗？"

赵墨笑容依旧尴尬，点头说："嗯。他比我小一级，现在还在电影学院念书。"又向她的小男友介绍，"这位是叶乔师姐……你进学校晚，可能没有听说过。前几届的风云人物呢。"

沈弈"喔"了一声，欣然伸手，露出两个酒窝："师姐好。刚刚就觉得师姐有点眼熟，没想到还是校友。"

叶乔伸手轻轻一握，说："我和赵墨刚刚合作过一部片子，在这里遇上也是缘分。"她把那个礼物盒重新递过去，"既然大家认识，这东西你就收下吧，送给你女朋友。"

赵墨连忙推拒："这怎么好意思……"

"他刚刚帮了我一个忙。送你是应该的。"叶乔说到这分上，赵墨和男友对视一眼，终于接下盒子。

打开一看，是一对精致的银制耳环。

赵墨跟沈弈耳语："你帮师姐做什么了呀？"沈弈很无辜："她的手机好像丢了，我借手机给她打了个电话。师姐人挺好的。"赵墨一下觉得为了这事拿叶乔的礼物太说不过去，向叶乔递去歉意的一眼。叶乔轻轻摇头表示不必。

赵墨挽着男友的手说了一会儿悄悄话，回身和叶乔闲聊："乔姐你是来海城旅游的吗？"

"没有，只是来参加一个拍卖会。"然而拍卖会还没正式开始，她便改签了机票回去。

叶乔觉出几丝讽刺，笑道："你手里的这对耳环，就是在那儿买的。"

赵墨慌忙想把礼盒退回去："这怎么好意思，太贵重了。"

"你误会了。"叶乔温和地笑，"不是拍卖会上拍的，放心。这种级别的拍卖会下有附属公司的产品陈列。Ferra旗下有珠宝品牌，我是在那上面买的普通款式，本来是打算送表妹的。"不过因为千溪的无心之失，害她差点被温绍谦占便宜，她后来就变了主意，打算私藏她的礼物以作惩戒，没想到现在派上了用场。

赵墨嘴上说"那就谢谢乔姐了"，心里想的却是，Ferra旗下的珠宝品牌，代言人不是程姜吗？叶乔居然心宽到这个地步，究竟是不知道，还是真无所谓？

她心思太多，叶乔有些反感别人当着自己面胡乱联想，开口打断她的揣摩："你来海城是？"

赵墨这才回过神来，脸颊微微泛红："我和沈弈都是海城人，这次是回来见父母的……"

叶乔说："挺好的。"末了又道，"才回来这么几天就走，你工作挺辛苦。"

赵墨惭愧道："这次是去杨城试镜，恒山影业投拍的《无妄城》，王晴明导演的新作。网上有传闻，说王导接洽了师姐你的公司，希望你出演双女主中的一个，是真的吗？"

叶乔蹙眉，在她看来，她出演《无妄城》还是八字没一撇的事，便淡声解释："我只是去试镜，最终结果怎样还没有定论。你也接拍过不少片子了，保密条款上是怎样写的，应该很清楚。"

赵墨自知多嘴，幸好登机广播适时地响起，终结了这场尴尬。

两人下了飞机后奔向同一个酒店，住在上下层。

不同的是，叶乔的房间是片方帮她订的，VIP套房，由于申婷还在休假，她带的东西很少，便让赵墨先办理入住。赵墨暗暗握紧男友的手，勉强和叶乔打了个招呼才先走一步进电梯。她的行李多，扛进电梯颇为费劲，幸好有沈弈搭一把，才安然塞了进去。电梯门合上的瞬间，赵墨看着柜台边轻装简行的叶乔，默然抵住下唇。

沈弈在她耳边说着这两天的计划："明天你去试镜，我去跟请我当模特的那个广告商谈事，我们忙完之后就去艺术街吃饭，过两天在杨城好好玩一圈，好不好？"

赵墨却没留意听，说："嗯？什么？"

沈弈愠怒："你今天怎么回事，从机场开始就心不在焉的样子……"

夜里，叶乔又陷入一场旷日持久的失眠。

在这座她生长的城市，她经历过前十三年的悲欢离合，此时统统浮现。只不过是短短十三年，还能过儿童节的年纪，她便觉得人生的生老病死、爱别离怨憎会、善恶臧否，她都尝遍了。

月光静静洒下来，透过酒店的纱帘，叶乔懵懵懂懂地想起诗句，江畔何年初见月，江月何年初照人。只有月亮不顾人的悲欢，年年温柔又无情地相伴。

叶乔心绪纷繁，吞了安定片才睡下。

第二天，她赶去试镜现场，再度遇到赵墨。

影视基地在杨城的一角，空气比城区清新不少。叶乔摘下口罩，去洗手间净手，遇上了正在补妆的赵墨。

两人只是淡淡打了招呼，叶乔按了洗手液，慢条斯理地清理指间的泡沫，白皙的脸和赵墨映在同一块镜子里，比精心化妆的赵墨更加清透自然。赵墨忽然便放下了粉饼，说："昨天……谢谢你啊。"

叶乔抬头："嗯？"

赵墨下了狠心，说："我和沈弈……是要奔着结婚去的。"

叶乔回忆了下"沈弈"这个名字，脑海里浮现那两个柔和的酒窝，笑着说"恭喜"，便没了下文。

她转身要走，赵墨再喊住她，想要一鼓作气把话说清楚。然而赵墨不知道怎样才算"清楚"，怎样才能把一件本来就不清楚的事，强行涂抹"清楚"。

倒是叶乔，回身时看赵墨脸一阵青一阵白，了然道："许多事情重要的不是别人记不记得，会不会宣扬，而是你给不给人记得和宣扬的机会。既然都奔着结婚去了，就该在心里给自己提这个醒。很多手段该不该用，很多'机遇'该不该碰，你自己难道不清楚吗？"

叶乔忽然蹙了下眉，说："我看过你拍《守望者》时候的状态，资质很不错，也很努力。希望你不要太纠结于过去。以后或许还是同剧组的同事，你如果办喜宴，我会随礼。"

叶乔言尽于此，走进试镜的休息间放包，却恰好看见了里面的许殷姗。

不知是不是冤家路窄，许殷姗本来是上一场的试镜，但是试镜间坐着的除了导演和恒影的领导，还有一个位置空着。片方人员说是因为投资方也要参与选角，代表今晨才到杨城，还堵在路上，请她稍等。

若非如此，她跟叶乔根本打不着照面。

许殷姗愤然，这摆明了就是欺负她。之前一个试镜的是内地当红花旦裴心澹，资方的人根本没来，走个过场就离开了，显然是早已拍定的主演人选，只不过是来看个镜头效果，敲定角色。裴心澹近年来每年都高产高质量地输出热播剧，院线电影也没落下，双料影后，风头正劲，比程姜这样专注电视剧的女星还要吸金。她加盟《无妄城》，当仁不让是主角。

这么一算，双女主里面的一个已然定下。许殷姗常年演女二，经常遭遇剧红人不红的命运，这一部戏她必须拿下女主角。

叶乔路过她进试镜间，与王导和几位一一握手打过招呼。王晴明导演与赖导私交颇密，叶乔这一回也是赖导举荐才有这个机会。王晴明一口港腔，笑道："希望你不要让我失望。"她受宠若惊，谦说尽力而为。

末了，她正要退出去做准备，却听见休息间里几个新人演员的议论。

"刚刚进来的时候见到投资商了，简直是求潜规则的水准。"

"有这么夸张吗？"

"你自己出去看呀……我觉得长得有点像陆卿。不过陆卿老了是硬伤，不化妆拍硬照没法看呀！这位看着好年轻，就是要冷一点。"

叶乔推门进屋的时候，许殷姗正脸色难看地跟助理发脾气，见到叶乔，眼梢吊起，冷冷瞟她一眼，又唯恐叶乔没有看见一般笑说两声。那眼神里涵义复杂，有鄙夷有不屑，潜台词昭然若揭，仿佛在说——你也不过如此。

叶乔知道许殷姗借着程姜的人脉，近日傍上了圈内一位名号响当当的制片人，气焰又见涨，却不知道自己最近又出了什么事，能让她摆这副脸色。

身后传来电梯抵达的"叮咚"一声，叶乔推门的手一顿。回过身，两个接待人员拥着熟悉的身影出现在走廊上。他身姿若松，低眸和身边的人攀谈着什么。叶乔远远瞥见，总算明白其中关窍。

她今天穿着一双白色皮靴，同色系的套裙下露出白皙纤细的膝盖，站在初秋无风的走廊上，纯净得让人想要在她身上着墨添色。

周霆深抬头望过去的时候，叶乔恰好回过身来，双手放在剪裁贴身的灰色风衣口袋里，仿佛专程等着他靠近。

叶乔这么看了一会儿，嘴角动一下，神色如常地转身进休息间。没等她迈出一步，周霆深揪住她纤若柳条的手臂，长眉微微一扬："不是来试镜的？走错房间了吧？"

Chapter 10
此心安处

他的眼睛盛满星光，仿佛璀璨而静谧的银河，让她想要化作星辰，将自己永久安放。

临时场地没有镁光灯。拉着深黑色幕布的房间里，灯光白惨惨地打在人脸上，将面部的每一个瑕疵都放大。

叶乔像是一株纯净的水仙，面容哀戚，语调沉定，挑不出一丝错漏，缓缓念出台词的最后一句。那是一句极尽凄婉的告白，以《无妄城》剧本里的文言念动。叶乔拥有如今演艺圈罕见的台词功底，即便不用后期配音，咬字和情绪都十分到位，很容易将人拽入《无妄城》的古玄风韵里。

念至尾声，叶乔却在心里咬牙切齿了一阵。

她试的角色林玄是个孤女，自幼经历坎坷，成年后更成为一个刺客，有丰富的内心戏可以表现。可是她拿到的剧本节选，却都是一些情情爱爱的段落。

这和场下坐着的那个人，难说没有关系。

周霆深拇指轻轻一挑，金色打火机燃起一簇火焰，在他深暗的眸子深处，点亮橙红的光。当叶乔的声音在耳畔消逝，响起王晴明赞许的掌声："赖导的爱将，果然名不虚传。"

叶乔谦称过奖，余光里闪动着周霆深手上的火苗，她的笑容微微僵硬，周霆深却低低一笑。王晴明是老江湖，将这两人的眉来眼去看在心里，连道"哪里哪里"。

未等叶乔走出房间，惜才的中年男人朗笑着与人低声交谈，对比她和裴心澹的各自长短，向周霆深征询："周先生意下如何？"

周霆深手指拨通叶乔的号码，心不在焉地客套："王导定夺就是。"

屏幕上弹出无法接通的界面。

已经两天如此，周霆深有些怀疑她把他拖进了通讯录黑名单。

久等半日的许殷姗很快进来。她对叶乔后来却先完成试镜心存不满，在进门前的眼神尚有怨怼阴毒，然而站到场上一抬头，已然是一片笑意盈盈的明月清光。周霆深捕捉到她脸上的细微神色，哂然一笑，没有等到许殷姗开始，他便找了个借口，向导演和影视公司领导打招呼离开。

从莅临到离去，短短二十分钟，仿佛是专程来捧叶乔的场。王晴明心中大约有数，跟合作伙伴交换一个心领神会的眼神。见过带资进组的女演员，也见过一掷千金的投资方，但还没见过哪位做到这样绝的地步。

走廊上，叶乔从窗口望出去，对面商厦庆祝中秋的竖幅迎风招展，电子屏幕上滚动着各式精美的月饼礼盒。她抬腕看表，原来今天已是中秋。

往年这时候，舅舅都会给她发一条消息，提醒她回外婆家吃饭。今天没了手机，仿佛从茫茫人海纷繁关系里消失，世界异常安静。

可惜天色阴霾，也许很快就会下雨，见不到今年最好的月色。

叶乔低头进休息间，却发现，她的包不见了。

房间里有几个陌生的化妆师和演员，许殷姗的助理就坐在她本来放包的位置上。叶乔问她"有没有见到我的包"，对方故作惊讶地瞟来瞟去，说："没看见呀。你找找，这个房间里没有吗？"

叶乔隐忍道没有，还是赵墨从人堆里出来帮她找了半天，说："你刚刚去过洗手间，会不会忘在那里了？"

她思考了半秒，转身出去。

洗手间的玻璃台子上撒了一摊瓶瓶罐罐，有些还掉在了地上。叶乔白色的拎包开着口，软软歪在台角，里面原本的东西全被倒了出来。叶乔将散落的口红、保湿乳、粉底和钢笔全都扔进废纸篓，再清点钱夹里面的证件和卡片，一张不少。她全部抽出放口袋，将钱夹也往废纸篓里一抛。

做完这一切，她冷着脸拐进走廊，竟然迎面见到了周霆深。

叶乔有一瞬的愕然。原以为他出现在试镜现场，至少会装装样子坐到最后，没想到这人居然连表面功夫都不乐意做全。

周霆深挡住她的去路："为什么不接电话？"

叶乔站住脚步："手机丢了。"

周霆深表情释然道："被偷了？"

她笑笑："扔了。"

他复又皱眉："为什么扔？"

叶乔一手挡开他，挑眉往前走："反正不是因为你。"

虽然语气不好，好歹答案是好的。周霆深跟着她一起进电梯，按下地下车库的楼层。叶乔却睨他一眼，随手按上"1L"。

周霆深眉峰微动："真这么绝情？"

叶乔双手插袋，饶有兴致地跟他对峙："中秋佳节，周先生没有家人要陪吗？"

周霆深毫不犹豫地说："没有。"又对她笑道，"有一个月亮要追。"

叶乔绷不住，轻嘲一声，语调顿转："可惜我有家人要陪。"

这理由太充分，周霆深皱眉："陪谁？"他记得叶乔和家人的关系并不好。

叶乔忍不住轻笑："外婆。"原本还在犹豫，话说出口，她果真打算回去住一夜。

电梯抵达底楼，叶乔刚迈出去一只脚，突然被人圈住腰身抱了回去。门外有好几个等电梯的人，周霆深在他们目瞪口呆的目光里，把叶乔牢牢扣在身上。只有一个不明真相的清洁阿姨推着一辆水车，依旧进了电梯，和他们面面相觑。空间变得狭小，叶乔为防止风衣沾上污水，挣扎的幅度十分有限，怒道："你这是劫持。"

周霆深把这当褒扬，地下车库很快抵达，他在阿姨狐疑的目光里把人抱出去，回头不以为然道："陪她闹个别扭。"

叶乔任由周霆深帮她扣上安全带，用阴沉沉的目光盯着他。

电梯门再度合上的时候，周霆深拧动车钥匙，不怀好意地看着面露愠色的叶乔："劫持是吧……我对你做过多少坏事，嗯？你给数数？"

他语调压得低沉暧昧，一个鼻音飘忽的"嗯"字便让她浮想联翩，更想把这张嘴缝上。不料周霆深脸皮厚度见涨，凑上来吻她，叶乔想躲，他舌尖迅速在她唇上蹭了一下，坏心地品咂："躲什么，差这一件吗？"

叶乔"呵"一声，不怒反笑："那又怎样，有本事你在这里把我办了？"

周霆深哑然不语。叶乔眸中含笑，手指在他略显滚烫的锁骨上捏了把，气定神闲地比较："瘦了，这儿都硌人。"

颈间的触感让他每一处肌肉都偾张紧绷，周霆深隐忍地捏住她的手，瞥见后视镜里，许殷姗一行人正从电梯里出来。他目光如刃，踩下油门。叶乔看他单手搭方向盘，脸色铁青地驶出车库，那精彩的表情让她几乎忘了自己的手还受他掌控，笑得无法无天。

她的笑声没在疾驰的风声里，双手象征性地挣了两下："快放开，捏疼我了。"

周霆深下意识地一松，又心有不甘地收拢。叶乔的手腕被捏出一道红印子，没好气道："也不用虐待人吧？"

周霆深哼笑："谁虐待谁？"

她才不打算讲道理，仰着脸直喊："真的疼。"

周霆深一脚刹车在红灯前停下，双手举起她两条胳膊看，果真有红痕，低斥："不闹不就没这事了。"

郁闷的语气引得叶乔发笑。

周霆深听不得她唯恐天下不乱的笑声，拽过她的手臂，轻而易举地将她拉到跟前，看进她眼睛里。叶乔这才稍稍严肃，眸光警觉地微微闪烁。

那目光像有实物，丝丝勾连入心，周霆深心神颤动，不由自主地覆上她柔糯的唇。他动作轻柔，没有丝毫侵犯性，叶乔迷迷糊糊地没有躲，陷在环绕穴窍的温柔里。

绵长的亲吻后，周霆深的眸子忽晴忽阴，看着气息紊乱的叶乔，哑声道："你知道那天在船上，我是什么感觉吗？"

叶乔面色涨红，重重地喘息，艰难道："什么？"

他回身面朝倾泻车流："那天你们进屋的时候，我在那里。"

周霆深很平静地说出这句，重新起步开入车流，车速平稳，仿佛从没有过惊涛骇浪。

叶乔缓了许久才调匀呼吸，回忆她进了温绍谦的房间之后，她为了戏弄那人，一开始热烈地迎合，首饰和纽扣散落一地。船上隔音极差，听在门外的人耳中，声响难免引人误会。他那时候，就在那里？

她从短暂的错愕里抽身，觉得或许本该如此，不然他怎么会在见到她的第一眼，脸色那样阴沉，出口第一句便问她，是不是"被人赶出来了"。

沉默间早已错过了解释的最佳时机，周霆深间歇开口问她地址，叶乔乖乖答了，几度想开口。

积聚在高空的阴云终于落下，一路淅淅沥沥洒着小雨，驶入叶乔外婆家的旧式别墅区。

周霆深踩下刹车："到了。"

别墅区仿的是明清庭院，建筑古色古香，紧邻大门甚至有一个花塘，有花鲤戏于莲叶间。

叶乔的母亲出身书画世家，祖上在清代便考取过功名，父母皆是学界泰斗，自己生前也是知名的书画鉴赏家。当初名不见经传的小画家徐臧与叶家女儿相恋，受过叶家的不小压力，叶乔的外婆曾大力反对这桩婚事，最终以徐臧入赘告终。

只可惜红颜薄命，母亲刚过三十五便香消玉殒。

夜幕初降，许多往事都烟消云散，唯有今夜的细雨，倾洒在天地间。

大门留了一道缝，或许知道今夜有客会来。叶乔估算车窗外的雨势，如果疾步冲进去，应当不至于被淋得太过于狼狈。

周霆深望着楼里为叶乔留的那盏暖灯，心念微动，说："送你下去？"

叶乔正想着没有伞如何送，他已经下车绕到了她这一边，将外套脱下来支一个棚，喊她："下来。"

她看着他只穿一件衬衣的肩膀渐渐洇湿，不敢多犹豫，站到那片为她专设的遮蔽之下。周霆深搂着她的肩膀将她带得往前走，院门到家门口要穿过花塘上的窄桥，再踏过微微湿润的石板小径，才行至屋檐下。

房门紧闭，三交六椀菱花样式的仿古大门透出一股樟香，混着雨水新泥，令人心绪宁静。

叶乔摸了摸他的肩，指腹沁凉，歉疚又深一层："这天气很容易感冒。"

周霆深暖暖地笑道："才淋这点雨，不要紧。"

家里传出和乐融融的笑声，叶乔分辨出是舅舅一家和外婆的声音，踌躇着频频回头，担心有人推门出来。周霆深以为她是急着离开，便向后退一步，用玩笑的语气说："不打算留我一顿饭吗？"

叶乔知道这语气再如何玩笑，问的人恐怕也存几分认真。但是叶家家教甚严，不提前打一声招呼就带人回去，委实令她为难。

周霆深会意，收敛笑容，轻轻挥手："没事，进去吧。"

叶乔没动，看着他的背影缓缓步入纷纷细雨间，屋檐上滴落积攒已久的雨水砸在他铅灰色的西服裤脚。她心上来来回回地盘桓着内疚，却没有勇气在此刻喊住他。

周霆深走至窄桥忽然回头，见到她还在，笑着向她挥了挥手中的外套。

雨势越来越大，他后退的步子却越来越慢。叶乔愠怒地皱起眉，在心里催促他快走，却泛起几分不愿承认的留恋。

等到人走没影了，她才按下门铃。阿姨给她开门，"哟"了一声，笑着对她外婆报喜："老夫人猜对了，还真来了。"

舅舅放下碗筷，浑厚地笑："还真是乔乔来了。"

外婆坐在红木师太椅上，慢慢地咀嚼食物，良久才搁下筷子。曾经白皙漂亮的脸上早已满布皱纹，然而老人家微笑时仍有岁月积淀的优雅。外婆轻轻整理了颈上的丝巾，才笑道："我就知道她忘不了。"

千溪没个正形地甩开凳子，跑过去拥抱叶乔："啊啊啊，表姐你终于来啦，终于不是我一个人被奶奶拷问了！"

叶乔扯掉她的手臂，说："外婆在餐桌上都不说话，能问你什么？"

千溪假哭了两声："还不是我爸，跟外婆告状说我工作不努力，对象也没有……"

叶家对后辈是放养的教育方式，只要行得端走得正，一切蓝图全凭自己去闯。长辈关心的，不过是普普通通的这两问。叶乔听到"对象也没有"，狐疑地看了她一眼。千溪冲她挤眉弄眼，叶乔心领神会，小丫头片子谈恋爱不想让家里人知道。

外婆轻声责难："行了，让你表姐坐下吃饭。"

千溪乖乖回座，一桌饭刚刚上齐，家政阿姨给姗姗来迟的叶乔添了一副碗筷。叶乔脱下外套，道歉："昨晚刚到杨城，赶去试镜，空手就来了，外婆不要怪我。"

"外婆怎么会怪你。"老人家嗔怪地说，"年纪轻轻的，跟外婆客套什么。等你成家立业了，再来这一套。"

舅母也应和着说是。舅舅迟迟落座，第一句便是："千溪说你手机丢了，怎么也不买一个？你舅母想喊你回来吃饭，都没联系上。"

叶乔推说："还没来得及。过两天再买。"

千溪来劲地问："表姐你买哪个啊？6S刚出，我准备让我同学从美国代购，要不要帮你一起捎一台？"

叶乔说："没事，我自己买就好。"

舅舅怒目训千溪："就你整天盯着这些，当初哭着喊着要学医，真学了又不上心，没点定性。"

"爸——"千溪哭着捧碗，"你怎么什么都能扯到工作上呀！"

叶乔哭笑不得地听他们扯家常。坐在她旁边的舅母插不上话，便给她盛汤，问："平时她在陵城，挺闹你的吧？"

叶乔说没有，舅母脸上依然是幸福的笑，轻怪道："千溪这孩子就是泼猴变的，眼看着也二十出头了，不知道以后谁治得住她。"

叶乔淡笑道："她就是看着闹腾了些，其实心里什么都清楚。"

舅母微怔，想了想也赞同，笑着问她："乔乔呢？外婆心里头挺紧着你的，你做这一行，家里没给你什么支持，是因为外婆希望你玩两年能收心。近来眼看你发展得越来越好，见好就收大约做不到，外婆睁一只眼闭一只眼，就把心思放去了别处。"

叶乔低了低头："嗯。我都知道。"

舅母欣然道："知道就好。什么时候你和千溪的终身大事定下了，老人家也就不操心了。"

话音未落，千溪跑过来打岔："妈！你跟表姐说什么呢？平时在家唠叨我还不够呀……啧啧，连表姐都不放过！"

果然又是一顿找骂。叶乔尴尬地笑，埋头准备将这顿饭闷声吃到底。

正此时，"叮咚"一声，门铃响了。

千溪被训得一个头两个大，说"我去开门"，她妈妈训到兴头上，一把把她拽下："要你殷勤。"

叶乔搁下碗筷，迅速擦净嘴角，说："我去吧。"

门锁扭开，叶乔的表情陡然凝滞。

清俊的男人挟一身夜雨湿气，温然向她微笑。竟是周霆深去而复返。

他还穿着方才那件衣服，捂得半干半湿，手里提两盒月饼。牌子是杨城专制中式糕点的百年老字号，年年这时候都订不上，他不知是怎么弄来的。

叶乔慌乱地把人往外推，自己也出去了。天色已经黑透，周霆深靠在外墙上，接受她的审问："你来做什么？"

周霆深提了提手里的礼盒："给你送月饼。"

叶乔咬牙切齿："没问你这个。"

他无赖："不然是什么？"

叶乔终于放弃，低头看："哪儿来的月饼？"

周霆深如实交代："回家拿的。我妈以前爱吃，年年在这家订。每年都多两盒。"

叶乔无话可说，一摸他潮湿的肩膀，蹙眉："那衣服怎么不换一件？"

周霆深笑笑："忘了。"

隔着一扇门，叶乔舅舅惑然张望："怎么回事，客人没请进来，自己倒出去了。"

舅母眼光毒辣，看见是个年轻男人，逼问千溪："怎么回事，你知不知道那人是谁？"

千溪瑟缩在椅子上装出小白兔的样子，两手缝住自己的嘴巴："我不知道我不知道！打死我也不会告诉你们的！"

老人家转身，缓缓道："溪溪乖，告诉奶奶，外面是谁？"

"……"千溪被数道目光逼视，终于忍不住招了，"我也不确定啊，就看到一眼，感觉挺像的。可能是表姐的……男朋友？"

她说的"可能"是真的不确定，因为她所得知的情报，也只有"这个男人跟她表姐有一腿"以及"表姐最近说她有心上人了"两条，结合在一起，勉强能得出这个结论。

然而长辈们听了都直接忽视了"可能"两个字。

她爸爸厉声道："你表姐交男朋友了，你怎么不跟家里说。"

千溪："我……"表姐交男朋友关我什么事呀！我交男朋友都不跟你们说呢！

她妈妈又问："是男朋友怎么不跟你表姐一起来？"

千溪："啊……"这我怎么知道呢！

外婆叹气："乔乔这孩子爱闹别扭，从小要人追着哄。人家都追到家里了，赶紧请人家进来。"

千溪："这……"你们脑补得这么丰富，表姐知道吗！

她还没来得及在内心咆哮完，她家父上大人已经前去门口，打开了门。

房门忽然从里头打开，泄露一束暖光，门外站在黑暗里的两个人都有些手足无措。舅舅看着叶乔那铁着一张脸局促的模样，果真认定这孩子不懂事，和蔼道："怎么人来了在这儿说话呢？外头雨大，赶紧请人家进来。"

叶乔："……"

周霆深进屋的时候，一顿饭已经吃了七七八八。阿姨象征性地添了一副碗筷，他也没怎么动，座上的人已经吃得差不多了，大家的主要任务是借着吃饭方便审讯。

叶乔一个头两个大，听着舅舅舅母说他客气，懂行的舅母扫了眼那盒月饼，还连连夸他有心。叶乔被四处递来的眼风整得快崩溃，察觉出了不对劲，一道寒光斜向千溪，用眼神诘问——你到底跟他们说了什么？

千溪无辜地用口型回她——我什么都没说呀！

周霆深在饭桌底下牵着叶乔的手，笑着旁观表姐妹俩打哑谜。

外婆持重，舅舅又是男人。内部淘汰出了舅母充当主考官，蔼然笑道："你是杨城人吗？"

周霆深点头说"是"。一边的舅舅隔着饭桌立刻跟外婆交递了个眼神，哦，是本地人。

舅母自然地讶道："今晚没有陪父母，特地陪乔乔来这儿呀？"

周霆深嘴角含了丝笑，答"是"。

叶乔在桌底下捏了他一把。舅母又接连发话，什么"在哪里工作呀""那平时挺辛苦的吧""乔乔老在外跑，你挺不容易的"，兼具审讯安抚与褒赞，一条龙下去行云流水，叶乔几乎觉得自己马上要被裹上凤冠霞帔嫁出去了。

千溪用同情的目光看着她，眼神仿佛在说"跟你说了会这样吧"。

吃完饭已经九点，周霆深在席上陪舅舅喝了几杯酒，不好开车。舅母有留他住下的意思，递眼神给叶乔询问。

叶乔被周霆深今晚突然现身打乱了节奏，整个人懵懵懂懂不知该答应与否。直到听到他掩口轻轻打了个喷嚏，想让他赶紧洗个热水澡，才应承下来。幸好叶家宅子的房间多，周霆深借宿一晚，外婆脸上也没见有什么不悦。

客房没有淋浴，公用的浴室又被千溪占着，周霆深被叶乔领去了她卧室里的浴室洗澡。

叶乔帮他拿了毛巾和舅舅的睡衣，叮嘱："你太高了，舅舅的外套可能不合适，我帮你烘干，明天应该能穿。"又进淋浴间帮他调试水温，叮嘱他冷水和热水的方向，告诉他洗漱用品的位置。

正准备出去，周霆深堵住淋浴间的门，双手轻松环住她的腰，在她发间轻嗅："不跟我一起洗？"

叶乔在他脸上掐了一把，恶狠狠道："今晚的账还没跟你算呢。敢当着我外婆和舅舅舅母的面为非作歹，小心被赶出去。"

周霆深低头吻她，浅笑："被赶出去也值。"他大有牡丹花下死做鬼也风流的意味，招来叶乔狠狠一咬，悻悻作罢。

千溪沐浴完来叶乔房间找她，鬼鬼祟祟地关上门，听见浴室里的花洒声，暧昧地向叶乔抛了个媚眼，不停地啧啧啧。

叶乔躺在床上看书，冷冷问："来干吗的？"

千溪又是一阵啧啧啧："我妈拷问了我半天，我可什么都没说。表姐，你得记我一功。"

叶乔嗤之以鼻："有什么功劳？"

千溪愤愤道："哼，这个我可是见过的，还是在你家里……原来你们那时候就搞上了呀，亏我还费尽心思帮你物色夫婿人选！结果你早就金屋藏娇了！"

叶乔莫名其妙："什么叫'搞上'？"

千溪一副"不要这么不厚道嘛"的鄙视表情："这还不是搞上呀？人家都追家里来了。你不要告诉我不是你带来的，是他人肉出的咱们家地址。"

叶乔警惕地听着浴室的声音，凝声道："我们没有在一起。你不要瞎说。"

千溪倒吸一口凉气，被叶乔及时捂住了嘴。过了一会儿等她平静了，才放开。千溪大喘一口气："不是吧！这还算没在一起！"她回忆了下，难以置信地说，"原来你那时候说的不知道不清楚没问过，是真的呀？居然不是逗我玩儿？"

叶乔点了点头。她正郁闷着呢，今晚这么一折腾，被他占尽了便宜，之后都有些不知如何收场。

千溪摆出姐妹淘的架势，跪在床上膝行到她身边："这么说我妈刚刚问得那么清楚，你倒正好知道一点了。"

叶乔"嗯"了声，便听见千溪恨铁不成钢地说："那现在呢，那个事，还是没问过吗？"

叶乔摇头，说："你觉得呢？"

千溪大喊"我的亲表姐"，崩溃捶床："都这分上了，他要是不喜欢你，我把头割给你！"

花洒声在"把头割给你"处骤停。

千溪笑容瞬滞，阴恻恻地回头。幸好，人还没出来。她鸵鸟式地把头埋入叶乔胸口，脑袋一通猛蹭："表姐啊……虽然我之前说了他很多坏话，但你不要介意哈，有些事情知道总比不知道好。现在想想，那些也不太算事，至少你们门当户对两情相悦嘛。不像我，我家傅医生家庭条件不好，我都不知道怎么跟我爸他们说。"

叶乔早猜到是这个原因，摸摸她的脑袋："没事的，好好跟他们说说，外婆虽然旧派，但也不是老顽固。"

千溪呜了两声："唉，当初姑姑嫁给姑父的时候，据说是一场腥风血雨啊。姑父虽然强行入赘了，也老要看爷爷奶奶的脸色，还是后来有了名气才好转的。结果后面姑姑还出了事……啊，血淋淋的例子摆在这儿，我想嫁就更难了！"

她只顾哭自己的遭遇，没意识到牵动了叶乔的情思。直到抬头的时候，才有些尴尬，她吞吞吐吐地说："啊，表姐……我不是那个意思……"

浴室门突然被打开。周霆深一出来，就看见床上千溪把叶乔揉成一团亲密地蹭来蹭去。

千溪瞠目结舌，连忙跳起来说："啊，表姐夫！我不是故意占你床位哒！嘿嘿嘿嘿，我先走了……"跳下床前还给叶乔使眼色，单手成掌在自己脖子上划了一道，"表姐，记得我说的话哟！"说着跑出去"砰"的一声帮他们关了门。

叶乔无语凝噎。谁想要割她的头。

周霆深站在床前，居高临下地看着叶乔："她说什么了？"

叶乔扬眉说："没什么呀。"抬眸看他穿着老式的蓝白格子睡衣裤，松松垮垮的像病号服，忽然忍俊不禁。

周霆深上床去捉人："笑什么？嗯？"

"笑你丑呀……丑死了。"叶乔被他胳肢痒，想笑又怕惊动外婆他们，咬着牙唾弃他，"丑还不让说了！"

周霆深挠了几下，隔着一层布料也能摸到她肌肤熟悉的柔腻触感。他指尖一顿，渐渐松开力道，忽地坐起来。

叶乔久听他没动静，担心果真伤害到了他的自尊心，慢慢翻过身去面对他："其实……"话到嘴边又忘光了。

他的目光像某种干燥又温暖的热源，让她的心尖倏地被那温度同化。心间忐忑的细雨遽然晴霁，透出溶溶月光。

那是一年最好的月色。

周霆深默然看了她一会儿，白润的脸，纤长的睫，素净的眉眼，眼神柔和坦荡，带一丝羞怯。一切都是刚刚好的模样。他伸出手去撩她的发丝，指尖随着心跳的频率在颤，温声唤她的名："乔乔。"

心里蓄满的热流猝然涌出，像洪水倾闸般灼得叶乔喉咙干涩。她曾经很排斥这个称呼，因为只有最亲密的家人才这样称呼她，可是她的母亲去世多年，她又和父亲隔阂已久，听到这个称呼动辄牵起藏在心底的敏感情绪。然而他用温醇的声音念动这两个字，生疏地唤她，却带着奇异的妥帖。

她从鼻间轻轻逸出一声："嗯。"

他的声音微颤："找时间到我家吃个饭吧。"

叶乔犹豫了良久。这句邀约里有多少深意，她心如明镜。

她神色是默认。周霆深紧张的脸色绷得久了，微笑漫开来很不容易："那下月十五？"

叶乔抿嘴："十五有工作。"

"那十六。"

"十六也有。"

周霆深笑容苦涩："你拒绝我？"

叶乔无奈："真的有。"

"那你挑一天。"

叶乔不假思索道："我就这两天有空。"

179

周霆深被她闹得一喜一悲，盯着她的眼睛："认真的？"

"嗯……"

周霆深忽然沉默了好一阵，话在喉咙口滚动不知多少次却难以言明。他长臂揽过去抱着她的腰，嗅她熟悉的体香，用深沉释怀的呼吸表达他的庆幸与安心。

叶乔被他圈在怀里，忽然道："周霆深。"

"嗯？"

话到嘴边难以启齿，叶乔解释得磕磕绊绊："那天……我没有……"

她的心光风霁月，然而有些词汇避无可避，即使率先强调了"没有""不曾"的否定前缀，也不能洗清它们的污秽。

周霆深了然于胸，不等她说完，将她箍紧了些："我知道。"

有时缠绕在彼此之间的心结，仅一句话便消失无踪。那些有关不信任的怨尤，和许多隶属过往的愆罪，都仿佛不再重要。叶乔到此时才发觉，原来她也可以是个今朝有酒今朝醉的人。

这一夜不知是如何入睡的。

窗外的雨声渐停，叶乔转身时周霆深已然睡着。她起身凝视，男人眼周有一圈淡淡的苍色，兴许连日来也未曾有过好眠。她小心地起来沐浴，换上睡衣后抱着两人的衣物下楼，将他的外套放上烘干机。

热风呼在手背上，湿气蒸发，柔软面料上属于男性的气味附着在手上。叶乔关了机械，轻嗅，竟有一股阳光曝晒后的味道。

再上楼时路过周霆深原本该住的那间客房。其实本来是她父母的房间，只是母亲早亡，父亲此后便很少与叶家来往，这间屋子就这样腾了出来。她内心并不想让他睡这儿，总觉得寓意不好。

原来她也可以很迷信。

重新在他身边躺下的时候，倦意来得迅疾，入眠变得前所未有的容易。她其实自幼依赖父亲，这是外在无坚不摧的她耻于言说的秘密，十三岁那年因突然发生的变故，强迫自己从父女亲缘中剥离。因此成年后她寻找的伴侣往往年长，气质阅历都让她觉得遥不可及。

可是这一回于她而言是截然不同的体验。彼此都有间歇作怪的少年心性，互相容忍对方的幼稚与年轻。步调掌握在自己手中，不再亦步亦趋追随他人节奏。

一切都是陌生的，她小心又期待地摸索。

周霆深在深梦里忽然翻身，不自知地搂住了她。

叶乔半梦半醒，就着这个姿势复又沉入睡眠，依稀察觉到他在做噩梦，手脚冰凉，却彷徨将人搂紧。叶乔熟悉噩梦的滋味，迷迷糊糊地攀上他的背安抚。凄清的雨夜，两副身躯用体温取暖，次日醒来时手脚已然纠缠不清。

将将日出，周霆深便醒转，回想梦中熟悉的血腥场面，在这样一个圆满的夜晚居然也难逃梦魇，这令他始料未及，猜想自己昨晚也许表现得很窝囊。他低头看见叶乔，又想起更要紧的事：这是她的闺床。

昨夜没有和她分房睡，被长辈发现的可能积聚成一种道不明的心虚，而清早身体的生理反应在此刻更令人难堪。

雨后的秋晨清清爽爽，叶乔醒来时，身畔空落落地落着两束日光，料想周霆深也许夜半回了客房。

楼下厨房乒乒乓乓的声响隔着厚墙听不真切，想必是阿姨早起做饭。叶乔看了眼古董座钟，时候尚早，懵懵懂懂起来洗漱。

刚推开卫浴的门，竟有湿气漫上足底。

门内的男人迅速扯过浴巾，围住半身。叶乔先是一愣，被浴室里热腾腾的雾气一蒸，才明白他是刚洗完澡。

周霆深早起去晨跑败火，回来冲澡，刚运动过的肌肉寸寸紧致，未来得及擦净的水珠沿着腹部棱角分明的肌理，淌入腰腹两道深深的沟壑。叶乔收入眼底，肆意地欣赏足够，挨着笑路过他，抽出一管牙膏。面前古朴的雕花镜子蒙着一层水雾，她笑着将牙刷放进嘴里，腾出一只手，用指尖慢慢擦出一块镜面，恰好也能映出周霆深的样子。

指尖仿佛穿过镜面，抚摸他的身体。

周霆深从被擦亮的那块镜面里看见她居心不良的笑靥,隐忍的念头被挑拨得寸毫不剩。他从身后暗示性地扣住她的腰。叶乔干燥微凉的脊背贴上一副刚出浴的胸膛,没良心地往前躲,嘴里含混地嫌弃:"湿的……"

周霆深步步紧逼,两人一起抵上洗手台,叶乔避无可避地弯下腰笑,含一口水漱掉泡沫,骂他:"刷牙呢,再闹喊人了。"

"喊啊。"周霆深从后面绕过她的肩膀和她对视,沐浴后热腾腾的体温让她如置蒸笼。叶乔清晰地感受着他寸寸苏醒的渴望,勉强完成了洗漱,陷入更深的僵局。

周霆深自然是假威风,再如何放浪形骸他也不能挑这个节骨眼失控。他懊恼地把人放开,转身取了衣服狼狈出门。

卫浴紧挨着卧室的门,门外已有窸窸窣窣的响动,不知是谁在楼梯上行走。

叶乔随后便至,狭长的过道只能通过一个人,周霆深被她堵在了进门的地方进退不能。

他苦笑:"出来做什么,想看我穿衣服?"

叶乔"嘘"了声,向前两步给他一个安抚的吻,双唇相碰时,两人耳边响起走廊上的脚步声。其中一个老态龙钟,步调斯文,应当是外婆。

二楼的房间多,听着不是往这边来的,叶乔的亲吻越加大胆,还不忘调侃:"外婆起床了。你猜她下楼看见没有动过的客房,心里怎么想?"

仿佛是为了印证她的话,外婆的声音恰好响起来:"人都哪里去了?钟阿姨,你见到了吗?"

钟阿姨的声音远远道:"早上见到人起来,好像是出去跑步了。"

"从哪儿出去的?"

"这……"

模糊的对话和叶乔的声音交织在他耳畔,周霆深心跳如擂鼓,暴露他的不安。叶乔却不以为意地与他亲昵,末了手掌摁在他的胸膛上,轻笑:"这么紧张?"

叶乔下楼的时候，千溪已经早早地坐在餐桌边等开饭。

周霆深下楼先去厨房洗了一筐冬枣，坐到叶乔身边喂她。叶乔不想吃，被周霆深强行喂了一颗。

整张脸写着"宝宝心里苦"的千溪毫无防备地被秀了一脸，愤愤搬着自己的碗往旁边挪了一个位置。

酸津津的水果味侵入叶乔的味蕾，刚洗漱过的牙齿对冷酸敏感，疼得她一皱眉："酸。"周霆深立刻把她吐出来的果肉接了，递给她一杯牛奶。叶乔不爱喝，顺手抢了千溪的橙汁。

千溪只见一只手迅捷如风地伸来，没有一点点预兆地将她的橙汁牵走，她瞪大眼睛——没天理啦！

周霆深笑出一声，从那筐冬枣里捡了几颗，剩下的推给千溪："吃不吃？"

千溪收到了贿赂，不情不愿地啃着冬枣，眼风不住地往叶乔那边飚。

明明她也不是单身狗，为什么还是被虐到了！

钟阿姨将最后一道早点上齐，外婆才姗姗来迟。

老人家出身知识分子家庭，自诩家风端正，抬头看见对面坐着的小情侣，张口也不知从何说起。

千溪一边往嘴里塞冬枣，一边说："奶奶你今天气色真好，白里透红的！"

老人家居然瞪了她一眼，害她一口噎着咳半天。

叶乔左右观望："舅舅舅母呢？"

"上班去了。"

外婆语气不好。叶乔的笑容瞬间凝滞，和周霆深对视一眼。

餐桌上的气氛霎时凝固。只有千溪边吃边感动落泪："我终于吃上正常东西啦！真是不想回去工作，为什么中秋节不放七天呢？"

叶乔故作自然地搭话："你下个月该转正了吧？"

"转正又没有特殊待遇，医院食堂也不分 VIP 呀！"

周霆深也配合道："你单位在哪里？"

"就在清江路那边，离我租的地方倒是挺近的。要是能把钟阿姨带去给我做饭就好了，哼，都怪我爸这个人，老骂我骄奢淫逸，请个阿姨也不准。"

周霆深听到这个地址，表情微不可察地滞了滞。叶乔看他长久没反应，又接过话头。

幸好有千溪这个话痨活宝，有一搭没一搭，总算把这顿饭混了过去。

吃完饭便要跟外婆道别。外婆当着千溪的面欲言又止，最终什么都没说，叮嘱他们路上当心。

叶乔坐上车，累得瘫在副驾驶座上："吃顿饭像在演谍战剧。你看见刚刚外婆看我那眼神了吗？春节我都不敢回来了……"

周霆深帮她扣安全带："以后别这样了。"

叶乔逼视他："'这样'是哪样？"

"好了……"周霆深趁着红灯去揽人，钩了个空，指尖捉了她一丝头发拨弄，"第一次上门就给你外婆留这种印象，以后还能不能进你家门了？"

"照样进啊。据说我舅舅舅母年轻的时候搞出过更刺激的……那会儿我外公身体还很康健，亲手把我舅舅揍得眼睛一大一小。"叶乔说起家庭旧闻来乐乐呵呵的，不以为耻反以为荣，"不要看千溪爸妈现在看上去这么正经，千溪现在这个性子是有基因依据的。"

周霆深调子夸张地"哦"一声："所以这还是家庭传统。"

不正经的话说了一路，到了陵城，周霆深忽然正色道："你就这么回来了？"

叶乔奇怪道："不然呢？"

真不知该说她是淡泊还是傻气。周霆深卖关子："你连个手机都没有，工作通知都是怎么收的？"

叶乔愣住："工作通知一向是联系的申婷，重要文件申婷会发去我邮箱，我这两天都没看。是不是试镜有消息了？"

周霆深拍拍她那颗脑袋："放心，联系不上你，不还有我嘛。"

至于为什么会联系他，叶乔能想到的都是龌龊理由。但这些如今都是次要的，她关切一句："结果怎么样？"

周霆深："王晴明说你形象太素，可能更适合演裴心澹那个角色，具体要不要对换还在商榷。联系你就为了这个事。"

和裴心澹换，无论结局如何，戏份都是一样的。叶乔清楚这意味着什么，说："那角色我可以演，可是裴心澹不适合演我手头这个。'林玄'的性格太阴暗扭曲了，和裴心澹的侠气不是一卦。你跟王导说一下我的意见，我在《守望者》里面已经在转戏路，演林玄没问题。"

周霆深知道她一进入工作状态就格外认真，故意调侃："这么傲气。"

叶乔严肃道："不是我傲气。这事说到底要怪你。"

周霆深怀疑自己听错："怪我？"

叶乔将鄙夷写在脸上："我试镜的时候拿到的剧本不是你故意选的片段吗？"说完留意到他的眼神，果不其然带着心虚，她冷笑，"你表白是听爽了，让我念一堆情情爱爱的台词，真正试得出演技的部分都没机会表现，王导当然要怀疑我。"

"……"周霆深无言以对。当初哪顾得上这么多？而且试镜在他眼里就是个过场，他砸那么多资本下去不单是为了听表白的。

叶乔笑着笑着突然想起那天莫名出现在她包里的照片，眼角忽然就弯起来，勾起手指挑他的下巴："不过这样也行，我本色出演一个被包养的小演员嘛，还方便一点。"

这女人永远有本事更加无法无天。周霆深被她撩得心猿意马，搬出正事来抵挡："都是这个定位了，干吗不捡正派人物演，偏偏要演反派。对人气不好吧？"

"人气是有风险。"叶乔承认，但是她有自己的坚持，"我希望每部戏都能有突破。就算是商业片，也不是那么容易能演好的。现在观众已经不是只关心男女主的年代了，千篇一律的正直善良会被遗忘，反派人物如果有更深的挖掘度，能被记得更久。"

周霆深说："那我就这么帮你回了。"

"嗯。"

开到小区附近，周霆深问："饿不饿，晚上想吃什么？"

"今天不想出去。"叶乔在车上大半天，疲惫地睁着眼睛，"前面不是有超市吗？买点食材回去煮给我吃啊……跟你认识这么久就吃到过一顿狗粮。"

周霆深止不住发笑，大言不惭说："我做的狗粮仅此一家，除了你还没别人尝过。"结果领了叶乔一巴掌。

虽说根本不痛，但是他在下车前很委屈地说："这个习惯能不能改改？"

叶乔仰着头说不能，颇有觉得他薄情寡义的意味："当初有人还说不介意呢。"

自己做的承诺，周霆深自食其果地咽下肚。

走进超市，叶乔忽然想起了什么，问："你东奔西跑这么久，德萨和Ophelia都放哪儿了？"

"放心，饿不死。"周霆深低头挑鱼，"在杨城的时候让伍子帮忙喂过。这次走得急，放在陵城一个朋友那儿。"

"什么朋友？"她的印象里，周霆深在陵城独来独往，从没见过有什么朋友往来。

果然，他犹豫了一下，说："周家资助的一个学生。正好在陵城，挺喜欢猫猫狗狗的，就放她那儿了。"

叶乔挑中了一条鳊鱼，让人称斤两："两个小家伙养起来还挺麻烦的，她爸妈同意吗？"

周霆深将那条装袋后贴上价签的鱼提进购物车里："她母亲曾经是我们家的阿姨，因故过世了，父亲也早就不在了，现在一个人住。"

叶乔一愣，说："那是挺可怜的。"

"嗯。"周霆深敷衍地应了声，似乎不想继续这个话题，"还想吃点什么？"

叶乔张望："买点蔬菜吧。反正买了肉你也不能吃。"

"没关系，看着你吃。"周霆深俊厉的眼尾笑意蔓延。两人互相迁就着，到最后买的荤菜全是海产品。叶乔细心地让商家把鱼肚子处理好，才出超市，到临街的商厦购置新手机和钱包，又去营业厅补办了手机卡，总算满载而归。

回去之后，叶乔到自己家把房门密码改回了情侣款，改完又觉得多此一举，豪言："干脆我搬过去算了，还能腾一间屋子。"

周霆深当然乐意，只是她转念一想又反悔，直骂他没安好心。

不过她家的厨房常年不开伙，晚饭问题还是得合并解决。周霆深把买回来的食材往自己冰箱里搬，叶乔从门房那儿领了不少她的快递回来，坐在他的客厅里一个个拆，拆了几个中途放弃，又去拆她的新手机。插进SIM卡，刚登上微信就冒出几百条消息。

最靠前的是温绍谦，经历了那件事之后，他居然还能措辞平稳地向她道歉并表示继续做朋友的诚意。叶乔付之一笑，没有理会。

再往下是郑西朔等人的中秋祝福，她挑了几个回复，最后点开了申婷的留言，里面有她第二天去陵城拍摄《守望者》收尾戏份的注意事项，由于是火场戏，叶乔格外谨慎对待地看了两遍，才回复："收到。"

为了这场戏，她匆匆赶回陵城，答应周霆深的家庭聚餐只能食言。

叶乔怀着歉意侧身去看，开放式厨房里的人雪白的衬衣袖口随意挽起，刀工精准地将土豆切成丝。那个忙碌的身影仿佛感应到了她目光的温度，忽然转身，向她轻轻一笑。

他的眼睛盛满星光，仿佛璀璨而静谧的银河，让她想要化作星辰，将自己永久安放。

Chapter 11
久睡难醒

以为是一场久陷不醒的噩梦，梦到尽头，竟有一份迟临的福祉。

叶乔早起开工也畅快自在。

申婷过了一个假期重新开工，在清晨的料峭寒风里打了个哈欠，看见神采奕奕的叶乔，惊道："乔姐，你真是工作狂啊，一点都不困吗？"

化妆师姗姗来迟，两手在叶乔的脸上比了一下，眉开眼笑："气色比以前好了不少，眼圈的遮瑕可以少打一点了。"

叶乔无语地看着他们："有这么夸张吗。"

拍摄这场戏的陆卿和程姜也陆续到场，还有一个八岁的小童星蒋语，扮演女主角的女儿，在片场朝气蓬勃地跑来跑去。叶乔第一个化完妆，抱了粉雕玉琢的小演员合影。申婷给她们拍完，拿去给叶乔过目："像亲姐妹一样，看这眼睛，简直是一个模子刻出来的。"

叶乔仔细放大了瞧，眉眼果然有六七分相似，像看到了自己小时候。蒋语高高兴兴地问申婷讨照片发微博，申婷打趣她："你这么小年纪还有微博呀？"

蒋语梗着脖子说："我微博可多粉丝了，都是我爸爸在发！我也要自己发！"

一众人都被她逗得前仰后合，叶乔却看着那照片出神，某些想法在她心中第一次破土而出，竟让她觉得无限惶恐。倘有一日她也能拥有和自己血脉相连的骨肉……这仿佛是遥不可及的痴梦。

拍摄场地是清江路上一个废弃工厂，此时按照规划路线摆满了铁桶和燃烧物。

蒋语早已跑开，去烟火师身旁好奇地观摩，灿烂地笑："叔叔，等会儿这个是真的烧起来的吗？"

"对。"烟火师笑着挥手指向满场的道具，安抚她，"你们的逃生路线都是规划好的，一定会保证安全的，放心。"

小朋友笑着向他鞠躬："请一定要保证安全哦！"

这一场戏中，三个大人和一个小孩要从燃烧的工厂仓库里奔逃而出，指导老师将每个人的逃生路线与演员实地讲解完，演员之间也需要沟通配合。叶乔在和陆卿一起预演的时候，程姜被顾晋叫走，两人在片场的一角起了口角。

争吵的声音传来，叶乔做不到置若罔闻，去看陆卿。陆卿无奈地笑，向她透露消息："程姜好像有点不愿意拍这场戏。"

叶乔点头，说应该的："虽然都仔细布局和演练过，但是总会有个万一。她也是谨慎起见。"

陆卿惊叹她居然会为程姜说话："那你呢？听说你身体不是很好。虽然火势不会造成威胁，但是吸入烟雾对身体也有影响。"

叶乔笑吟吟地看着小姑娘蒋语，说："你看小朋友都这么勇敢，我们大人担心这担心那，未免太惭愧。"

但她不是没有担心。

一切源于今早叶乔把昨夜剩下的快递拆完，结果拆出一个残破怪娃娃。周霆深出奇地严峻，甚至以此为理由，将她的生活用资往他家里搬。

叶乔没放心上，笑着跟周霆深说："不要紧的，又没有实质性伤害。我不怕这些。"她将拧成条的红棉絮抽来抽去，丝毫不觉得恶心恐怖，还补充道，"我这两天刚通关一个恐怖游戏，这个还挺像手办的。"

周霆深忍无可忍地把她的娃娃扔了，说："这和有没有实质性伤害没关系。这是恐吓，还不止一次。"

叶乔茫然道："我也就收到过这么一个。"

"不是。"周霆深斩钉截铁，语气懊悔万分，"上次你喝醉了，我把你送回来，在门口捡到过一样的。那会儿没留心，以为是谁恶作剧，没跟你说过。"

　　为了这事，叶乔安抚了他一早上，从"恐吓娃娃的无害性"讲到"火场戏的安全性"，差点没能成功出门。最后周霆深不由分说地决定看着她拍戏，早上先去接 Ophelia 和德萨回家，完事就去片场陪她。

　　叶乔觉得没有必要，但是周霆深心有余悸。

　　此时此刻，他刚给两只小家伙喂上水，匆匆取了车钥匙出门。离开前瞥了一眼垃圾筒，那个娃娃让他脊背发麻。现在想想，当初就该给她提个醒，至少去警局备个案。他心里一阵后怕，这中间如果出了什么事……过去的许多场景都浮上心头，让人不敢追忆。

　　飞驰的车上，手机忽然响起。

　　接起来，阮绯嫣的声音传来："霆深哥哥，你把小白和小黑接回去了吗？"他把 Ophelia 和德萨交给她的时候很匆忙，没有来得及交代名字，她便粗暴地用毛色给它们起了名。

　　周霆深凝视车流："嗯。"

　　年轻女孩子清甜的声音娇滴滴地埋怨："你走得好急，我给小白它们买的新玩具都没给你。放在我这里也没什么用，你什么时候过来把它们拿走吧？"

　　他转一个弯，声音漫不经心："好。"

　　阮绯嫣气道："你就不能多说一个字吗？"

　　"我在开车。"

　　"开车就不能聊天啦？你好久没来陪过我了。上个星期班主任找家长，打你电话都没人接。"

　　周霆深听到关键句，问她："班主任为什么又要找你家长？"

　　阮绯嫣吞吞吐吐："没啊……老师一直很烦的，你知道的啊……"

　　周霆深蹙眉，沉声道："我晚上再打给你。"

　　电话突然被挂断，阮绯嫣气愤地把手机扔了出去，任它在老式发霉的墙角摔成两半。

　　她身边的年轻男人看着四分五裂的手机，轻佻地笑："你这个月都摔两台手机了，不把钱当钱啊？真这么有钱，干吗还住这种地方。"

阮绯嫣瞪他："你懂什么？这是我小时候住的地方，我妈挣钱买的房子，我怎么不能住了？"

男人仰躺上她阴潮的被子，吊儿郎当地笑："我是不懂。害死你妈妈的不就是那个姓周的吗，你怎么还跟他养的小情人似的。我说，他碰过你没？年年给你这么多钱，别是想养大了吃窝边草吧？"

阮绯嫣霍地站起来，面如寒霜地下令："你给我起来！"

他还是舒舒服服地躺着，乜斜她："还不让人说啦？他这算盘打得可不精啊……你不就是辆公交车吗。"

"你再说！给我起来！"

……

片场这边，程姜终于和顾晋交涉完毕。特效演员已经提前试了三四遍，等正式演员走完三遍演练，烟火师才向导演比了个 OK 的手势。

叶乔退到场下，由化妆师进行最后的补妆。申婷拽着她的手发抖，千叮咛万嘱咐："据说待会儿是真着火，障碍看清楚了吗，爆破点是依次炸响的，千万不能跑错了。"

叶乔拿起新手机给周霆深回了个短信，无所谓地看着她："放心，小孩和孕妇都上场了，我怕什么？"

申婷像吞了个鸡蛋一样看着她："孕……孕妇。"她心虚地往程姜那儿瞥了眼，被这个惊天大八卦震得连话都说不利索了，"真的啊？"

叶乔却不说话了，把手机交给她保管："待会儿有人要来，你帮忙带他进来。"自己则往废弃仓库的方向走了。

化妆师推推还在发呆的申婷，说："也就你看不出来啦。我跟组这么多年，程姜以前拍戏一直很拼命的，什么艰苦条件都没用过替身，公司还发通告宣传她敬业呢。这回不是怀了，难道是老了吗？"她压低声音，"其实你仔细看看，程姜都有一点显肚子了……"

程姜平时就不是骨感美人，胖了也没人留心。申婷被她这么一说，仔细瞧瞧，果真觉得她腹部的弧线有点诡异。她顿时打抱不平起来："肚子都显起来了，至少得有三个月了吧？"她看看叶乔，又看看化妆师，彼此都心照不宣。

化妆师感慨："所以啊，找男人要擦亮眼睛。不然被甩了还以为是自己做错了事呢，结果人家儿子都养起来了。"

申婷看叶乔眉眼温和地陪蒋语聊天的样子，替她咬牙切齿："还不一定能养起来呢！听说程姜年轻的时候给某个大老板堕过不少胎，会习惯性流产的吧？"

化妆师做了个噤声的手势："唉，说白了，都是命。"

正当此时，周霆深也抵达了片场。

工厂周围荒无人烟，剧组在外围拉了一条警戒线，有专人看管。申婷挂着工作证将他领过去，指着灰突突的房子说："已经开拍了，一般这种都是一条过，乔姐很快就能出来。"

仓库内冒起黑烟，特制的燃烧物起烟时格外呛鼻，周霆深皱眉问："她们在哪儿？"

申婷指着仓库底下的一个小门，说："这个摄像机那里，等会儿人从那边出来，就要爆破了。"

一共六个爆破点，依次由远到近。四人分成三路，由于蒋语是小孩子，由叶乔带着往最侧跑。

第一声爆破声响起的时候，声音还很遥远，四人往三个方向跑，不过才跑了短短一段，"轰"的一声，又是一朵红云在身后炸起。

刺眼的火光让人不得不眯起眼。周霆深的目光遥遥追着那一个奔跑的点移动，在心里掐算着起爆的时间，隐约觉出一丝异样。

"轰！"

第三声，异常剧烈的声响让大地仿佛都摇晃了一下。四朵红云毫无预兆地一起升腾，爆破现场燃起熊熊烈火，汇聚成一只猩红的魔兽，瞬间吞没了演员刚刚跑过的位置。

火焰袭来的一瞬，叶乔察觉有异，下意识地将蒋语护在怀中，飞扑上前方一米处的消防垫。

热浪吞没方圆百米，滚滚浓烟下生死尽藏，像一场醒不来的噩梦。

不知过了多久，片场响起救护车急促的声音，所有工作人员配合将四位演员送去医院。陵城各大传媒同时接到通讯，摄像记者蜂拥出动，往位于清江路的市立医院赶去。网络媒体被第一时间快讯攻陷，"《守望者》拍摄现场爆破发生意外，三位主演当场昏迷，伤势不明"的消息迅速蹿升为各大网站搜索量第一名。

在场的演员中，只有被叶乔护在身下的蒋语坐在救护车上，依旧清醒。

叶乔带她扑上的防护垫离爆炸中心最远，又有叶乔的身体作缓冲，蒋语仅有额头和四肢的几处擦伤。八岁的小女孩第一回经历这样的场面，吓得她抱着助理一直号哭，缓了一阵才懂事地压下声音，低低地呜咽。

而躺在担架上的，是保护她的叶乔。

蒋语抽抽搭搭地小声问申婷："乔姐姐她伤得重吗，为什么一直不醒呢？"

申婷低声安慰："你和乔姐姐的位置离爆炸中心远，火云侧面和你们擦过去，不会大面积烧伤，护士说伤口大部分是现场的飞沙走石刮擦造成的……"

她说着说着也难以为继，心跳得快要飞出嗓子眼。面前周霆深眸色阴沉，宛若酝酿风暴的深海，将逼仄的空间凝成死寂。申婷看了他一眼，大家都心知肚明，叶乔有心脏病史，连剧烈运动都可能成为发病肇因，更不要说近距离迎上爆炸的声浪了。

五分钟的路程仿佛过去了一个世纪。

周霆深跳下车配合医务人员抬起担架，送往急诊。护士在交接时语速飞快地沟通关键信息："烧伤""病人有心脏病史""休克"。医学名词混杂在现场围观的人群和记者的吵闹声中，闪光灯的频率随着救护车一辆接一辆的到来变得更加频繁。这一切就像一个虚幻的世界，只有急诊病床上的人是真实的。

叶乔脸色苍白，四肢冰冷，脉搏很弱，呼吸清浅得难以捕捉。周霆深握着她的手追到急诊走廊尽头，终于被钝重的一声巨响，拦在门外。

指尖还留有一丝凉意，是她的体温，寒意一直透到心底。

当夜，叶家倾巢而出，叶乔的舅舅携母亲和妻子飞往陵城。

叶乔所在的医院正是千溪的工作单位，她这一天难得休息，得知消息后第一时间赶赴医院，由于和医生相熟，拿到了第一手消息。陆卿和程姜两人仍在手术中，均为深二度烧伤，程姜因怀有身孕，坚持不打止痛针治疗。蒋语经简单检查包扎后，已经由父母带领离院。

至于叶乔，除少面积的一度烫烧伤外，外伤并无大碍，只是一直昏迷不醒。医生称心脏未出现排异现象，昏迷是剧痛和惊吓过度所致，只要苏醒便能脱离生命危险。

千溪忙里忙外打听消息，好不容易松了一口气，给父母和祖母打饭："只有医院食堂了，不知道奶奶吃不吃得惯。"

老人家接过去，称这种时候有什么好挑三拣四。千溪低头挨骂，又说："听说姑父也要来，还有程阿姨。"话没说完就见爸爸冲她使了一个眼色，她还没完全会意，老人家已经摞下了饭盒，怒道："他来做什么？嫌气死了知霜还不够，来气我们家乔乔吗？"

知霜是叶乔母亲的名字。千溪爸爸叶知良听到妹妹的名字，叹声劝："徐臧好歹是乔乔的亲生父亲，出了这样的事，来看一下也是应该的。"

"应该什么？"老人家气得老花镜都抖了一下，"乔乔出事之后，没见他尽一份心，续弦倒是娶得快。眼下又要有孩子了，哪里管得上……"

千溪母亲及时一声"妈"把话打断，忙带着女儿一起劝，总算把老人家劝回了酒店。最后千溪的母亲留下来照顾老人，留她和爸爸在医院守着。

叶家人通过千溪提供的 VIP 通道进入医院，记者找不到叶乔的家属，纷纷对周霆深表现出了浓厚的兴趣。只可惜他身上生人勿近的气场太明显，采访要求不待提出就被拒绝。

梁梓娆闻讯赶来医院时，周霆深正坐在住院部大厅里，看着墙上无声的新闻画面。

独家播放的现场视频中，叶乔原本依照自己的路线逃生，在意外发生的瞬间，却偏离了轨道，扑向蒋语。被大火和尘埃埋没的镜头中，她的眼睛一闪而过，黑白分明，熟悉得让他五脏俱一绞。

周父一生清正铁面无私，退休后却屡遭报复。周霆深再清楚不过，正义和善良有时给自己带来的灾难，无穷无尽。

梁梓娆站到他身边，给他递了一份外送蛋糕，周霆深像没有知觉般不理会。梁梓娆有气无处撒，回头看到一个蹲守新闻的娱记，踩着高跟鞋走了过去。

对方被气势逼人的梁梓娆吓得有些畏缩，凭着职业本能问："您是Ferra的梁总？请问您和这次事故……"

"Ferra和这次事故没有任何关系。"梁梓娆抑制住怒气，用冰冷的官方语气道，"受伤的程姜女士是我们的代言人，我本人代表公司探视，还有问题吗？"

"没……没有。"记者被她逼退，不解地回忆，方才的男人明明是跟着叶乔来的，怎么现在又变成探望程姜了呢？

深夜的大厅只有一盏微弱的灯，偶尔传来病房内间歇的金属声响。

梁梓娆在周霆深对面坐下，盯着他漠如寒夜的眼睛："你想起方茹了是不是？"

周霆深没有反应。

梁梓娆的脑海中止不住地回忆起那些破碎的血腥画面。由于周父工作的特殊性，常常受到犯罪团伙的报复，最狠的一次，便是关于那个 C 大女学生方茹的。据传那伙人原本是冲着周霆深去的，但周霆深没有赴约，只有方茹一个人孤零零等在军事基地外荒凉的路上。她被侵辱乃至更残忍的影像被制成光碟，寄到周家，梁梓娆只不过瞥了几眼，便不能忍受地将光碟扔了出去。

然而影像并不只有那一段。

那半年里，每个星期都会有新的片段寄到周家，难以想象那个女孩生前所遭受的折磨。梁梓娆吩咐管家拒收，然而那些光碟都被周霆深签收，检验后呈交警方成为线索。

梁梓娆像曾经无数次一样，张口想要开导他，却被周霆深打断。

他说："没有。"

梁梓娆错愕，竟不知如何接话："霆深……"

周霆深不带笑意地笑了笑，将那个蛋糕盒子拆开，看了一眼。奶油散发着诱人的甜香，据说这在乳糖不耐症患者眼里会像橡胶一般恶心。他觉得自己快要患上这种病了，迅速合上盖子，说："不忙了吗，有时间陪我耗在这里？"

他情绪平静，梁梓娆反而更加紧张："你也知道你是在这儿耗？有些事情不是你决定的，叶乔如果真的出事……"

"没有。"周霆深再度打断她。他从贴身存放的钱包里取出一片胶封处理过的叶子，比在眼前，遮住新闻画面上叶乔苍白失血的脸。那片叶子被保存得依旧完好，纹路清晰，边角无恙，仿佛从来没有离开过树木的枝干，没有经历过寒秋与凛冬。

白桦的叶子。乔木中的美人，森林大火之后最先抽发新叶的树种。

周霆深低声喃喃："我的乔乔活得好好的。"

千溪重新回到住院部的时候，恰好遇上离开的梁梓娆，隐隐觉得这个衣着得体的女人有些面熟。下一秒，她看见大厅里的周霆深，终于恍然大悟，这两姐弟长得可谓一个模子里刻出来的。然而姐姐像是时尚杂志里的女魔头，弟弟却像港剧里的落拓青年。

她挨过去，跟他打招呼："表姐夫？"看他形容枯槁的模样，把怀里一杯热饮分给他，"给。住院部大厅晚上还是挺冷的。我给我爸爸安排了间空病房等着，离表姐的病房很近的，什么消息都知道得快。要不你也一起过去吧？"

周霆深没有接饮料，却点头答应和她一起去病房。

一路上，千溪翻着手机，小声地说："网上表姐的受伤视频流出来了，要不是为了救小姑娘，以表姐当时的路线和位置，根本可以脱离火场的。小姑娘的爸妈都发了感谢信，网上好多人都在祝表姐好人有好报，平安渡险。这个话题度简直比电影发布会还高。"

说着便到了病房。叶乔的舅舅叶知良刚打一个盹，睁眼看见两人一起进屋，对周霆深客客气气道："你也来了。"

千溪边把带来的水和夜宵递给爸爸，边道："人家早就来啦，输血都是霆深哥帮的忙。"

叶知良这才留意到他手上的止血带，向他感谢地一笑。周霆深说不用，静静坐在一边。千溪接到一条短信，找了个借口鬼鬼祟祟地出去了，只留下两个男人在空病房里等消息。叶知良打开窗户，点上一根烟。周霆深闻到烟味，竟感到愕然。

事业有成的中年男人眉宇里笼着夜色，染了烟草味的嗓音里含着沧桑往事，忽然感慨："我们叶家的女儿，命好像总是不长久。"

即便渡过这一次意外之险，叶乔的身体依旧面临着重重考验，周霆深不是不明白这一点。

叶知良转过头来看他："乔乔她妈妈去的时候，才三十多，临终的时候叮嘱我，好好照顾乔乔。我就当亲生女儿一样，照顾到今天。一晃也十年了，乔乔命大，手术很成功，这十年都没出过什么大事。但是我心里，年年都在怕啊……"

千溪从小就泼皮，虽然欠管教，好在什么事都放在脸上，好养活。只有叶乔，和徐臧反目之后活得像个孤儿，什么也不跟家里说，就连和徐臧反目的原因，至今叶家其他人也弄不清楚。叶知良花了不少心思在这个外甥女身上，有时候觉得自己更像她的父亲。

叶知良戴着戒指的手指轻轻一抖，弹去烟灰，问他："以后这样的情况可能多的是。想好没有？"

经历无数次死亡的洗礼，恐惧死神的你，能不能接受将来故去的，也许就是至爱的人？

周霆深来不及作答，千溪便风风火火地闯进来报告："表姐醒了，表姐醒了！"

叶乔在ICU的时候不接受探视，周霆深只能看着医生护士冲进病房，再远远看她一眼。直到第二天转到普通病房，他才得以陪伴在她身边。

叶知良一家和叶乔外婆前来探视过，便回了酒店。叶乔还很虚弱，一轮探视之后便睡了过去，中间上到公司高层下到剧组人员来了好几拨人，郑西朔高调光临时甚至引发媒体跟拍热潮，都被千溪以病人需要静养为由，一一抵挡。

郑大少自认不是外人，打发走了媒体之后悄然回返，拽住千溪："跟我总能说了吧，乔乔现在什么情况？"

千溪张开手臂，老鹰捉小鸡一样把人挡在病房外："别，别进去！表姐在睡觉呢，谁也不见，你别吵着她！"

郑西朔计无所出，把他金贵的脑袋往她胳膊底下钻："我就看一眼！保证不吵醒好吗！"

千溪干脆跪在地上堵门："不行！"

"你让开！"

"不让！"

"小姑奶奶你跟我有仇吗……"

"就不让！"

顾晋捧着一束百合走出电梯时，正撞见他们缠斗在一块儿。两人见状立刻恢复正形，郑西朔掸掸袖口的灰，摆一张臭脸："你来干什么？"

千溪闻到一股火药味，缩在墙角明哲保身。顾晋涵养颇佳地笑："来看看乔乔。"说罢旁若无人地问千溪，"你姐姐是在这间病房吗？"

名利场淘洗过的男人一身气度，临危不乱不矜不喜，千溪在他的注视之下鬼使神差地点头："嗯……"

郑西朔被她气得肺疼，见顾晋若无其事地开门，猛拍她的脑袋："你刚刚拦我那气势呢！放别人就这样？你不是说你表姐静养谁也不见？"

脑袋瓜冷不丁挨一掌，千溪缩头缩脑地委屈道："他是肇事责任人啊，总要见一见的啊……"

正此时，门从里面开启。周霆深挡在门口，将正要进屋的顾晋逼了出去。

这两人在门口对峙，郑西朔在墙角瞪千溪，那眼神仿佛在说：说什么谁也不见！屋里这个是鬼？

周霆深反手带上门，往千溪那侧睖一眼："先把客人送走。"

千溪愣一秒，拽着郑西朔就跑，郑西朔犟着不肯走，被她生拉硬拽。

"求你了求你了！快走吧，下回再来！"

郑西朔见到周霆深的一瞬便什么都明白了，嘴里骂骂咧咧的，不情不愿地被千溪半拖着走。眼看着声音渐远，他突然在空旷的走廊里大吼一声："姓周的，有种就别让他进去！"

走廊里回声阵阵，周霆深双手环臂，倚在门上看顾晋。

顾晋瞧他这架势是不会放他进去的，将花束呈递，进退有度："既然乔乔在休息，麻烦你帮我转达，我改日再来看她。"

周霆深看也没看，接过来一甩手，柔嫩欲滴的花束砸在一排座椅上，滚落在地。

顾晋皱眉："你……"

"她花粉过敏。"

顾晋倍觉荒谬地笑："她花粉过不过敏，我会不知道吗？"

周霆深凝滞的笑渐渐化作一抹冷意："是吗？"他突然发难，单手提着顾晋的衣领往椅子上撞，顾晋措手不及地踉跄一步，"砰"的一声磕上不锈钢座椅，一米八的男人将百合花压得稀烂。

经过的护士"哟"了声，直推着车挨墙躲。顾晋吃痛，长腿坐地顾不得避让，周霆深把人轻飘飘地提起来给护士让一条道。穿着白大褂的年轻女孩儿刚想置喙，却在他冷漠的眼神下把话吞了，埋头赶忙路过。

推车滚过地面，轱辘声声作响。周霆深在一片扰人心烦的杂音里揪住他的衣领："你知道她花粉不过敏，知不知道她有心脏病？"

顾晋的额头磕出一道血迹，仰着脸说："我会承担事故责任，治疗费用和精神赔偿……"

"砰！"

余下的话随着他的人一起，被一脚踹进座椅底下，顾晋面门着地，吃了一口花瓣上的沙土。周霆深蹲下来，屈指敲了两下椅面："我问你知不知道？"

不锈钢在空旷的走廊里发出清脆的回响。

顾晋狼狈的脸上双眸灰寂，无力地翕动两下唇："知道……"

经历过从前的事之后，这还是周霆深第一次对人动拳头，所有的嫉恨和想要将人拆解的冲动都在这一刻宣泄而出。周霆深双眸深沉，冲到喉咙口的啐骂显得没有意义。

他站起来，冷冷垂眸："叶乔以前看上你，是她瞎。"

笔挺的背影三两步，又回到病房。

薄薄一扇门在顾晋面前阖上，他忍着肋骨的钝痛坐起来，助理恰好赶到，大惊失色："出什么事了，导演？哟，您这额头，得先去楼下看看……"

周霆深走到病床边，门外的声音渐渐消泯。

病床上的人熟睡时有种无忧无虑的甜美，周霆深看着她微微颤动的眼睫，出神良久，最后劫后余生般笑了笑。

叶乔直到中午才醒转，刚睁眼，便看见周霆深把经纪公司送来的花笨拙地插进花瓶里。他像握匕首一样握着花枝，惹得叶乔忍俊不禁。

周霆深听到轻轻的笑声，转身道："醒了？"

"嗯。"叶乔见他双眸低垂若有所思，惑道，"怎么这个表情？"

周霆深神色一闪，说："没事。饿不饿？"

叶乔经验老到地说："现在能吃东西吗？流食那么难吃，还不如直接输液。"

周霆深蹙着眉笑："一醒过来就挑好不好吃，能有点病人的觉悟吗？"

"又没多大事，我以前这里还被剖开过呢。"叶乔伸出输着液的手在心口比画两下，轻松自在得好像在给他讲一个恐怖故事。

周霆深把她不安分的手按下去："有精神了？"

"嗯……好多了。"

周霆深顺势摸了摸她的手心，总算恢复了正常体温，在她唇上亲一口："不错，恢复得还挺快。"

千溪带着护士进来换药，正撞见这一幕，蒙着眼睛大喊："啊啊啊，非礼勿视！"叶乔把脸埋进洁白的枕巾装死。她飞扬跋扈惯了，难得这么羞愤，周霆深还火上浇油地捏了捏她泛红的耳垂，在她耳边轻道："害羞啊？"招她伸出手来挠了他一爪。

连着几次之后，千溪已经能彻底对他们秀恩爱的行径视而不见了，美滋滋地每天来蹭吃蹭喝。由于叶乔一开始只能吃流食，所以周霆深每天给她煲汤喝，至于鸡汤里的鸡肉虫草枸杞、排骨汤里的玉米排骨胡萝卜，则全部进了千溪的碗。千溪每天上班都士气高涨，俨然把叶乔的病房当成了单位食堂。

她喝水不忘掘井人，每天在叶乔耳边念叨："以前是我有眼不识泰山，狗眼看人低，狗嘴里吐不出象牙……"对她曾经企图阻止周霆深接近叶乔这件事作出洋洋洒洒的万字检讨。

叶乔笑她恬不知耻："喂你两口狗粮你就冲他摇尾巴？"

"那可不！要不然郑大少每天居心叵测地来一趟医院，我怎么可能总挑你睡觉的时间带他进来呢！嘿嘿！"千溪骄傲地表示，"每天吃这个水准的狗粮，狗生也是很幸福的好吗！"

周霆深收拾完餐具进屋，听了个尾巴："你们在说什么？"

叶乔摇头道没什么。千溪转过脑袋，两只手做出耳朵的模样，轻轻一扇："汪——"

没过几天，叶乔总算可以吃清淡的食物了，千溪依旧雷打不动地来分一杯羹。周霆深甚至会帮她多做一个味重的菜，结果发现叶乔经常忍不住偷吃。她是病人，作威作福起来在场没人敢驳她，常常借机满足自己的口腹之欲。久而久之，周霆深连千溪那份都省了。

千溪哭丧着脸不敢多言，叶乔倒理直气壮地闹脾气，躺在病床上做阴郁状。

周霆深替她检查胳膊上的伤口，说："烧伤会留疤。现在吃了色素，到时候不后悔？"

叶乔扑倒蒋语的时候，靠近火焰那边的左手胳膊被灼伤，周围的皮肤依旧红肿，被他这么一提醒，蔫蔫地说："你究竟是怎么坚持吃了这么多年素的，每天吃绿油油的菜不会觉得肠子都青了吗？"

"我不觉得肉好吃。"

叶乔好奇："你从小就不觉得肉好吃？"

周霆深犹豫了下，眼底闪动着未知的光泽，说了实话："小的时候爱吃，后来就不了。"

叶乔不明白，人对食物的偏好怎么可能突然相差这么大？周霆深却急于结束这个话题，去阳台接电话。

伍子的电话。他点上一根烟，静静地听伍子抱怨："怎么回事啊，阮家那小姑娘说要来我店里打工，让我收留她。她缺钱怎么不跟你说，跑来找我算什么意思啊？"

周霆深吸一口烟，问："什么时候的事？"

"就前两天。我听说嫂子出事了，一直没敢跟你说，哦对，嫂子怎么样了啊？"

"挺好的。"

"那就好……"伍子突然想到什么，一惊一乍地叫起来，"对了！前两天我听陵城的弟兄说，阮绯嫣这小姑娘好像跟一些市井流氓混得不清不楚的。你说她才那么点年纪，缺什么钱这急，敢来我这儿打工？"

"知道了。"周霆深挂了电话，在阳台上静静抽完这根烟，才推门进去。

叶乔吃了药，已经浅浅睡过去，阳台门带起的微风拂过，她在梦中微微扇动纤长的眼睫。周霆深坐在床边看了一会儿，许多纷杂心绪都变得平整静谧了。这还是他生平头一遭觉得，从前犯下的错，竟也会有福报。

埋藏已久的记忆浮上心头，狰狞的歹徒，森冷的匕首，阮姨阻拦不及的失声尖叫……

如果他们没有在争斗中失手，也就没有后来的事。

　　阮姨虽然风烛残年身体亏空，但如果没有这件事，她或许还有几年的寿命。那份器官捐赠协议书也会因此成为一张废纸，来不及挽救眼前人的生命。

　　命运待他足够仁厚。以为是一场久陷不醒的噩梦，梦到尽头，竟有一份迟临的福祉。

　　那双眼睛感应到光线的变换，又迷蒙地睁开。叶乔初醒，用困倦时浓浓的鼻音道："你打完电话了？"

　　"嗯。"周霆深应一声，格外寡言。

　　他的眸光清淡，还残存着方才看着她出神时的表情。好像回到了初见他的时候，觉得这双俊漠的眼睛淡得出尘，看不见他心里的恐惧，抑或悲伤，只有穿透了生死大门的寂寞清寒。

　　这个男人会给她所有的温柔和热情，却不给她消解噩梦的权利。

　　叶乔心上突然无比空旷，亟需拥抱来填满。她一张手，周霆深便会意地俯身，叶乔环住他的脖子，在后颈温热的皮肤上蹭了两下，附在耳边说："刚刚梦见你了……"

　　周霆深微笑："梦见什么了？"

　　叶乔温声叙说："梦见我死了。我的灵魂飘起来，静静地看着你……你坐在我的病床边，只有一个背影，我怎么看都看不见你的表情，就想努力睁眼。结果就醒了。"

　　"什么乱七八糟的梦。"周霆深眉峰聚拢。

　　叶乔正过脸，抵着他的鼻子，分享彼此鼻尖微凉的温度，悄声道："你怕吗？"

Chapter 12
今生今世

如果可以，我希望长命百岁，希望万寿无疆。希望生生世世轮回的时候，都能遇见你投来的目光。

医院里的日子宁静安详，外界新闻却已然沸反盈天。

程姜和陆卿由于处在爆破点中央，正面迎上火势，烧伤面积均超过30%，剧组面临巨额赔偿的同时，电影制作也受到了阻碍。《守望者》相关信息占据了热搜词整整一周的时间，其中叶乔由于保护了蒋语，受关注度竟比作品出世时更高，出道时的小众电影也被重新挖出来热炒。

叶乔出院后，经纪人替她选了几档精品访谈和综艺节目，播出后"叶乔"这个名字开始广泛地进入大众视野。王晴明导演公布电影《无妄城》的主演名单时，叶乔竟凭借热点新闻成为呼声最高的一个。

整整三个月，叶乔一直忙于通告和拍戏，几乎没有着家的时候，和周霆深的联络仅存在于偶尔的电话连线。

三个月后，在某颁奖典礼的现场，郑西朔演唱结束，下场后和叶乔在嘉宾席闲聊。

郑西朔化了舞台妆，眼角贴了亮片，笑起来妖孽横生："恢复得不错啊！"

叶乔笑着，听他咕哝："你受伤那会儿，我来看过你好几次。你表妹是不是跟我有仇？回回都说你在睡觉！"

叶乔目光一闪，说："我那会儿确实睡得多。"

郑西朔骂骂咧咧了一会儿，突然提起："听说你之前去补拍了《守望者》的镜头？"

"……"

郑西朔匪夷所思："不是吧乔乔，你真这么仁义大度？顾晋现在是泥菩萨过江，事故赔偿还是小事，主要是电影成片出不来，前期成本打水漂，资方压力够他吃一壶。就算他能周转过来，今后再立项目的时候，合约也难签。《守望者》这片要上不了院线，他翻船才算翻得彻底。"

终于，叶乔开口："你觉得我应该落井下石？"

"我哪是这个意思。"郑西朔恨铁不成钢道，"我是说，你没敲他一笔赔偿金跟他解约算厚道的，居然还帮他补拍？"

"不拍不就是落井下石？"叶乔故意装出菩萨心肠的模样，"如果我告诉你他之前给过我一笔所谓的'分手费'，出事之后我给他打了回去，你是不是想跟我绝交？"

郑西朔内心很想点头。

叶乔笑了下，娓娓道来："我答应补拍，不是为了拉他一把，而是这片子出不来，我之前四个月的努力统统白费。我的态度对整个局面影响甚微，对我自己却至关重要。没必要为了报复他，戕害我自己。"

这次意外对顾晋的财力和精力上的影响不可估摸，即便《守望者》能凭借话题度大捞一票，也不过是填补巨额亏空。于叶乔而言，《守望者》是她演艺道路上的一块里程碑，她不仅要补拍，还要费尽心血地把它拍好。

郑西朔颓丧："那退还分手费又是为了什么？"

叶乔笑着说："为了什么都不欠。"

颁奖典礼结束后是媒体访谈，叶乔好不容易抽身回到后台，忽然被顾晋叫住。

叶乔一袭黑色长裙，流线的剪裁和古典的蕾丝缀饰让她宛若黑暗中破雾而出的神祇，她款款转身："有事？"

顾晋化过淡妆的脸庞难掩憔悴，简单的一句话直到如今才说得出口："谢谢你，乔乔。"

他看起来好像一下老了十岁，不复曾经的意气风发。叶乔静静地看着他，"乔乔"这个曾让她心存芥蒂的称呼不再刺耳，这一刻好似抵达了迟来的和解。

岁弊寒凶之后，只有寂落的满园枯枝，风一吹，便复旧如初。

她说："不用谢我。我不是为了帮你。"

来电铃声在此刻响起。叶乔道一声失陪，便拿着手机往大厅走。

大厦里有暖气，然而叶乔一身露肩镂空裙，行走在深冬的空气里，依旧引人注目。

周霆深第一眼便找到她，走过去将腕上的外套给她披上："穿成这样，在外面晃什么？"

自从她受伤之后，身边人对她的禁令越发严格，她撇撇唇："接到你的电话就出来了。我又不是温室花卉，挨这点冻不算什么。"

叶乔被他搂着腰走了一段，突然又接到一个电话，抱歉地说："申婷说接下来还有一个专访，结束可能要零点了。要不你先回酒店？"

"我在这儿等你。"周霆深在她耳边哑声道，"过零点不是你生日？"

这段时间两个人聚少离多，叶乔自然清楚他特意飞来的用意："生日也不能怠工……"演播室后门的走廊空无一人，她巡睑一周，向后勾起脚，偷腥般贴近他的胸膛，十指在他背后牢牢扣紧，眼底洒满细碎灯光，如星辰熠熠，"晚上陪你？"

周霆深低眸瞟一眼胸口沾上的口红印，她坦荡的眼神里暗示意味十足，让他攀在那瘦削脊背上的手忍不住抚动一下。

这副身躯的每一处嶙峋都是长在他心上的骨。

但他终低叹一声，放开她，眼神含义不清地笑："去吧，别让人久等。"

叶乔推开演播厅大门的时候还在思忖，果真是日久情浅吗？他居然没有一点不舍。

直到她跨进去两步，乍然发现，面前竟是个无光的世界。

大门在她身后自动合拢，本能驱使她去开门，却徒劳无功。本应布满镁光灯和摄像机的演播室一片黑暗，无人走动，甚至悄寂得没有一丝人声，唯有属于自然界的，雨水滴落的声响。

"滴答！滴答！"

水声渐渐密集，光线亮起，空旷的室内降下光影织成的雨幕。叶乔讷讷向前两步，脚下的地面经过改装，在暗光下现出条纹形水循环装置，黑色的金属织成玫瑰图案，泛着湿漉漉的水光。

雨，洒满了封闭的空间，雨水分明是真实的，却像漫天流星，化作连绵光幕，失却实感。她像行走在真实与幻境之间，成为八音盒里踩动琴键的人偶。

大雨持续不断，隐藏在房间内的无数 3D 镜头控制着雨量，随着她的移动而迁移。

这是源自纽约现代艺术博物馆的生态装置"Rain Room"。雨水被赋予生命，躲避并回应参与者的微小动作，光的参与造成黑暗中夺目白光的视觉冲击，随处按下快门便是一张光影交织的摄影作品。叶乔曾动心想去参观，却苦于忙碌不能成行，没想到这个艺术装置竟被架设到了这里。

演播厅里响起改编后的生日歌，是郑西朔的声音。面前的墙壁上突然亮起投影，是后援会录制的祝福。身畔的墙壁上滚动着来自各方的祝愿，甚至还有手术过后仍在康复期的陆卿录制的简短视频，祝福和他一起历经劫难的叶乔，度过她的二十三岁生日，余生幸福安康。

突然，两边的大门打开，雨势骤停，投射灯自四面八方打在她的脚下。申婷带领着后援会拥进房间，圈内好友也到场助阵，郑西朔开启一瓶香槟高呼着倾洒，经纪人和剧组主创推着蛋糕车缓缓出场。后援会高层自发地喊出："一——二——三！生日快乐！"

完美无缺的惊喜生日会，一袭华服的叶乔却左右张皇，没有看见那个最应该出现的人。

她四顾眺望，终于在不起眼的一角，看见默然远望着她的周霆深。

他站在人潮之外，不参与喧闹尘嚣，双手闲闲插袋。察觉到她投来的目光，眼角才漫开一重笑意，手指在鬓角画一个圈，给她递眼色。叶乔顺着他指的方向摸自己的头发，下午做好的发型果然松了一个暗夹，凸出来一撮细发。她抵着唇将头发整理好，然后被申婷喊去吹蜡烛。

闭上双眼，不知他站在何方，却知晓一定会有一束目光，安静地注视着她。

叶乔许下最简单也最贪心的愿望——

如果可以，我希望长命百岁，希望万寿无疆。

希望生生世世轮回的时候，都能遇见你投来的目光。

希望好好地、好好地活下去。

哪怕忧苦，哪怕庸碌。

只要，能在你身边……

是夜，叶乔破例多喝了洋酒，东倒西歪地被周霆深扶回酒店。

她清瘦的身子挂在他肩上，口齿含混地问："你看过《红楼梦》吗？"

她发酒疯总是发得天马行空，周霆深至今没摸透她的路数，踹上门一边把她往床上放，一边回应："小时候看四大名著，就没看过这一部。"

"好可惜……"她咪咪地笑，任凭他把她那件构造繁复的礼服暴力地拆除，手臂比画来比画去，"我记得里面有一章，说黛玉和众姐妹说笑，偏宝玉留心，使个眼色，黛玉就进去照了镜子，发现是鬓际松了……胡兰成还评说过这一段，说'这就因为是自己人'。"

周霆深钦佩她能在意识模糊的时候记清这么长一段，把她翻过身，衣服剥下一个肩膀。

叶乔还在胡言乱语："你认识胡兰成吗？"

"张爱玲喜欢的那个？"周霆深把第二个肩膀剥尽，累得倚在她身上，心道她考验他的范畴已经从天文地理植物学到文学名人了，古代科举都没她这么费劲。

叶乔很严肃地告诉他："嗯，就是他。"

周霆深"呵"地一笑。

叶乔在醉梦里钩住他的脖子，整个人翻过来压在他身上，看着他的眼睛笑："他写的那本书，叫《今生今世》，很有名。"

周霆深无奈，担心他的皮带扣子硌到她，把人抱上来些，问："怎么了？"

叶乔软绵绵地伏下身，像抱头熊一样把他牢牢箍在怀里，喃喃低语："今生今世……"

尾音迷蒙得几乎听不清，久久等不到下文。周霆深低头看她，酡红的笑靥甜丝丝的，满身热腾腾的酒气，竟已睡着了。

已近年关，冬夜的寒星分外清透明澈，悄无声息地洒落。

清晨，周霆深醒转时，身畔的床单空空荡荡，唯有体温残存。他嗅了嗅软枕上她发丝的气息，还混杂着因为酒精而更加浓烈的香气。那香味像是从梦里飘散而出，从那些荒唐，又热情似火的梦。

叶乔已然洗净了昨夜狂欢的一身酒气，周身散发着沐浴液温和的馨香，擦着头发进屋："醒了？"

周霆深上身未着一缕，倚在床头打量她。

叶乔仿若无知地坐到床沿，把湿凉的头发枕在他的胸膛上："昨天晚上的生日会，是谁策划的？"

"申婷。"周霆深接过毛巾帮她擦拭，一五一十地交代，"她代表公司帮你策划生日会，让我保密。"

叶乔猜到如此，说："Rain Room 呢，也是她想出来的吗？"

"她来向我征集生日会创意，我就跟她说了这个。"周霆深力道轻重合宜，毛巾摩擦出窸窣的声响，"你之前不是想去看？"

"嗯。"他这么玩世不恭的人，居然能记住她偶然提及的艺术展览。叶乔的心头泛起细细密密的动容，想到他连蛋糕都没吃上一口，更觉内疚，"昨晚干吗不一起来吃蛋糕？反正那么多人，有工作人员也有粉丝，多你一个也不会很显眼。"

"蛋糕有什么好吃的？"他停了动作俯身，笑容渐渐意味深长，"人都是我的了。"

周霆深的手穿过她浴袍的交缝，叶乔扣住他的手腕："跟你说正经的。"

周霆深指尖轻轻一拨，在她耳边笑哼："这不挺正经的……"

方才的动容荡然无存，叶乔愤然挣脱一双手，却有一双臂箍住她的腰身，两人抱在一起在床上滚了半周。周霆深抵着她的额头唤："乔乔。"

她察觉到他语调的严肃，喘息着应："嗯？"

轻哼的尾音微微上飘，挠得人心痒。周霆深在她修长的脖颈上浅浅地吻："马上就要过年了，你当初说陪我回家，还作不作数了？"

"我春节又没地方去，顶多回一趟外婆家。你想让我陪你的话，我多腾两天档期出来。"

周霆深的眼梢这才挑起来，笑着覆上她的唇。铺天盖地的热息环绕向叶乔的时候，门铃却响了。

"您好，客房服务。"

他的脸色登时黑了。叶乔暗自发笑，把人推下去，拢起浴袍去开门。

她早上订的早餐，清淡解酒，恰好用来败火。

吃完这顿早餐，他不准她囫囵成眠，说要先补上生日礼物。

叶乔接过封皮简洁的文件，吃惊盖过了疲倦，睡意全无。

那是 Ferra 的代言合同——"这是你送我的礼物，还是你姐姐？"

周霆深满不在乎道："梁梓娆的主意。"

程姜的合约近期到期，意外事故注定了她不能续约。何况，用梁梓娆的话说，即便没有那场大火，Ferra 的代言也会收入叶乔囊中，没有让别人取代的道理。

叶乔和他的那位女强人姐姐只打过几次短暂的照面，听到她送这么一份大礼，撩眼轻笑："这算你家人给我的见面礼吗？"

"不算。见了面还得再给。"周霆深这会儿就筹谋上了，"梁梓娆很大方，见面礼肯定比这贵重。"他搂着她纤柔的腰肢像折柳般抚弄，方才未尽的兴眼见又涌起。

叶乔虚挡着他的手："代言合同八位数，要比这个贵重，她得送我什么？"

周霆深默了一瞬。

梁梓娆把合同书交给他的时候，他也诧异过，问她："你不是不喜欢叶乔？"

但她说："我不是不喜欢叶乔，是怕从前的事，担心你们两个谁也过不去这个坎。既然你能不在乎，她也不在乎，那就不是问题。至于爸那一关，我来帮你过。"

周霆深笑："真的？"

梁梓娆嗔怒："我是你亲姐姐，我不站在你这边，还有谁会帮你？"

他不爱说感动，只是付之一笑。

其实梁梓娆的话里，有一句他还确定不了。

周霆深回神，圈住怀里的人："梁梓娆送你什么，你都要吗？"

叶乔被问得莫名，说："要啊。没有我要不起的东西。"

窗外天光清明，今冬无雪。

这年的春节来得晚。

一月末，数九隆冬的岁馀，叶乔早早将工作推掉，腾出小半个月过柴米油盐的日子。没有颁奖礼和红毯，没有粉丝尖叫的声浪和闪光灯的如影随形，平静的日子里她爱上了给 Ophelia 和德萨拍照，配各种古灵精怪的文字。沉寂许久的宠物 po 主临近年节突然活跃，又画风大变，引起众人许多揣度。

叶乔自己的公寓已成了名副其实的空房。这天她要取一份陈年的合同，才回去一趟。

叶乔刚打开门，身后电梯突然在 23 层停下。这一层统共不过两位住户，访客不是她的，就是来找周霆深的。

周霆深听见进门的声音，以为是叶乔去而复返，迎至玄关才发现不是。

数月未见，阮绯嫣打扮得更成熟，寒冬腊月仍裸着一双长腿，少女得天独厚的肌肤纤细莹润。周霆深透过她灿烂的笑脸，看见对门 2301 刚刚合上的大门，叶乔的衣角消失在门缝里，辨不出她的喜怒。阮绯嫣伸出五指在他眼前晃："霆深哥哥，在看什么？"

周霆深收回视线，侧身把人让进屋："怎么突然过来？"

阮绯嫣把偌大一个购物袋放在茶几上："上次跟你说的宠物玩具，你一直没来拿。放我那里挺碍事的，又浪费，就给你送一趟咯。"

小姑娘是醉翁之意不在酒，周霆深自然听得出来，倒两杯水摆出谈心的架势："放寒假之前，你班主任给我打过电话，说你功课落下很多。"

"她不是说不告诉你的嘛……"阮绯嫣愤愤地扔下一根玩具骨头，"我就说她这个老女人，肯定是看上你了，时不时就找借口给你打电话。"

十几岁的女孩子，思想简单言语露骨，周霆深不擅长训人，抿唇做不悦姿态。

阮绯嫣蹭过去挽他的手："好了好了……霆深哥哥，我下学期好好去上课，行不行？"

周霆深被藤蔓似的细胳膊缠上的时候，门恰好被推开。

叶乔定定地站在门口，和周霆深静静交换了一个眼神，不知她这寂落的神情有几层意思，她居然原封不动地把门关了！周霆深眼看着那张冷若寒霜的脸消失在门后，连忙把斜出的花枝剪干净，难得对阮绯嫣显露厉色："没事别往我这里跑。"

"你什么意思？"阮绯嫣翻起脸来说风就是雨，面色铁青，"刚刚那个是谁。伍子说你最近找了个女明星，叶乔，对不对？是不是她？"

不知从什么时候开始，当初懵懂无知的小姑娘，变得暴躁易怒歇斯底里。

周霆深对她别具耐心，境况却每况愈下，只有越惯越坏的苗头。他也学着摆脸色："坐下。"一拧眉，命令的口吻显得凶悍无情。

阮绯嫣高声顶嘴："你凭什么命令我？"

"让你坐下。"周霆深强忍烦躁。

"我不！"阮绯嫣向后退一步，事已至此仿佛也失去了粉饰太平的意义，哽声道，"你以为我不认识她吗？她不随她爸爸姓，我就认不出她了吗？我知道，她就是徐臧的女儿！是那个罪人的女儿！她的心脏是我妈妈的……她凭什么？"

话从阮绯嫣口中说出，更让人难以承受那背后之痛。周霆深强抑怒气，声音被火灼过一般："她连你是谁都不知道，你冲她吼什么吼？我才是你说的罪人。"

"你不是！"

所谓的真相，她好像比他自己更不能接受，为他辩驳："你是正当防卫，一时失手！我爸过世后，我妈妈含辛茹苦带着我，我们是靠着周家才活下来的。周家对我和妈妈有恩，我妈妈甘愿替你背负罪名。可是姓徐的凭什么？如果不是他非要那颗心脏，对案件始终保持沉默，我妈妈就不会被判重刑，病死牢中。你以为天下人都跟我妈一样蠢，说什么都肯答应吗！"

阮绯嫣紧咬下唇："他才是真正的罪人。他女儿的命是用我妈的命换来的，他们一家都不得好死。"

"你胡说什么？"周霆深动了真怒，声音近乎冷酷。

阮绯嫣大喊一遍："我说——他们全家都不得好——"

"死"字掐在喉咙口，被他深寒彻骨的眼神逼回。

阮绯嫣恨极，事到如今，她对他的在乎仍旧深入骨髓。哪怕无数次在午夜梦回的时候告诫自己，一切罪恶的根源是他，她不该因为他十年来的资助和抚养，就对他另眼相看，不该因为他不苟言笑的脸上偶尔流露的温情，就对这个人情思暗藏……

在纯白如纸的年纪，她无父无母，能依靠能诉说的不过一个他。哪怕明知真相又如何呢，她宁愿为他找尽借口，宁愿将血海深仇移至别处，宁愿将剥筋剔骨般的苦痛与恨意掩藏，换一张在他面前的单纯笑脸。

可是这个人，她用她短暂而完整的生命，去在乎、去信赖的这个人，用最伤人的冰冷语调，对她说："滚出去。"

她难以置信："你说什么？"

周霆深的声音不挟一丝感情："滚出去。"

重复完三个字，他喉结缓缓、缓缓滚动，仿佛用尽了十年以来积攒的所有力气。阮绯嫣忍着泪跑出去的时候，他忽然觉得自己无比疲惫。心脏仿佛生出无数尖针，将他呼吸的氧、承受的光，都变成冰凌，一道道刺穿这具早已承受不住疲惫的肉身。

五米之外，叶乔关在许多天没有住过的房间里。客厅的暖气设施故障，单薄的睡裙抵不住深冬的严寒，手脚皆是冰凉。她窝在空落落的一张沙发里，第一次厌恶曾经的自己，为什么将客厅摆设成这般空旷模样，让显而易见的寂寞无处躲藏。

早已通关的恐怖游戏让人提不起一点兴致。叶乔精准地操控着人物的生死，她烦躁地扔下控制柄，耳畔只有挂钟机械的运作声。

他还是没有出现。

叶乔拨通千溪的电话，寒暄几句之后便有此一问："住你隔壁的那个小姑娘，长得漂亮吗？"

"小姑娘？"千溪"哦"了一声，"你说她啊？蛮漂亮的，估计放她们学校也能捞个级花当当吧。"

叶乔说："瓜子脸，大眼睛，一米六五左右，不戴眼镜，是不是？"

"是啊。"千溪狐疑道，"你问这个干什么？"

"没事，挂了。"

电话断得猝不及防。叶乔突然没了追究的力气，抱着膝盖草草想睡。

寒气侵入肌肤，鸡皮疙瘩挺立，久了便不觉得冷，只是一阵一阵地浑身发颤。闭上眼全是初遇他的那个夜晚，老旧出租屋里的淋浴一会儿热一会儿凉，她耳边全是男女的打闹声。

以为都过去了，谁知远远没有过去。

她保持着瑟缩的姿势，陷入一场冻人的睡眠。梦里竟回暖，像僵虫误打误撞，跌入陌生的春潮。

床微微陷落，叶乔便醒转。窗外已是暗夜，周霆深的床头亮着一盏微弱的壁灯，她不知何时被他抱来这里，竟有些委屈他的若无其事。

周霆深发觉她呼吸的变化，手臂轻轻揽上她的腰："醒了？"他故作轻松地一笑，"外头那么冷，你居然能睡得这么好。"

叶乔猛地翻身面对他，直截了当："白天的小姑娘，就是你们家资助的那个学生？"

"嗯。"他不欲隐瞒。

她第二句就切中要害："是你们家，还是你？"

周霆深默了一瞬，才说："是我。"

叶乔平静得很不寻常："我第一次见到你那晚，你刚从她家里出来，是吗？"

"是……"他已经在犹豫了。

叶乔何其敏锐，他的每一分犹豫在她眼中都被无限放大。她狠狠扑过去，周霆深猝不及防地被她压倒，他喊一声"乔乔"，堪堪起身又被她按倒。

叶乔不留情面地说："你不是最喜欢做这事吗？"

周霆深安抚她弓起的脊背，小心地回应她的吻。她痛极时心底的热泪涌出，落在他眼下，咸涩的泪水渗入他的眼。叶乔看着他酸疼地眨眼，失却力量般，突然呜咽出声。

"乔乔……"周霆深哑声喊她，企图唤回她的理智。然而叶乔越哭越伤怀，越哭越疲倦，伏在他身上一动不动。

"不哭了，不哭了。你听我解释。"周霆深一下一下地拍她的背，"她还只是个小孩子，能跟我有什么？"

女人从十六岁到六十岁都是一样的，会为认定的伴侣神魂颠倒。阮绯嫣白天的眼神清清楚楚地刻在叶乔的脑海里，指甲不由得嵌进了他腰背的肌肤。

周霆深痛得呼出一声，抓住她的手翻身，让她看得见自己的眼睛："乔乔，你信我。"

叶乔稍稍安静，周霆深轻吻她的眼睛，将咸涩的液体吞入喉中，嘴角扯开一丝笑意："哭什么？未成年小孩有什么意思，"视线在她轮廓美好的胸口巡睃一周，于她耳边低叹，"我只喜欢你这样的。"

眼角的泪被热息风干，心脏搏动的声音清晰入耳，叶乔的脑海里晃过无数人面，隐隐觉得那女孩的长相有股说不出的熟悉。然而神思渐渐昏沉，狠戾在先发制人时便耗尽，此刻只剩下虚脱般的绵软："第一次遇见你的那个晚上我听到一些……声音，不是你？"

周霆深回忆，勉强会意，说："不是。她的生活作风不是很好，怎么管教都没用。我那天恰好撞见。"

难怪千溪那天听见隔壁有打斗的声音。他当时一头一脸的伤口，想必也是这样留下的。叶乔回忆起两人在药房的相逢，忽然觉得自己有点情令智昏，笑了一声。

这么快破涕为笑，周霆深反倒更无奈："不想知道别的？"那些他也不知道该如何解释的复杂渊源，此刻只和她隔着一层雪花般轻薄的距离。

叶乔却摇摇头，说："这样就够了。别的不需要说很多。"

窗外似有轻絮飘洒。

周霆深什么都不再说，抱着她，轻声道："外面下雪了。"

终年的第一场雪，终于在开春前降下。

初雪倾洒下天地，翌日清晨，到处覆一层白霜。

纯白的世界里，所有的妒忌和罪念似乎都可以被原谅。

叶乔捧一杯热咖啡在窗前，鼻子有些发堵，是昨夜着凉的后遗症。周霆深翻遍抽屉给她找药，药瓶被他甩出沙哑的叮当声响。他身体康健，很少感冒，家里外伤药物反而比基础药品齐全。他找了半天没找全，干脆拿起一件羽绒服把叶乔裹了，牵着德萨出去买药。

药房挺近，步行就能到的距离。

德萨穿着叶乔买的小靴子在雪地里欢腾，哈出的热气迅速在空气中凝结。

感冒药买到手，周霆深去结账，叶乔牵着狗在门口等着，听见两个上班族一左一右地讨论八卦。

"听说 Z 姓制片人的 iCloud 密码泄露，流出不少艳照，好多女明星都中招了。"

"Wow，这简直和修电脑失误有一拼哎。"

"可不是，据说最近在热拍的那部片子，好像叫《无妄城》？里面好几个女演员都中招了。"

"真的？不会是裴心澹和叶乔吧？"

"这两个倒暂时没有。之前放出来的都是些小明星，叫赵什么，今天早上才放个大料，许殷姗，你敢信！"

周霆深拎着药袋子出来，发现叶乔在发呆："怎么了？"

"没什么……"叶乔回神，牵他的手，"早饭突然不想吃海鲜粥了，回去下饺子好不好？"

"只有速冻的，吃得惯？"

"嗯。"

她揪着狗绳往回走，周霆深瞥见她被冻红的手指关节，用手掌包住她的，手心凉得一个激灵。叶乔仰头看他，微笑时雪映双眸，似敛浮光。

回到公寓，趁他下饺子，叶乔刷了刷娱乐新闻。

那个赵姓女演员果然是赵墨，还牵连了几个仅有一面之缘的四五线影星。许殷姗在其中名气最大，照片的露骨程度最高，已经成为各大不良网站招揽点击的利器，许殷姗及其经纪人的微博不约而同地沉寂，无声地经受真相被撕开的风浪。

叶乔自己身正不怕影子歪，不担心被卷入这起娱乐圈丑闻，却不知为何，隐有不祥的预感。

手机响起来电，叶乔惊起去摸手机，接起来却是个陌生的男声："请问是叶乔小姐吗？"

"您是？"

"我是杨城美术馆的馆长杨志松，你小时候见过我。"

稍一回忆，很容易记起。杨城美术馆的馆长，与她父亲是少年同窗，多年挚交。叶乔礼貌回："杨叔叔。"

"难为你还记得。"杨志松笑两声，用亲切的语调向她问好，几句寒暄后说，"你父亲近日身体似乎很不好，一直在住院观察。馆里今年有他的大型作品展，他说不能出席开幕式，向我推荐了你，作为直系亲属揭幕。"

叶乔愣住："我爸爸，推荐了我？"

即便是她拍戏意外出事那会儿，也没有听到关于他的任何消息，倒是程素怀孕的喜讯通过千溪那张漏风的嘴传到她耳边。叶乔以为，父女亲缘至此，已然淡薄若流水。

杨志松仍是谦和地笑："是啊。你爸爸只有你这么个女儿，请你来代表他做开幕式嘉宾，也是应该的。"

世上唯有她，是他血浓于水的骨肉。

叶乔心中忽而一悲，轻声说："容我考虑几天，可以吗？"

杨志松一愕，似乎没料到她会犹豫，但爽快应承："好……好，你好好考虑一下。杨叔叔知道你现在是演艺明星，出席开幕式这事，价酬都好商量。"

叶乔觉得荒唐，自嘲一笑："不是出场费的问题。我最近……不是很方便。"

"哦？是吗？你要是不能来的话，能不能给叔叔介绍几个你爸爸的学生？"

"学生吗？"叶乔想了想，抱歉道，"我爸好像没收过学生。"

杨志松困惑地"咦"了一声："怎么会呢，我还认识一个，你爸的关门弟子，周家的独子。"

叶乔脸色陡然一变。

"是吗，很多年前的事了。我没有联系方式。"

她语调寡淡。

杨志松浑然不觉："没关系，这都是下策。最好还是你能出席，答应杨叔叔，一定要好好考虑！"

"嗯。"叶乔顺水推舟地把助理的电话报给他，说以后再联系。

语气好似很冷漠。

她也希望自己冷漠。

世上没有人知晓，她在病床上意识昏沉时，曾多么期盼父亲出现。即便见面也不过是冷眼相对，甚至没有一句体己话可说，她也依然心存着相见的奢望。但他没有来，无论是因为身体原因不能来，还是不愿再见她这个不肖女，徐臧到最后都没来探视。

或许有些芥蒂会永远横亘在父亲和女儿中间。

挂了电话又来一个，这回是申婷。

年轻女孩活力充沛的语调将她从感伤的回忆里拽回。

那厢，周霆深把热腾腾的饺子端上桌。叶乔戒辣，调料是白醋佐姜末，端上来一股酸香。周霆深帮她用筷子调好，叶乔将心绪化作食欲，夹起一个放嘴里，手机干脆开免提。申婷的声音透过扩音器传出来：“乔姐，许殷姗的事，你看到了吗？”

叶乔远远“嗯”一声。

申婷继续说：“网上有人混淆视听，把你和周先生的照片放出来。本来无名无姓，被拍到也无所谓。但是这时候流出照片，网民都往那方面联想，一并卷进 iCloud 事件，恐怕说不清。”

叶乔抬眼看周霆深的表情，他还在慢条斯理调他的酱油碟，闻声，云淡风轻地问：“传播范围广吗？”

“啊，周先生也在呀？”申婷挺不好意思，语气稍有变化，“还好，都是正常照片，澄清难度不高，我就是给乔姐提个醒……”

“行了，你乔姐在吃饭，让她好好吃完再说。”

话毕把电话撂了。

叶乔哭笑不得：“你现在挂我电话连问都不问。”

“又不是正经工作电话，挂就挂了。”周霆深不以为意，看她眼眶泛红，说，“感冒又重了？待会儿吃完再睡一觉。”

叶乔放一个饺子入口，掩去躲闪的眼神：“昨晚睡了两轮，睡不着。”

“吃了药就睡得着了。”

女孩子病中鼻头通红，两颊也红彤彤的，像卡通人物一样可爱。周霆深终没让她好好吃饭，没事就捏两下她的脸颊，叶乔举筷子挡人：“感冒该传染了。”周霆深大言不惭说无妨，还涎皮赖脸捡了个她咬一半的饺子，硬抢着叼走。

等他咽下去，叶乔怔怔地看着他，好像见到了什么了不得的事。

周霆深疑："怎么了？"

叶乔眨着眼睛，浑浑噩噩的："你刚刚吃的那个饺子，是荤馅儿的……"

下肚的时候没反应，经她提醒才意识到这茬。周霆深满嘴都是姜末味，并不觉得有异，安慰她："没事。"

叶乔却认作大事。能吃第一口就能吃第二口，久而久之心病也不复存在。他曾经经历过一些不忍回忆的血腥场面，所以才对肉食有所忌讳，叶乔最清楚这样的心病需要怎样漫长的过程去消解，夹起一个新鲜的饺子诱哄他吃："这是猪肉香芹馅儿的，香芹味道重，吃下去光嚼得到菜，你试试吃两个……"

周霆深却别开脸没回答。叶乔初战落败，颓然搁下筷子，不好勉强。

雪天气寒，空气又静又稀薄，像高纬度的极圈城市。

吃完饭，叶乔和水吞药，随手一刷朋友圈，又被千溪霸屏。照例忽略三大行的"啊啊啊"，底下语气更加惊悚："大清早的上班，收治的第一个病人居然是我邻居！吓死宝宝啦，昨晚吃夜宵的时候还撞见，今早就想不开被送上了急诊床！现在的小姑娘年纪轻轻的，怎么都这么不爱惜生命啊？我失恋还整天加班吃食堂，简直是励志楷模！快给我点赞续命好吗！"

叶乔扫到一眼千溪拍的照片，病历单露出一角，恰好是户籍地址的后半段。拍得很糊，一般人也许辨认不出，她却清楚地知道，那个地址的户主是谁。

卧室的另一边，周霆深神色严峻地接电话："是，嗯……好，我马上过去。"

无数线索连接到一块儿，叶乔一口灌下半杯水冷静，可惜是热水，烫得她心肺骤疼。

周霆深取下外套来到她面前，哄她："我去医院一趟，在清江路那边。你好好睡一觉，中午想吃什么发我短信，我回来的时候给你带，嗯？"

叶乔固执地摇头，说："我跟你一起去。"

Chapter 13

之死靡他

她像一轮如影随形，却永生寂寞的月亮。那种寂寞像旅途中一盏蛊惑人的寒灯，堕在罪恶与自我挣扎的沼泽内，和他有着相似的辉光。他想和她做伴。

道路上的积雪已扫除，车辆却仍很少。

叶乔裹着一件白色羽绒服，神情淡得几乎融入雪中："她叫什么名字？"

周霆深注视着路况，凝眉回话："阮绯嫣。"

"耳刀旁的阮？"

"是……"

气氛突然沉默，彼此都隐隐猜测到，对方为何不言语。

叶乔望着车窗外，瞳孔没有聚焦，说："给我捐心脏的那个刑犯，也姓阮。

"听说她丈夫去世得早，女儿甚至没有见过爸爸的面，就跟着妈妈姓。丈夫做了违法的事，死后家里也不得安生，赔钱要债索命的，屡屡找上门。她很厉害，给人做家政阿姨，一个人把母女两个都养活得很好。"

风起云涌的过去，在她口中娓娓道来，竟出奇平淡。车载的暖风吹得人昏沉，叶乔的脑袋暖融融的，昏昏沉沉间连自己说的话也听不清："我爸爸很对不起她。"

"有什么对不起的？"周霆深没敢回头。

"她原本可以以一个平凡人的身份继续好好生活的，却因为一场意外被迫身陷囹圄，不久就在狱中病故了。而这一切都是因为我爸爸对我的私心。"叶乔不知在同谁说话，竟荒谬地笑了一声，"后来听说，她做这些是心甘情愿的，为了报答对她照顾有加的主人一家，那户人家的儿子曾经是我爸爸的一个学生。"

叶乔回过头，周霆深的侧脸映着雪光，轮廓有种失真的光泽。她像翻动生死簿一般，突然话锋一转："你说你学过国画，还记得吗？我爸爸握笔的时候，食指的第一个关节会直起来。你也是这样。"

他用这个姿势，在她心口文下过消磨不去的印迹。

人越害怕什么，就越会在心里把线索归结为什么。害怕被情人抛弃，所以蛛丝马迹都觉得刻薄寡恩；害怕被上司责难，所以悬梁刺股竭心做事依旧惴惴不安；害怕鬼魅，所以走夜路的时候恐惧拐角与草丛，担心会有异物扑面而来。

这就是她心里的鬼。她全部说与他听。

周霆深在红灯前停下，抽出一根烟。他近来很少碰烟，这时却在她面前点上，降下车窗。北风凛冽，挟藏着风雪，呼在人脸上，刀刮般疼。周霆深半边脸冻麻，含烟时嘴唇都颤一下。叶乔迎着寒风，心里的预感越来越强烈。

额头冰得胀痛，好像连季节都在阻拦她，她却执拗地说："我爸爸就收过一个学生。姓周。"

"别说下去。"周霆深把车窗合上，密闭的空间内忽然充斥烟雾，缺乏氧气。

寒冷和烟熏，必然要经受一样。

他暴躁地把烟掐灭，不明白为什么会这样。

幸好还有剩下的三公里，必须风雨同舟。眼下有迫在眉睫的事，反而成了宽慰。叶乔果真不再说，自嘲般笑："你早就知道。只是没有告诉我。"毋庸置疑的陈述语气。

周霆深一语不发，祈祷这趟车程漫漫无期。

可是珍惜的时间流逝得最快，几个弯便抵达市立医院。

阮绯嫣躺在洁白的病床上，身边两个小护士说笑着走进来，一个说："刚刚在门诊大楼见到叶乔了，真人比电视上还漂亮。"一个说："你第一次见呀？她上回拍戏烧伤，也是来我们医院治的，排场可大了，天天有人送花。"两人看见刚刚苏醒的病人愣怔着双目直瞪她们，才幽幽住口。

其中一个护士给她做了基本检查，叮嘱伤口不要碰水，阮绯嫣配合的态度都很好，只问："我家属通知了吗，怎么还没来？"

护士见多识广，又作又闹的小姑娘伤口浅、治疗积极，求生意识比她们这些医护人员还强烈，根本不需要做心理疏导工作，便应声说："通知了，这会儿应该到了。"

阮绯嫣捧着手腕上的纱布眉开眼笑，护士看不下去，劝诫："你们这些小女孩，不要因为一点点小事就想不开。有矛盾要好好解决，伤害自己的身体是最没用的。"阮绯嫣冷冷瞥她一眼，躺在病床上赖着不走。

她的情况不需要住院，但病人赖上了病床，护士没有赶人的道理，捧着病历记录本，摇摇头走了。

进来探视的却不是周霆深。

叶乔独身一人与两个护士擦肩而过，静静倚在门口。

她的步伐太轻，阮绯嫣过了好一阵才看见她，笑容骤然垮下："你来干什么？"

叶乔惊异于她带刺的态度，问："你认识我吗？"

阮绯嫣目光闪烁，托辞："大明星，谁不认识。"

这话也许骗得过别人，但叶乔一直有看清人眼神的能力，向后带上门，在病床边的椅子上坐下，开口便是："你和你妈妈长得很像。"

阮绯嫣的表情掠过一瞬的惊惶，竟不知该如何否认："你怎么知道……"

"我的心脏，能认出你。"叶乔轻轻点了点左胸的位置，又道，"那你呢，真的是因为我是演员，才认识我吗？"

阮绯嫣别过脸，嗤道："你不用装模作样。不就是为了霆深哥来的吗？"她的神情骄傲又挑衅，"你是不是觉得我纠缠他呀？呵，你以为我不主动找他，他就会不管我的死活了吗？"

叶乔笑笑："我不是为了他来的。我想和你聊聊，你和我之间的事。"

阮绯嫣脸色一滞，缓缓看她一眼。

"我的公寓门口，经常能捡到手工娃娃，血红色的，有印象吗？"叶乔一边用手掌模仿娃娃开闭嘴巴的模样，一边捕捉阮绯嫣脸上的异色。

到底是个小孩子，手段和心防都不堪一击。

她放软语气："我知道周霆深不会不管你。我们都欠你的，我知道。但是你仗着他的愧疚，都做了些什么？你对我的报复，只是每天在出租屋里和人厮混，然后缝几个傀儡娃娃来恐吓我，或者是派人偷拍我和他的照片试图诋毁我的名誉吗？"

"你……"阮绯嫣失血的脸颊又苍白一分。

"不管你有多恨我和我爸爸，至少你得活得像个人样，让我们不得不正视你的存在。而不是用现在这样一哭二闹三上吊的方式。"叶乔轻轻摇头，"这样的报复，我不接受。"

走廊里，周霆深倚在窗边，身旁一排蓝色座椅，空落落地映出他模糊的侧影。

他早知会有这么一天。

从第一次抚摸她的骨骼，亲吻她皮肤下为他炽热的心跳开始。他想，跟自己较劲这么些年，应该有个尽头。从哪里开始，就从哪里结束。

她像一轮如影随形，却永生寂寞的月亮。那种寂寞像旅途中一盏蛊惑人的寒灯，堕在罪恶与自我挣扎的沼泽内，和他有着相似的辉光。

他想和她做伴。

金色打火机在窗前，蹿起一星火苗，又在冷风中熄灭。如此数回，竟再也没有火燃起。

油气无声地泄漏，被寒风吹走。

不知尝试了多少次，病房门突然被推动。叶乔走出来，面朝他。

周霆深像许久没有说话的人，声带振动都有些干涩："怎么样？"

"伤口很浅，没有大碍。她情绪挺好的，积极配合治疗。"叶乔双手插袋向他走来，说完这些，问，"想进去自己看看吗？"

考虑两秒，周霆深说："算了。"他把打火机抛进垃圾筒，"咚"的一声，"她得逼一次，以后说不定天天闹。"

对阮绯嫣的性格，他了解得很透彻。只是从前愧疚作祟，不愿像寻常家长一般严厉训导，以为能用诚心感化，反而将人溺爱成如今这样。

有时他也想，他的愧疚是不是反而害了她。然而那时过分年轻，无从反抗父辈的意愿，只能用仅有的力量补偿对方，却如此不得章法。

周霆深不无惭愧，随叶乔慢慢地走。

行至住院部的花园，地面湿滑结冰，两人迎着霜雪前行，竟有一种走到白头的错觉。

周霆深先开口："刚刚跟她都说了什么？"

"聊了些没有边际的事。告诉她你不是每个人的'百忧解'，如果她需要，我可以给她介绍心理医生。"

叶乔一笔带过，呼吸却渐深长："我爸爸是个特别骄傲特别清高的人，籍籍无名的时候连给赏识他的高官赠一幅画都做不到。从小我最喜欢的作文题就是'我的爸爸'，甚至每次写'我的妈妈'的时候，都要连篇累牍地夸我爸爸。我不能接受，他为了我，成为阮绯嫣眼里那种人。"

即使父爱之于她，是为她戴上了摘除不净的罪冠，她依然清楚，这份爱的沉重。

她曾经想成为那个男人的骄傲，曾经拼尽全力想成为他心上的荣耀，最后却成了他清净无尘的一生里，唯一的污迹。

"对不起。"到最后以为要沉默收场，周霆深忽而顿住脚步，不由分说将叶乔圈进怀里。

深沉的吐息在深冬的凛冽空气中凝成雾，长长的无形状的一团。叶乔撞上他的胸膛，撞得心口都痛，觉得一切叹息在冰天雪地里都像结成了实体。

她伸出通红的手，在他背后轻拍两下："没事的。我不是怪你……只是觉得见到她，让我想起了良心不安是什么感觉。对很多人，都觉得良心不安。"

周霆深将她越发圈紧，喉头滚动却哽住了。

叶乔像安抚一只负伤的兽，轻轻沿着他质地柔软的大衣抚下去："你一步一步接近我，到底是因为我这个人，还是出于对这颗心脏的愧疚？"

"你。"他说。

"我想过放弃，在船上那次。"周霆深靠着她的颈窝，"梁梓娆劝过很多次，说我们没有交集才是最好的。但我做不到。"

坚冰封堵小径，叶乔无路可走，深吸一口气，满鼻都是碎冰的味道："我也不知道我现在是什么心情。"其实很平静，但她知道不会这么平静，有些不平静的东西太深，从心坎里结的冰，她自己都发觉不了。

她说："命运有时候爱跟人开玩笑。我只是想不到这玩笑会开到我身上。"

是夜突降一场鹅毛大雪，毗邻几座城市的机场都停航。

世界陷入风雪肆虐的无边暗夜里。

叶乔感冒加深，发起烧来。周霆深给她量体温，三十八度五，她却固执地不愿去医院。

一张大床划开一道分水岭，两人各卷一团被子睡两端。夜半叶乔烧糊涂，浑浑噩噩又往周霆深怀里钻，不知在呢喃着什么。

周霆深起来开灯，微弱的光线照不亮偌大的房间，只一处狭小的光明供人相互依偎。

叶乔稍有清醒，又觉头痛欲裂，张口不知自己在说些什么："我没有跟她道歉。"

梦里的她依然在和过去反复纠缠，她果真没有表现出来的那样平和淡然。

周霆深轻轻"嗯"一声，抱拢她仿佛要散裂的骨架。

她声音静得发沉："她喜欢你。你看不出来吗？"

周霆深双眸微垂，良久才说："看得出来。"

所以这两年他很少再去探视，以为距离能消磨少女不成熟的情意。

眼眶酸涩难当，叶乔硬生生忍下泪："我很愧疚。但是她喜欢你，所以我没有道歉。"

她哑声说："道歉是很消耗真心的事。如果没有愿意付出一切去补偿的诚意，这样的道歉只是装模作样。"

滚烫的眼泪积在身体里，化作没顶的洪潮。

叶乔死死咬住下唇，声音低不可闻："周霆深。我很想跟她道歉。"

周霆深圈臂将她抱得更紧，叶乔体温滚烫，让他觉得自己像只冷血动物。如果当初没有那么狂妄自大，就不会有今日。一切都是过往造就的孽，无论谁来为他罗列罪名，他都可以认。只有她，将所有罪证的矛头都指向她自己，将他置于无形的保护伞下。

这两日她好像流尽了十年来的眼泪。叶乔以为自己在说梦话，很快陷入了更深更暗的梦渊，地狱里的小鬼钻进她脑袋里，说她十年前就该死，为什么偏要活到今日。阮绯嫣的质问夹藏在尖锐鬼唤中，问她："你已经抢走了我妈妈，为什么还要跟我抢他？"

戴罪之身，好像只要活着就铸成大错。

高烧到第二天上午，叶乔已经有些神志不清。

千溪被叫来当专业护理，还带着医生，给叶乔输了静脉针才罢休。

当表妹的陪护在叶乔身边，焦急她一直不清醒："烧这么严重，再不醒肯定得送医院。"

"她不愿意去。"周霆深试过很多遍，叶乔总是能在被移动的瞬间迸发出不属于病患的力量，义无反顾地抗拒治疗。

"表姐身体一直虚亏，烧坏了怎么办啊……"千溪用土方子给她敷毛巾，急得团团转，"表姐她爸刚刚病倒，听说之前想来看她，刚要上飞机，突发心脏病，被机场人员拦下来送医，从那之后就没怎么好过。这个基因真是坏透了！"

周霆深做噤声的手势，示意她不要在叶乔床边说。

千溪挠乱头发，说："干脆我请假住这里算了。表姐要是出了事，我爸肯定要我提头来见！"

周霆深把主卧让给她，自己睡客房。

夜里起身，鬼使神差走到玄关处，《尘世之秘》在暗光下辨不清色彩。周霆深头一回将供奉耶稣像的烛台点上，橙黄的暖光里，画框在眸中融合烛焰，仿佛被点燃。

千溪打着哈欠走出卧室，看见周霆深静静站在玄关，像英剧里围抱壁炉的夜行人。她昏昏沉沉地走过去，安慰："表姐的烧退了，刚睡着。明早醒来就能见到活泼可爱的表姐啦！不用担心。"

周霆深淡笑着说谢谢。心里清楚，醒来或许更难见到她开朗的样子。

千溪咂咂唇，忽而严肃："其实有矛盾是好事。爆发矛盾，说明有解决的可能。不像有些人，什么都没有做错，只是因为现实因素，就没有在一起的可能。"

周霆深第一次发现叶乔这个大大咧咧的表妹也有兰质蕙心的时候，笑了笑，问她："累吗？我等会儿给你表姐弄点夜宵，你也一起吃一点。"

千溪惊诧地摸摸肚子，探头探脑地问"可以吗"，不明白这个颜值能当饭吃、做的饭却比颜值还可口的准表姐夫，究竟是怎么惹到了她家表姐。

然而这一次问题的来源非同以往。周霆深甚至怀疑有没有解决的可能。

叶乔清醒之后歇了两日，举案齐眉相敬如宾，两人对症结都绝口不提。终于，第三天，她在餐桌上提出来："我回去住吧？"

周霆深沉默，说"好"，打电话给她报修了暖气设施。

他们依然确认对方的心意，却不知该用怎样的方式面对彼此，宴笑如常好像成了一种罪过。叶乔为了不关在家里暗自沉沦，约了圈内好友推荐多时的健身私教，每天在健身房挥汗如雨。体能的透支和筋骨的酸痛，让肉体无比真实，精神上的酸楚反而成了其次。

私教姓方，鉴于她有心脏病史，为她量身定做锻炼计划，但每次叶乔都会超额，一上机子就不想下来。方教练犯愁："没见过你这么拼的女明星。裴心澹接古装武打戏之前，也找我练过一阵，都没你这么狠。"

叶乔笑容若有似无："担心我暴毙在这儿吗？"

出乎意料，方教练摇头，说："这倒没有。我认识一个俄罗斯哥们儿，和你一样做过心脏移植手术。他比你还狠，断过一条腿，现在在搞极限运动。所以说，有什么坎过不去呢？只要你敢，换过心脏也能玩跳伞。"

敢吗？叶乔问自己。后面说的话都听不清了，等他讲完，叶乔恍恍惚惚地回神，说："明后天我有个颁奖礼要参加，就不来了。"

"大后天呢？"

叶乔愣了一下："大后天也许吧。"

方教练爽朗地笑："就知道你这样的，肯定是心血来潮。发泄完了就不坚持，没意义。"他捏一把叶乔的手腕测了测，"看，这么瘦，还没只狗爪子有肉。说真的，多锻炼，对身体和心情都有好处。"

叶乔被莫名其妙安利了一通，关注点却全在手腕上。陌生男人出过汗之后的触碰，掌心粗糙但无茧，不适感让她不动声色地抽回手臂："我以后多注意。谢谢。"

回家路上，连日来的积雪已化，道路旁边光秃秃的树墩上偶有脏污的残雪。

草木斑驳难辨，叶乔仰头望，呼吸深冬清冽的空气。脖子上的围巾眼看要垮下肩，她懒得把手伸出口袋，僵着脖子保持同一个姿势几秒。

围巾还是滑了下去。脖子被坠物的重力拽一下，她认命地想抽出手——

身后却伸来一只手，帮她把围巾捞起来，绕着她的脖子严严实实不顾造型地围了一圈。黑色的大衣袖口散发出维吉尼亚雪松的凛香，是她亲手帮他挑的香水。

叶乔转身，正看见周霆深。他刚采购完，拎着购物袋的指节暴露在空气中，泛浅红，单手帮她系一个结，朝她熟悉又陌生地笑。

他已经连着好几日，看见她早出晚归，累得疲倦不堪地回家。多方打听才知道她最近在健身散心，虽然疲累，但气色比之前好了不少。周霆深盯着她惊愕的眼睛，两人像多年未见一般，让他又恼又好笑："见到我用得着这么惊讶吗？你这两天哪儿去了。"

语调轻松，可叶乔总觉得这是粉饰太平。包括他温暖的笑，帮她把发丝夹到耳后的动作，一举一动，都像粉饰太平。

她觉得自己像魔怔了，自从见过阮绯嫣之后，再也做不到自然地跟他相处，三个字从喉咙里硬生生挤出来："健身房。"

周霆深跟她并肩进单元楼，帮她按电梯。两人一起跨进去，他问："练下来怎么样？"

"还可以。"

"教练男的女的，有没有吃你豆腐？"他连日不曾相见的满腹委屈都化成醋劲，双眸漆黑如墨地盯着她，像要将她拆吃入腹。

叶乔板着脸说："女的。"

周霆深用两手抱她酸痛的腰肢，惩罚似的捏一把："真的？"

怎么可能是真的。叶乔慌慌张张弯腰躲，撒不下去这个谎："善意的谎言你又不肯信。"

电梯抵达，周霆深说什么都不肯让她回 2301，拽着她的手把她往反方向拉。她轻喊："你干什么——"

周霆深把她摁牢在走廊上，抵着她的额头深叹："乔乔，你不知道我有多想你。"

叶乔翕动两下唇，说不出话了。

周霆深缓和气息："我知道你需要时间消化，要好好想一想。可是能不能别躲着我？"叶乔神色凝霜，听到他最后一句低下去，"搞得跟夫妻分居一样。"

她忽而侧过脸一笑。

周霆深却变得严肃："我做错的事自己会承担。可能这辈子都补偿不了，但我不会把余下的几十年都用来做赎罪这一件事。你觉得我自私也好，嫌弃我有那种过去也好，你说明白，行吗？"

良久，周霆深觉得时间都要凝固。

他心里何尝没有慌张和自卑，可是如果连他都做不到坚定，一开始也没必要招惹。

叶乔渐渐抵住下唇，低低地说："我没有嫌弃你……"

周霆深心念一颤。叶乔冰冷的手贴上他的手心，十指相扣，严丝合缝，让他疲于去质疑这句话的真实性，只一味将这双手和心都焐热。

于叶乔而言，他掌心薄茧的位置这样熟悉妥帖，让她有种无知无畏的踏实感。

她说："我不介意。真的。"

周霆深僵立，别开脸，眉目俊漠。叶乔鼓起勇气，尝试着插科打诨："我不躲你有什么用，你都不肯看我一眼。"

他果然回头，电光石火间，被她捧住脸。叶乔踮起脚快速在他唇上亲了一下："好了。我也很想你……每天都很想你。"

紧接着，她无奈道："我真的要回去了，理行李。"她抬腕看一眼表，"还有两个小时。我今晚的飞机去杨城，明天有个颁奖典礼。"

周霆深眉头倏地拧起："怎么没跟我说过？"

"前两天没机会说。"

他眉间的纹路更深。好在她接下来的话尚属宽慰："当初不是计划过年去你家吃饭吗？年末盛典正好在杨城开，离过年没几天，我就没推掉。"

周霆深总算舒展眉心："那我陪你一起去。"

叶乔点头，恰好接到申婷的电话催促，边接边后退说："申婷催了。我先回去理东西，你到的时候打我电话。"

当夜的航班早已售罄，叶乔带着助理先行一步，抵达机场时，周霆深的信息发到她的手机上，告诉她，他会坐第二天中午的飞机。

叶乔也是见到申婷，才知道网络上一波未平一波又起。iCloud事件升级，名不见经传的赵墨突然成了众矢之的，因为有匿名的同组女演员，爆料她曾经与顾晋等多位导演有染。难怪，叶乔手机上曾收到许多赵墨的电话，当时病中未曾理会，等到清醒时已经是过去时，加之诸事缠身，也就没顾得上理会。

另一边，许殷姗的黑料也被抖落得干净，情妇小三之类的比比皆是，从前单纯亲和的公众形象荡然无存，圈内甚至有人恶毒地预测她往后只能接拍三级片。

庞杂的信息通过申婷这个八卦集散地一股脑倒进叶乔耳朵里，最后，叶乔抓住了最关键的消息。

程姜流产了。

程姜曾经拿掉过几个孩子，再度流产可能面临无法生育。为了腹中胎儿能够存活，她不打麻醉针，忍下了大面积烧伤的清创手术和康复治疗。

叶乔曾经探望过和程姜受伤情况相似的陆卿，惨状令人不忍直视，程姜坚强地忍下这些，却还是没能顺利保住孩子。顾晋为此东走西顾，成了圈内尽人皆知的秘密。申婷也是通过常和他合作的剧组人员，才知道这个消息的。

听说原本《守望者》公映之后，程姜很有机会角逐年末影视盛典的最佳女主角。顾晋也打算在颁奖礼上向她求婚。

然而时过境迁，这份奖项竟然阴错阳差，落在了叶乔身上。

出席颁奖礼那日，设计师为她量身定制了一件红色礼服，侧开半朵荷叶边叠成的蔷薇。高饱和度的红色衬得叶乔肤白胜雪，簪在凛凛梅枝上。

顾晋缺席了年度最佳导演的颁奖现场，VIP单人病房里的液晶屏幕直播颁奖典礼前的走秀环节。他背靠满室惨白，盯着那朵错失的蔷薇，缓缓走过数十米红毯，向镜头招手。叶乔漆黑的眼珠倒映着错落光斑，像钻石制品泛起折光。

蔷薇淡淡地微笑，迎着寒风盛放。他不无恶毒地希望，她过得并不好。

但主持人高昂的语调和叶乔引起的欢呼告诉他，她很好。

她将成为今夜的影后。

程姜做过清创手术，伤口仍在愈合期，曾经端庄华贵的脸上被大火烙下疤痕，需要植皮。她不复从前的光彩照人，失子之痛成了压垮她的最后一根稻草，让她连淡然的资本都失去，显得万分颓唐："你想回去找她，是不是？"

顾晋蓦地回神，视线从屏幕上挪开，那璀璨光影仍在视网膜上停留，目光竟不知如何安放："你在说什么？"

"你不用装这副无动于衷的样子，骗骗小女孩兴许还可以。"程姜惨然一笑，"你跟我在一起，不就是因为那时候的她，没有办法跟你比肩？在你心里最重要的一直是事业，为了成功甚至可以把婚姻当作炒作的筹码。我只不过恰好符合你的要求。"

"当初你知道我有孩子的时候，是不是把他也算进去了？先是首映礼发布消息，再是求婚、订婚、婚礼，和马上诞生的孩子。"赚到手的新闻曝光率，抵得过千万宣传投资。程姜躺在一片白茫茫中，觉得世界的颜色好像也随之远去，过去的决定自以为冷静成熟各取所需，到头来竟变成两相落空的算计。

"顾晋，你以为人生也是你导演的一部戏。到头来算计成空，感觉如何？"

昔日影后像一块丧失了光泽的玉，仅剩顽石的倔强，对他说："回去找她吧。我不需要你可怜我。"

电视屏幕上，叶乔从颁奖嘉宾手里捧过奖杯，俯身面朝话筒，清润的嗓音将千篇一律的获奖感言修饰得美好动听。

"今天站在这里，有太多人需要感谢。颁奖嘉宾赖导，是我的恩师，从他手里接过这个奖杯，对我而言意义非凡。"

……

"但我最想要感谢的，是一个人。"

曾经可人的笑容还在眼前，她曾说过，如果有一天站在领奖台上，她希望给她颁奖的人是他，她会在致谢的时候，向全世界宣布，他是独一无二的那个人。

顾晋迅速掐灭了实况转播。

他放下遥控板，窗外小年夜的烟花呼应着星光璀璨的盛典，在冷寂的夜空里划过夺目的光彩，但他眼底只有无边寂寥，不知在对谁说："回不去了。"

那个人不再是他了。

杨城，相似的病房中。

单人病房的电视上转播着同样的画面。叶乔低头，曾经稚嫩的少女戴上银白王冠，举手投足间已有属于女人的妩媚。

她淡笑："我最想感谢的，是一个人。"

全场静默，叶乔抬起头，聚光灯下的自己看不清满场的嘉宾，目光没有焦距，仿佛可以穿透屏幕——

"他是我的父亲。

"感谢他给我的生命。"

程素默然回身，望着病床上苍白疲倦的中年男人。他的眼底有混浊的光，儒雅的脸上却是与年龄不符的苍老，数字屏幕的光线在他深不见底的眼里变幻。

直到画面切换回主持人，徐臧仍旧盯着屏幕。那是他最疼爱的女儿乔乔，他在这世上的至亲。

他曾用最狂喜的眼神看着她诞生，用最谨慎的姿态陪伴她成长。

最后用一生的清白与骄傲，换她第二次生命。

此时此刻，叶乔回到后台，摘下沉甸甸的流苏耳环。

镜子里的她，容貌和徐臧有六分肖似。从小便没有人问她长得像爸爸还是妈妈，因为一眼便能看出，她和徐臧像一个模子里刻出来的一般。

意料之中，方才的获奖感言并没有引起反响。她好像只是照本宣科，说了一段最官腔的致谢。

烟火升空，心脏跳动。血液怦然敲动鼓膜的声音真动听，像烟花迸裂的一瞬间。

无论如何，谢谢你给了我两次生命。

航班延误，周霆深抵达酒店时，已然深夜。

他穿越阑珊灯火和满城烟花，敲响叶乔的房门。叶乔刚刚出浴，穿着浴袍开门，风尘仆仆的男人把手提包往房里一甩，进屋便是一个气息凛冽的吻。

叶乔艰难地把门合上，气息凌乱地说："我来着亲戚呢……"

周霆深骂了声，她以为他火急火燎赶过来就为了那事。但把人一放开，叶乔脸色苍白失血，眼睛迷迷蒙蒙的模样，让他生不了气。

"不舒服？"

叶乔扁扁嘴："有点疼……以前从来不疼的，偏偏今天穿礼服在寒风里走了那么长一段红毯，露胳膊露腿露背还露胸，贴再多暖身贴也还是冻。"胳膊没骨头一样圈住他的脖子，虚弱的脸上净是小女儿情态。周霆深真希望她能一直用这般依赖的眼神看着自己，希望得太用力，心潮都是滚烫滚烫的。

他想也没想，小声嘀咕："这么久了居然没个动静。"

再小声也还是被她听见。叶乔哼笑："你不行啊……"

耀武扬威的模样，净仗着亲戚在身，周霆深不好身体力行。

"见你一面得飞半个中国，怪谁？"周霆深又凶狠又憋闷，语气不善，"还站着干什么。"

"嗯？"

周霆深不耐烦似的把人抱起来，掀开被子往床上放，摸她浴袍下的小腿肚："这么冰，你不疼谁疼。"

他用掌心的体温暖着她冰凉的肌肤，暖意一阵一阵的，此起彼落，让叶乔有种抓捏不住的空落感，酸道："不是为了给你开门吗？刚洗完澡，谁来得及穿衣服。"

他帮她盖好被子，问："衣服在哪儿？"

叶乔踢踢脚尖指向书桌。

周霆深过去抽出一套羊绒睡衣给她换上，叶乔还是发寒，抱着他的胳膊不停皱眉。周霆深打算出去给她买止痛片，被叶乔拽着不能动："那东西治标不治本，现在吃了会积攒到以后，到时候更疼。"周霆深无语："哪里听来的歪理？"叶乔振振有词："《黄帝内经》。通则不痛，痛则不通……光堵着没用。"

说完自己都觉得是生搬硬凑强词夺理。

周霆深算是服了，揪出他仅有的女性生理知识："那怎么办？给你冲红糖水？"

叶乔像头熊一样抱着他，皱皱鼻头，说："难喝。"

"良药苦口。"

"反正就是难喝。"

特殊期间，叶乔比平时还轴，等到周霆深彻底无计可施，她才没好气地开口："你就不能安安分分地陪我一会儿吗？"

周霆深动作顿滞，笑着扬扬眉："飞过来不就是为了陪你。"

他总算躺稳当，什么都不折腾，什么都不去想，悄声无息地抱她一会儿，手掌覆在她的小腹上轻缓地揉。叶乔此刻尤其畏寒，解开他的外套兀自躺进去，周霆深将她裹紧，瘦削的身子如若无物，像两只袋鼠一样相拥。

周霆深在她轻蹙的眉心深深印下一个吻，悔道："当时就不该接这档子活，既然都腾出半个月长假了，还出席什么颁奖典礼。"

叶乔笑笑，知道他说的全是气话。

过几分钟，他换个姿势，问："还疼吗？"

叶乔埋着脸："疼。"

周霆深感受着手下的触感，她闹一回别扭，肚子上居然多了点肉，挺不是滋味，问："这两天是不是胖了？"

"天天锻炼，累得慌吃得多，大概有胖。"叶乔也稀奇，别人运动是减肥，到她这儿就是长肉。

"不失眠了吧？"

"嗯。"

"说明以前瘦是体虚。"周霆深上一秒还在介怀她冷战期间居然做得到心宽体胖，这秒总结，满脑子想的却是要培养她今后锻炼的习惯。他跟叶乔一合计，突然想到某个茬，"不过，要先帮你换一个教练。"

"还念着这仇呢。"叶乔失笑，"人家也没对我做什么，你不要这么草木皆兵。"

"一千多万粉丝惦记着你呢，能不紧着点吗。"周霆深逗她，叶乔一笑觉得更疼了，抽着气儿呜一声。

周霆深刚想安慰几句，手机好死不死地响起来。

梁梓娆的电话，不能不接。他语气不耐地"喂"一声，梁梓娆乍一听还以为坏了他什么好事，调侃："怎么，进了温柔乡，打算六亲不认了？"

周霆深没心情陪她调笑："说事。"

"你打算哪天回家呀？上次电话里只说带女朋友回来，也没说是谁。爸可高兴坏了，一直在张罗这事，拉着我问东问西，说你这么多年安定一个不容易，只要是个正经人家的女孩子，品行端正条件过得去，咱家可就当准儿媳妇随礼了。"

话说到这里，周霆深一直沉默，静静等梁梓娆说出那句意料之中的转折——

"我可没敢跟爸坦白。爸本来就觉得混娱乐圈不是正经营生。要是普通女明星也就算了，偏偏她还是叶乔。这事你得自己出面解决。"

语罢，梁梓娆仔细听着，没想到他居然还笑了声，毫不挂心般，说："我知道。"

她气不打一处来："所以，哪天回来？"

周霆深捂住手机，用气声问叶乔："明天能走路吗？"

叶乔低低回："这东西最多疼一两天。到明晚肯定好了。"

梁梓娆隐约听见电话那头的悄悄话，处女座强迫症犯了，贴着也听不清楚，周霆深的声音却突然清晰，震得她一聋："那就明晚回来。"

"回来吃晚饭？"

"嗯。口味让做清淡点，她最近忌口多。"

平时万事不关心的弟弟突然冲她一通叮嘱，梁梓娆觉得太阳都打西边出来了："啧啧……你姐我要被你腻死了。行了，你哪次回来不是一桌菜叶子？让你家的跟着你吃草呗。"

而在夜的另一端，阮绯嫣精疲力竭地跑在杨城被夜色笼罩的街上，一辆黑色轿车仿佛一只猎鹰，戏耍着它的猎物，紧紧跟在她身后，车里不时迸发一阵不怀好意的笑声。小姑娘年底回了杨城，却没想到这帮混混也追到了这儿，从她下了火车就一路尾随。

　　她终于用尽了力气，只能一跌一撞地向前走。猎鹰仿佛玩够了，车速突然加快，一个甩尾拦在阮绯嫣面前。

　　与此同时，她认命一般，用颤抖的双手按下了拨通键。

　　没等电话拨通，车上下来几个打扮流气的男人，手机被一巴掌扇飞，阮绯嫣被这股大力推倒在地，眼睛湿漉又布满血丝，声音带着哭腔："别，不要打我。我跟你们走就是了。"

　　"算你识相。"领头的青年勾勾嘴角，说话时一股驱不散的烟味，讥笑道，"早这样不是挺好的？装什么乖学生啊，跟爷玩逃跑。"

　　阮绯嫣平复着快要跳出胸口的心脏，低低地求道："你们放过我吧……我说了以后不会再来找你们，你们就当没有我这个人，不行吗？"

　　男人荒谬地大笑："小姑娘，你今年几岁？我们又不是慈善机构，照片我们帮你放出去了，利用完我们就想跑路啊？你以为你是哪根葱？要不是看你长得漂亮又是个雏，哥哪会陪你玩儿，还真拿自己当号人物了。"说着便将她拦腰抱进车里。

　　阮绯嫣剧烈地挣扎，跪在车门边负隅顽抗，不知被谁扇了一个耳光，后脑勺"咚"的一声撞上门框，眼睛刮过老旧门框上的尖刺，顿时血流如注。

　　她在剧痛之下昏厥了过去，软软歪倒。

　　打人的慌了："这……这怎么交代？"

　　与此同时，长街的另一边驶来一辆车，前灯照向他们，尖厉地鸣笛。

　　"赶紧的，把人抛了，走！"

　　黑色轿车扬长而去，黑夜的街边只有阮绯嫣的手机屏幕仍亮着，一分一秒地读着通话时间。

周霆深赶到的时候那群人已经不见了，这条路偏僻寂静，又临近年底，寒冬深夜几乎没什么人。他远远地看到地上的人，猛地踩住刹车。

叶乔也看到了一个轮廓模糊的熟悉身影，攥紧的手在路灯惨白的灯光下个个指节紧绷。

"在那里。"

周霆深冲下车去看，果然是阮绯嫣，她发丝凌乱，双目渗出的血从脸颊一直流到白色的大衣领上，不省人事。他凝眉，将人打横抱进车里，迅速摔上门。

抵达医院时，后座上已经染了一大片血迹。

手术室的灯亮起，一整夜的兵荒马乱陷入死一般的寂静。安静的走廊里只有红色的急救灯闪烁着，叶乔还在生理痛，脸色苍白地蜷在医院的长椅上。

周霆深半蹲在她面前，把衣服给她披上，裹紧两分："我让梁梓娆接你回酒店。你好好休息，这里有我，嗯？"

"不行……"她疼得眉头紧蹙，"这会儿走的话，刚才又何必来。"

说起这个他就来气："刚才就不该让你来。"

接到阮绯嫣的电话的时候，叶乔才打算入睡。电话里嘈杂一片，只有挣扎和辱骂的声响。情况紧急，她坚持要跟着前往，他也没有浪费时间斡旋。

叶乔嘴角淡笑："你怎么知道她刚刚在那里？"

周霆深默了一下："她在杨城只认识我家一个地方，这个时间没有公交车，她一定会抄这条近路来。"

叶乔慢慢别过脸："哦，小蝌蚪找妈妈。"

周霆深无奈地在她额头上印一个吻："这会儿还吃上醋了。"

梁梓娆到医院，见到的第一眼就是这幅画面，唯恐天下不乱地回头看了一眼闻讯一起赶来的周父，介绍说："那个就是叶乔。本来是准备明天和您正式见面的，没想到阮家的那个丫头闹了这一出。"

叶乔眼睁睁看着梁梓娆一行出现在走廊上，凑到周霆深耳边，轻声说："你姐姐他们来了。"

周霆深眉心一凝，转头时阴沉着一张脸，双眸如暗夜的深井般沉暗。

周父见他这副脸色，气得胡子微颤，拄着拐杖向前两步："怎么，打算不认我这个爸了？"

周霆深淡淡别开脸。

早已习惯这父子俩剑拔弩张气氛的梁梓娆淡然自若地袖手旁观，倒是叶乔向她递来求助的一眼。梁梓娆无可奈何地抿抿唇。

叶乔只能独自打破沉默，轻声道："伯父好。"

出乎她意料，周父低头看她时，表情温和不少，见她嘴唇苍白，还关切道："小丫头脸色怎么这么差？"

叶乔赧然地看一眼周霆深，心虚道："没事……有一点感冒。"

长辈第一次问话就问到了尴尬事，知晓内情的梁梓娆忙不迭上前救场，拉着周霆深的胳膊拖远一两米，小声说："平时也就算了，这会儿还跟爸倔，是想让叶乔看你们两个脸色？"

"……"

梁梓娆乘胜追击："爸也不是那么老顽固的人。今晚好好表现，你和叶乔这事就算成了。还摆一张臭脸。"

叶乔望着姐弟俩说悄悄话，周父却仿佛一个相识多年的长辈，与她闲话家常："听说你爸爸最近身体不好。你也多回去看看。"

叶乔震惊地回头看他一眼。

她还以为，她家的一切，都会成为这位老人心里的禁忌。

周霆深在梁梓娆的推搡下不情不愿地回来。周父这才拄着拐杖慢慢坐下，肃声问："阮家那姑娘怎么样了？"

周霆深垂眸，沉声道："医生说，眼睛恐怕保不住。"

寂静中，叶乔的手机突然响起铃声。杨馆长恰好在此时打来电话。

叶乔向周家的人打了招呼，走出几步到窗边。她大约能猜到杨馆长致电的用意，果不其然，对方寒暄几句后便重提邀请她担当徐臧作品展揭幕嘉宾的事。

她正犹豫，电话那头却变成一个熟悉的、儒雅的声音。

"乔乔。"

叶乔愣愣地应："爸……"她已经忘记，距离上一次和父亲和平共处是什么时候了。

暌违十年，徐臧的语气却稀松平常："睡了吗？"

"没……"叶乔深吸一口气，词句到嘴边却忘得一干二净，"爸……"

"爸爸想请你来当我作品展的揭幕嘉宾。乔乔愿不愿意答应爸爸？"徐臧仍用的是从前哄小女孩的语气，仿佛丝毫不知他的小女孩早已名扬四海。

这低沉而温柔的声音，让叶乔忽而鼻酸，哽咽得说不出话。

仿佛回到傍晚星光璀璨的颁奖典礼，她从容地淡笑，说："我最想感谢的，是一个人。"

聚光灯下的自己看不清满场的嘉宾，目光没有焦距，仿佛可以穿透屏幕——

"他是我的父亲。

"感谢他给我的生命。"

而这个给了她两次生命的人，一定通过电视信号，见到了这一幕。

"哭啦？"

叶乔这才意识到，摸了一把眼睛："没有……"又仿佛迫不及待似的，急着说，"我会去的。一定会去。"

尾声
你是我的骄傲

我庆幸此生赎不清的罪，是你的爱。

三个月后。

一辆轿车扬尘而来，停在伍子的会所门口。大厅里的迎宾人员已经换了一拨，高挑的侍应小哥戴着领结，帮他们向伍子通禀。伍子迎出来，"哎哟"一声："深哥没跟我说今天要带嫂子来啊……你们几个，让厨房多做几道菜！今晚给嫂子接风了！"

晚饭后，周霆深俯身，在伍子耳边说："借你钥匙用用。"

伍子连忙从钥匙扣上解下钥匙，递给他一个心领神会的眼神："嫂子人真好，听说我媳妇快生了，把红包都提前给上了。你们什么时候办酒啊？"

"放心。省不了你那份礼金。"周霆深接过钥匙，后退两步。

那间文身室已经许久没有启用。

一转身，走廊光线暖沉，叶乔早已在尽头等着他。

迷离的光影里，他慢慢靠近，视线始终停留在那个安然伫立的身影上。

这半年来，电影《无妄城》上映，取得巨大成功，叶乔跻身华语电影界最受瞩目的影星之列。叶乔与恩师赖致诚合作的新影片也登陆院线，与顾晋的回归之作同档竞争。然而顾晋新作反响平平，从前立意与市场的两相平衡越发趋向于商业，灵气尽失，令不少影评人颇感失望，以为江郎才尽。

与成就相伴的，是她越来越瘦削的下巴，早先好不容易养起来的一点肉又瘦了回去。她在繁重的工作之余，尚要奔波于医院，和周霆深一起为阮绯嫣联系医疗资源。

而此刻，是属于他们两人的时刻。

同样的软榻，同样的灯光。

叶乔仰起脖子，不知想起什么，突然轻笑，轮廓分明的锁骨随着她的笑声微微起伏。

周霆深戴上手套，问："笑什么？"

"你还记不记得，第一次在这里的时候，你对我说，'这是一辈子的事'。"

周霆深握着排针的手轻颤，双眸一暗："记得。"

那会儿她说，一辈子的事太多了，本来就没几件由自己掌控。

那时他有料到今日吗？

竟有一天，一向心狠的他，会对一个人下不了手，器械发出嗡嗡声响，排针接近她的肌肤的时候，他心尖会突突地跳两下。

她心口的藤蔓里，其实藏了一朵菩提花，隐匿在线条间。

她生来便缺乏自由，像藤蔓，被禁锢在所依附的他物上，不能自由生长，却绽放在他的指尖心上。

叶乔不再忍耐，痛时哀吟出声，眼里蒙着雾。周霆深托住她的腰身，俯身吻她，在刺完图案的那刻褪下手套，滚烫的掌心覆上她脱力的身躯，从脊背一直轻抚到尾椎。叶乔触到他掌心的湿汗，轻轻一哆嗦，疼痛的余韵和背后的热息让人意识模糊，她纵情缠吻，却听他翕动双唇，喃喃道："乔乔，嫁给我。"

设想过许多次的三个字，果真等到的一刻，却不觉得沉重。叶乔没有犹豫，笑着说："嫁呀……"

杨城的夏日，在这一波热潮后，日臻炎热。

仲夏，徐臧的国际巡回作品展也如期开幕。叶乔作为特邀嘉宾，出席了揭幕式，并将叶乔基金会的启动仪式一同举行。基金会旨在帮助更多需要器官移植的患者，改善国内器官捐赠环境，呼吁遗体捐赠。

　　凭借叶乔本身的知名度，基金会一经成立便广受关注，首例手术成功案例竟是阮绯嫣。

　　重拾光明的少女性情大变，恢复了正常生活能力，变得少言寡语。周家不放心她一人在外，把她的学籍转到杨城读高三。

　　一起降临的，还有一个消息：徐臧将他的私人财产，全数转移到刚满十八岁的阮绯嫣名下。

　　可是于事何补呢？她的妈妈回不来了。

　　回不来的，还有她成年以前的人生。

　　阮绯嫣每次回想起自己因恨做过的糊涂事，就觉得眼角湿润，然而自那次泪腺受创之后，她再也没有眼泪可流。

　　她第一次理解了她的妈妈。

　　当年周家屡遭报复，一次意外，周霆深因防卫过当失手伤人。周家只这一个儿子，周父自然不愿儿子的人生有丝毫污点，而佣人阮姨为了报达周家的恩情主动背负了这个罪名。彼时，叶乔的父亲徐臧正是周霆深的国画老师，亲眼目睹了那次意外。周家向他透露阮姨曾签署过器官捐赠协议，若他对此事保持沉默，一旦阮姨因故过世她的心脏就是他正在生病的女儿的。出于私心徐臧没有出庭作证，后来阮姨被重判入狱，最后病死狱中，叶乔手术成功，随之与父亲关系恶化……

　　这么多年阮绯嫣一直不甘心，母亲明明是最无辜的，为什么结局竟如此凄凉，而这件事最大的受益者竟然是叶乔，她凭什么？

　　直到眼睛失明的那段时间她的心态才有所变化，其实母亲早知自己的身体每况愈下，她只是在生命的最后，用另一种方式还清了周家的恩情，同时也挽救了一个素不相识的生命。

　　是她扭曲了母亲的善意，被恶意蒙蔽了一切，将它变成了仇恨。

　　徐臧的画作拍卖会将由 Ferra 承办，定于十二月举行，正在紧锣密鼓地筹备。

　　Ferra 大厦里，周霆深作为项目负责人，每天忙得席不暇暖，连一向觉得他好逸恶劳的梁梓娆都有些于心不忍。倒是叶乔每天在公司陪他一起加班加点，作为拍卖会顾问，协助敲定最终的拍品名录。

周霆深把他私人收藏的《尘世之秘》也捐了出来，作为拍品的一部分。

那是徐臧的油画封笔之作，也是所有画作里风格最独特的一幅。因为它创作之初，原意是送给他女儿的生辰礼物。

叶乔重新见到《尘世之秘》，久久沉默，手指在画框上轻抚，想起他们初识时的场景：

不好意思……我住在你对门，出电梯的时候走错了方向。你家的锁好像有问题，不知道为什么能打开。

你输了什么密码？

679352。

这就是我家密码。

679352，用九宫键盘输入，出来的是：你是我的骄傲。

年幼的她，曾经有一个远大又朴素的理想。她想让爱她的人，以她为豪。

后来年岁渐长，慢慢明白，每个人生来是一张洁净的白纸，随着人生的递进而不断被添上颜色，和污点。

那些污点会伴随人的一生，她曾经拼命想要抹去。

然而，与其为曾经的罪行负累一生，不如化作尘世之善。

而我庆幸此生赎不清的罪，是你的爱。